KOKORO-CONNECT PRECIOUS-TIME

ココロコネクト
プレシャスタイム

JN287089

目次《もくじ》

お兄ちゃん、誰かを家に呼ぶ時は
最低でも前日までに連絡して。
わたしにだって予定があるんだから
まったく妹をなんだと思っているのだ。
こうなったら徹底的に
お兄ちゃんの友達をチェック
しちゃうんだから！
わたしだけのお兄ちゃん

まあ、会わないようにすれば
それで解決なんだがな。
というかそうしないか？
八重樫莉奈
八重樫太一

藤島麻衣子
誰か相手を見つけないと！
どうしよう。候補の筆頭に上がるのは、
スペックの高い生徒会長香取譲二だが……。
「ふふ、藤島さんっ」

カップルバトルロイヤル
「ペアが決まっていないなら……
ぼ、僕……いや俺と……
一緒に出場しませんか!?」
渡瀬伸吾

文研部って……結局
なにをやる部活なんすか？
文化研究部 副部長
円城寺紫乃

なにをやるか……
それを決めていく部活なんだよ！
文化研究部 部長
宇和千尋
新入生よ、大志を抱け

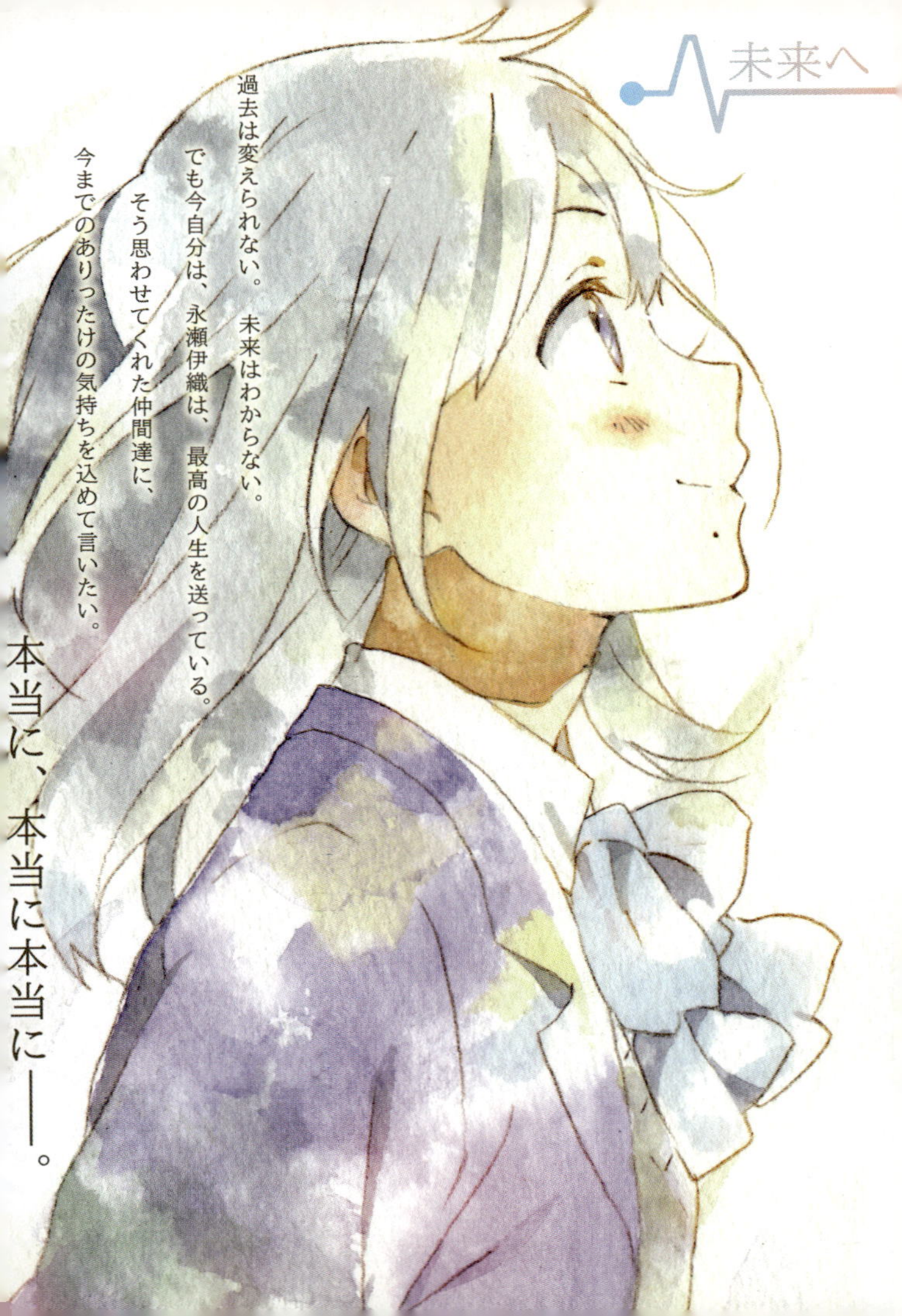
未来へ
過去は変えられない。　未来はわからない。
でも今自分は、永瀬伊織は、最高の人生を送っている。
そう思わせてくれた仲間達に、
今までのありったけの気持ちを込めて言いたい。
本当に、本当に本当に——。

ココロコネクト　プレシャスタイム

庵田定夏

FB
Famitsu Bunko
ファミ通文庫

KOKOROCONNECT CHARACTERS

キャラクター紹介

稲葉姫子

文化研究部所属。実質的に部を仕切っているが、つき合っている太一の前では乙女な一面も見せる。

永瀬伊織

文化研究部所属。学年トップクラスの美少女だが、気取らない性格のため友人が多い。母親と二人暮らし。

八重樫太一

文化研究部所属。自己犠牲の精神を持つ生真面目な努力家。趣味はプロレスで、妹を溺愛している。

円城寺紫乃

文化研究部所属。小動物的な愛らしさを持つが、時折悪意ゼロで毒を吐いてしまうことも。太一の声が好き。

青木義文

文化研究部所属。「楽しければそれでOK」を信条とする部のムードメーカー。唯とつき合っている。

桐山 唯

文化研究部所属。ファンシーなものが大好き。中学まではフルコンタクト空手で「神童」と謳われていた。

後藤龍善

文化研究部の顧問兼、部の創設者。フランクな性格で生徒に人気があり、ごっさんと呼ばれている。

藤島麻衣子

生徒会執行部所属。文研部と関わりが深い。一年生の時はクラス委員長としてカリスマ的指導力を発揮していた。

宇和千尋

文化研究部所属。紫乃と同じクラスで、唯の空手道場の後輩。クールだが、入部後は少し柔らかい雰囲気に。

大沢美咲

陸上部所属のボーイッシュな少女。過去、唯に告白したことがあるが今では良い友人に。

栗原雪菜

陸上部所属のおしゃれ女子。唯の親友で文研部とも親しい。恋愛には口うるさい面も。

香取讓二

勉強もスポーツも出来る生徒会会長。生徒会と生徒会執行部を取りまとめている。

石川大輝

野球部所属で、太一の友人。恋愛に関しては少し奥手。中山とつき合っている。

中山真理子

書道部所属。ツインテールがトレードマークの伊織の親友。底抜けに明るく、快活な性格。

渡瀬伸吾

サッカー部所属の爽やかなスポーツマン。太一とは同じクラスで親友。藤島が好き。

曽根拓也

太一の友人で漫画研究部所属。体型は少しぽっちゃりしていて、性格は温厚。

城山翔斗

ジャズバンド部所属。物腰がやわらかく王子と呼ばれることも。瀬戸内とつき合っている。

瀬戸内薫

ちょっとひねくれていた過去もあったが、今ではしっかり者で伊織とも親しい間柄。

下野和博

千尋と紫乃の友人。
気怠そうな態度でいることが多い。

多田 悟

千尋と紫乃の友人。
チャラけているが実は熱いところも。

東野道子

千尋と紫乃の友人。
男女分けへだてなく話せる。

奥 智美

千尋と紫乃の友人。
とくに紫乃とは親しい。

紀村一鉄

千尋と紫乃の友人。テニス部所属のお調子者。太一を崇拝している。

宮上啓介

太一の友人で写真部所属。彼女をつくるため、最新の流行を追いかけている。

イラスト／白身魚

わたしだけのお兄ちゃん

「じゃあ今回お邪魔するのは太一《たいち》の家に決定〜！」

永瀬《ながせ》の宣言と共に、他の部員がぱちぱちと拍手《はくしゅ》をする。

なにがきっかけだったが、誰《だれ》が初めに言い出したかはもうわからない。ただ文研部《ぶんけんぶ》では、『お宅《たく》訪問』と題して各部員の家を回ろうという企画が持ち上がっていた。大きさ的な問題などで難しいお宅は除き（加えて既《すで》に何度も訪れたことのある稲葉《いなば》家は除外し）、残った者で大富豪《だいふごう》を行い、負けた太一が最初の訪問宅に選ばれた。

「大貧民《だいひんみん》になり皆に家を蹂躙《じゅうりん》される……まるでこの世の摂理《せつり》を表しているな」

「暴れたりしないわよ、子供じゃないんだから」

桐山《きりやま》が言う。

「……つか皆を家に呼んだら蹂躙されるという認識を持ちながらアタシの家を使用していたのは……」

稲葉もなにやら呟《つぶや》いていた。

「太一先輩のお宅訪問……楽しみです！」

円城寺《えんじょうじ》が目をキラキラとさせていて、ノーとは絶対に言えない雰囲気《ふんいき》だ。

「さて、どうしたもんか……」

家に呼ぶのは構わないのだが、家族を見られるのは少し恥《は》ずかしい。今週末、父親は出張中で、母親もおそらく昼間は家にいない。一番いる確率が高いのは妹の莉奈《りな》だろう。その莉奈も、遊びに行くことが多いし……。

「どうしたもこうしたもルールなんだから受け入れて貰《もら》わないと！」

「往生際悪《おうじょうぎわ》いっすよ太一さん」

青木《あおき》と千尋《ちひろ》が口々に言ってくる。

「二人とも負けるの嫌で必死だったもんな……く、仕方ない！　今週末だな！　みんなを招いてやろうじゃないか！」

かくして八重樫《やえがし》家に、文研部メンバーが訪れることになった。

＋＋＋

「今日はゆっくりしますかな〜」

土曜日の正午前、八重樫莉奈はだら〜んとリビングのソファーにもたれて独《ひと》りごちる。格好《かっこう》は、だらしなくパジャマのままである。

明日はみんなで遊びに行く予定だけれど、今日はあえてなにも約束していない。録画《ろくが》して見なきゃいけないドラマも溜《た》まっているし、後友達に借りた漫画《まんが》も読まなくちゃいけない。面倒なことにちょっと量が多めの宿題もある。

ま、彼氏が土日とも部活で空いていないのも大きいけど。最近会えてないなー。少し寂しい。

でもまったりするのも悪くない。忙しい毎日を生きる現代人だからこそ、意識して余裕のある時間を作らなきゃいけないんだ、って最近テレビでも言ってたしね。

「じゃあ先に宿題を済ませるか……。それとも後回しにして先にまったりするか」

むぅ、なかなか悩ましい問題だ。

「あ、そう言えばお兄ちゃんの予定はどうなってるんだ？」

最近構《かま》ってあげてないし、今日はお兄ちゃんと遊んであげてもいいだろう。もちろんその際には宿題の手伝いをして貰う。うん、それはいい案だ。

莉奈は立ち上がり、階段へと向かう。部屋にいるのなら急に入って脅《おど》かしてあげようかな〜っと。

「ん？　お兄ちゃん？」

ぶおーんという掃除機《そうじき》の音が聞こえてきた。あれ、おかしいぞ？　普段自分の部屋以外の掃除は母しかしないのだが、今家にいるのはお兄ちゃんだけのはず。

まさか、と思ったらそのまさかだった。

お兄ちゃんが階段に掃除機をかけているではないか。

「お兄ちゃんがお掃除？」

「……ん？　なんか言ったか？」

莉奈に気づいたお兄ちゃんが掃除機のスイッチを切る。

「お兄ちゃんが掃除って、珍《めずら》しいね」

「まあ、やっておくのがマナーかなって」

「お手伝いの大事さに気づいたんだね、感心感心」

結婚しても奥さんを手伝わなそうだなと思っていたが、心を改めたのかもしれない。

それなら評価は二ポイントアップだ。

「つーか……あ。まだ言ってなかったっけ？」

「なにが？」

「今日、部活の友達が家に来るんだよ」

「ふーん、部活の友達が家に……」

部活の、友達が、家に。

この家に、お兄ちゃんの友達が、来る。

「……いつだって？」

「今日のお昼過ぎだけど」

莉奈は今の自分の格好を確認する。

起きたまま寝癖《ねぐせ》すら直していないぼさぼさ頭に、締まりに欠ける顔に、ダサイ子供用のパジャマ。これを人に見られたら、女子として終わる。

身の破滅《はめつ》だ。ジーザス。

「そーいうイベントがあるならちゃんと言ってよおおお!?」

恥をかかせて羞恥《しゅうち》プレイを楽しむ気!?

ガミガミとお兄ちゃんにお小言を浴《あ》びせてから、莉奈は自室に入って身支度《みじたく》を整えた。

ぼさぼさの髪の毛を濡《ぬ》らしてからしっかりウェーブさせたり、まつげを整えたりで大分時間を食ってしまった。おかげでお昼ご飯をゆっくり食べる暇《ひま》もなくなった。

「お兄ちゃん、誰かを家に呼ぶ時は最低でも前日までに連絡して。わたしにだって予定があるんだから」

「……ちゃんと話していなかったことは、謝るさ。ただ、母さんに言った時にお前も聞いてた気が」

「言い訳しないっ！」

落ち着いているようで抜けている兄だから、厳しく指導していかないと。

「……つか、それ気合い入り過ぎじゃないか？　一番おめかし用の服じゃないのか」

フリルの付いた紺《こん》色のワンピース姿で、莉奈はくるっと一回転。どうだ！

「だって友達が来るんでしょ？　粗相《そそう》がないよう、ちゃんとした格好をしないと。『お前の妹は可愛《かわい》くない』ってお兄ちゃんがいじめられるかもしれないじゃない」

「なんの心配をしてるんだよ……」

と言いつつもお兄ちゃんはほのかに嬉《うれ》しそうだ。おそらく頭の中で『いつも可愛いけど特別可愛い妹の姿を見られて眼福《がんぷく》だな！』とでも考えているのだろう、うんうん。

表情の変化が少ないお兄ちゃんだけれど、よく見るとどんなことにでもしっかり反応を示している。一般人には無理だろうけど、兄に習熟《しゅうじゅく》した妹なら見分けられるのだ。

「まあ、会わないようにすればそれで解決なんだがな。というかそうしないか？」

は？

「どういう意味かなお兄ちゃん……？　まさかこんなに可愛い妹なのに、よそ様に見せるのは恥ずかしいと……？」

「別にそんな意図ねえよ。けど会う必要もないだろ？」

さらっと言いやがったなこいつ。

「大アリですっっ！　なんてこと言うのお兄ちゃんっ⁉」

全く！　全くもうこの兄は！

「妹としてお兄ちゃんの友達にご挨拶《あいさつ》しなきゃいけないし、お兄ちゃんがどんな友達と付き合っているか確かめなきゃだめでしょ！」

「子離れできない母親かよお前は。家族に紹介とか普通しないし、まして妹がわざわざ身構えるなんてないぞ？」

「なにその言い方⁉　わたしが全然重要じゃないみたいな！」

酷《ひど》い！　誰よりも大切な妹のはずなのに！

「お前が重要かどうかは問題じゃなくてだな……。なんで友達を紹介する話になるのかという問題で……」

「じゃあお兄ちゃんは婚約者ができてもわたしやお母さんに紹介しないの⁉」

重要かどうかは問題じゃない、なんて。妹をなんだと思っているのだ。

「そこまでいけば話は別だよ……。飛躍《ひやく》が激しいんだって」

呆れた顔をしている。

子供扱いか。むっかー。

「わたしが友達を呼んだ時は紹介してるじゃん！　お兄ちゃんは高校になってからあんまり友達を家に呼んでなくて、こんな機会滅多《めった》に……あれ、なんの友達だっけ？」

「部活だけど。文化研究部の奴ら」

度々話が出る文化研究部！　略《りゃく》して文研部！　大した活動をしているとは思えないんだけど、「部活が」とお兄ちゃんは家を空けることが結構ある。兄と妹の大切な時間を奪う文研部は憎むべき……いやいやそれは話が別かもだけど。

「だったら尚更《なおさら》！　部活でとてもお世話になっている人達なんだから！　もう高校も二年の秋なのに、ちゃんと会ってないのはおかしいでしょ！」

写真を見ながら一通りの人物紹介を受け、実際文化祭の時直接ちらっと見てはいるが、挨拶もまだまともにしていない。

「……ちょっと干渉《かんしょう》したがりが過ぎるんじゃないか？　お前は俺の彼女と初めて会った時だって……や、あんまり思い出したくないな」

ああ、あのお兄ちゃんの彼女と繰り広げた戦いのことか。初めてお兄ちゃんにできた彼女なのだから、そりゃこちらの目も厳しくなるというものだ。

「そう言えば、その稲葉さんも文化研究部……ってことは来るの？」

少し認めるのを渋ってから、お兄ちゃんはこくんと頷《うなず》いた。

ほっほう……そうか。稲葉もくるのか。

となれば気合いを入れなくては。

莉奈の笑みを見て、お兄ちゃんはもの凄く嫌そうに顔をしかめた。

「やっぱお前はみんなと会うな！　大人しく部屋にいろ！　もしくは遊びに行け！」

「お、横暴《おうぼう》だ横暴だ！」

「横暴じゃない！　ていうか難しい言葉知ってるな⁉」

「当たり前でしょ！　小学六年生なんだから！　来年はもう中学生なんだから！　結婚できるんだから！」

「結婚はまだだろ⁉　……まだだよな⁉　どっちにしろ話がずれてるな！」

はぁ～とお兄ちゃんは大きな溜息《ためいき》を吐《つ》く。

「じゃあ最初ちらっと顔見せだけはするから後は関わるなよ」

「い～や～で～す～！　こうなったら徹底的《てっていてき》にお兄ちゃんの友達をチェックしちゃうんだから！」

採点して通信簿《つうしんぼ》をつけてやる！　そして通信簿を元に後で指導してやるのだ！

甘やかし厳禁！　決めた！　決～めたっと！

「おい、余計なことはやめろよ。人に迷惑をかけたらお兄ちゃんも怒るぞ？」

「じゃあ必要なことならやっていいんでしょ？　必要だからやりま－す」

怒るぅ？　怒れるものなら怒ってみろ！

その後もお兄ちゃんは抗議《こうぎ》をしていたが、まるっと無視しておいた。

△▲△

「おじゃましまーす」「お邪魔します」「お、お、お邪魔致しますっ」

玄関の扉が開き、複数人の人間が家に上がり込んでくる。声も聞こえてくる。

「とりあえず俺の部屋に……全員入ると狭いんだが」

「いいよいいよ～。そういうのが楽しいんだから！」

「太一、どうしても狭かったらリビングと二手に分かれたらどうだ？」

「さ、流石《さすが》稲葉ん！　勝手知ったる我が家の如《ごと》き所行《しょぎょう》！」

「なるべく俺の部屋だけで済ませたいんだが……あいつと会われても困るし」

そんな話し声を、莉奈は一階の洗面所の陰に潜《ひそ》んで聞いていた。

「お兄ちゃん……本当にわたしを邪魔者扱いしてるな……」

全くもって腹立たしい。

あえてこの時点で莉奈は出ていかなかった。ここで顔を出すと、ちょちょいと挨拶だけしたところで「もういいだろ。こいつ勉強しないとダメだから」などと、今後絡《から》みにくく妨害工作《ぼうがいこうさく》をされたことだろう。

お兄ちゃんの浅い考えなんてお見通しなんだからね！

全員が二階に上がったところで、よいしょと莉奈は階段下に顔を出す。

さて、ここからどうしようか。できれば一人一人こちらのペースに引き込んでお話しする機会を確保したい。タイミングを見てお茶菓子《ちゃがし》を持っていこうとは考えているのだが、上手《うま》いことやらないとお兄ちゃんに邪魔をされてしまう。

「あー、悪い。足りない座布団《ざぶとん》とってくるから待っててくれ。たぶん押し入れに……」

二階からお兄ちゃんの声が聞こえてきた。

……これはチャンスかっ⁉

莉奈は台所にあったバームクーヘンを装備して素早く二階に移動した。

いざ、お兄ちゃんの部屋に突撃。

「失礼しま～……」

「プロレスのＤＶＤ発見！　……って何枚あるの⁉　凄い数よ！」

「となるとあっちのＤＶＤ枚数が気になるところだけど……稲葉ん？」

「アタシの探索《たんさく》した限りでは存在しない」

「稲葉んの家捜しを太一がかいくぐれるとは思えないし……」

「伊織《いおり》ちゃん、伊織ちゃん。たぶん太一は持ってないよ。オレ太一には何枚も貸したけど太一から借りたことないし」

「…………あんたまだそんなもの持ってるの？」

「過去の話です唯《ゆい》さんっ！　今は捨てました！　……いやっ、これから捨てようかと思ってますっ！　ホントっホントですっ！」

「えー……今わたしは太一先輩のお部屋にお邪魔しています……。これはわたしにとっては小さな一歩ですが、人類にとっては偉大《いだい》な……」

「偉大でもなんでもねえよ。普通の一歩だよ」

「冷め過ぎだよ千尋君！　もっと興奮するべきだよ！　太一先輩のお部屋に！」

早速カオスなことになっていた。

誰も莉奈が入ってきたことに気づいてくれない。……め、めげるな自分っ。

「ん？　ああ！　君はもしかしてもしかすると噂《うわさ》の妹ちゃん！」

その中で一人、しっとりとした黒のロングヘアーの超絶綺麗《ちょうぜつきれい》な人が莉奈を指した。

「は、はい。妹の八重樫莉奈です、こんにちは」

その女性に続いて、他の人達も莉奈の方を向く。

一人、二人、三人、四人、五人、六人。

高校生の、しかもほとんどが見知らぬ人達。

大きな体が、部屋をぎゅうぎゅうと埋《う》め尽くしている。

ちょっと……恐い、かも。

「こんにちはっ。ごめんね、大勢で押しかけちゃって」

初めに声をかけてくれた女の人が、優しい笑顔で言ってくれる。

ほうっと、ホットミルクみたいに落ち着く表情だ。それで随分《ずいぶん》楽になった。

続けて他の人達も挨拶してくれて、莉奈はぺこぺこと頭を下げた。

「これ……お菓子を。あ……飲み物がまだみたいですけど、それは兄が持ってくると思うので……」

「ちょっとこの子小六なのにでき過ぎじゃない⁉ なのにうちのバカ妹ときたら……」

ぴかぴか光る栗色のロングヘアーの女性が、驚きなにやら嘆《なげ》いている。

「ていうかさっ」

ずいっとその女性が近づいてくる。他の人の注目もぐんぐんと集まってくる。このまま
いくと捕まってしまいそうだ。ピンチ。

「あ、あの……わたしリビングにいて！ 皆さんと一人一人話してみたいんで、よかったら後で話しに来て下さいっ！」

間一髪《かんいっぱつ》。ギリギリのところで、莉奈は頭を下げ部屋を脱出することに成功した。なにを手間取っているのかお兄ちゃんとも会わずじまいだ。

莉奈はリビングで水をごくりと一杯。

「ふ、ふう……。ちょっと緊張した」

しかし目的は達成できた。おまけに『一人一人と話したい』というセリフも勢いで言

えた。

「まだね……ここからが本番だし頑張らないと」

待ってろよ文研部！

そしてお兄ちゃん！

△▲△

リビングでちっとも進まない宿題を広げてにらめっこしていると、誰かが階段を降りてくる気配がした。

「こんちは～！」

顔を覗《のぞ》かせたのは、あの凄く美人の、髪の長いお姉さんだ。

「あ、勉強やってるんだ！　偉《えら》いね～」

えーとこの人は……確か写真で見た時は……昔は髪をくっていたはず。

「永瀬……さんですか？」

「あれ⁉　わたしの名前知ってくれてるの！」

ぱっと華やいだ笑顔を見せ、永瀬さんは改めて自己紹介をしてくれた。

「――つーことで伊織って下の名前で呼んでくれていいから」

「はい、伊織さん」

「ん～、可愛いなぁ！」

伊織さんは言いながら手をわきわきとさせる。

なんて可愛くて元気のある人なんだろう。まるで太陽みたいな人だ。

しかも……。

「肌……凄く綺麗ですね……！　いったいなんの化粧水を使ってるんですか？」

「水オンリー！」

「な……に……？」

水だと……小学生の自分でも化粧水は使ってるというのに！　絶対同級生からやっかまれていそうだが、この性格だとそうでもないのだろうか。

「けど莉奈ちゃんは可愛いしいい子だねぇ。こりゃあ太一が可愛がるのもわかるってもんだよ」

「え……お兄ちゃん学校でそんな話をしてるんですか？」

「そりゃもう！　全面的に妹ラブを打ち出してこっちが引くくらいだよ」

え……かなり意外だ。お兄ちゃんは恥ずかしがって学校じゃ絶対隠していると思っていたのに。

だとすると、正直嬉しい。むふふのふ。

「ふむ、やっぱり莉奈ちゃんもお兄ちゃん好きなんだねぇ」

「え!?　いや……それは、兄ですから」

「いい兄妹だ、いい兄妹だ」

伊織さんはとても満足そうに、よしよしと頭を撫《な》でてくれる。

こんな綺麗なお姉さんによしよしされて……なんだか幸せ……じゃなくて！

自分には大事な任務があったのだ。本来の目的を思い出せ、ガンバ！

伊織さんに聞いてみたいことは……。

「あ……で、ちょっと気になってたんですけど」

「なに？」

「伊織さんって……一時期お兄ちゃんといい感じになってませんでした？」

――ひやり。少しだけ伊織さんの温度が下がり、周囲の温度まで下がった気がした。

「……太一からなにか話聞いた？」

「いえっ、直接的な話は聞けてないんですけど……こう、話の端々《はしばし》から」

「ああ、そういうことね」

またほっこり温かい顔に戻る。

「色々なことは、あったよ。でも今八重樫太一と付き合っているのは、稲葉姫子《ひめこ》だ」

にこりと、その裏に色んな意味を含めているのであろう笑みを、深める。

「それ以上は、まだ莉奈ちゃんには早いかな？」

大人の女性だった。カッコイイ。お兄ちゃんが扱うのはまだ無理だ。こんな素敵な女性と付き合えたら、お兄ちゃんはのぼせ上がって使い物にならなくなる。

「はい……。あの……個人的にアドレス交換して貰ってもいいですか。お時間があれば、相談に乗って貰ったり、したいと」

「おう大歓迎さ！　でも携帯電話上の部屋だ。後でいい？」

「も、もちろんです。……そう言えばどうして下に降りてこられたんですか？」

「しまっ……トイレを借りに来たんだった！　上のトイレ今修理中なんでしょ⁉　行ってきます……ってかどっち⁉」

「部屋を出て左にっ——」

二階のトイレ、確かに今ちょうど壊れていて明日直る予定なのだ。

不便だ不便だと思っていたが、今日はおかげで皆一階のトイレを使いに来ることになるだろう。その時間違いなく話しかけるチャンスが生まれる……。

なんという偶然！

これは天が自分の通信簿つけを応援してくれているに違いない！

・採点対象『永瀬伊織』　美人度S　優しさA　天然度B　大人な女性度A

メモ：お兄ちゃんの技量では扱いきれない女性なので付き合わなくて正解だと思う。付き合うとしたらもう二年は修行を積んでから。

トイレから出てきた伊織さんが「みんなにも降りてくるよう言っとくね～」と声をかけてくれたので「お願いしますっ！　ただ兄にはバレないように！」と莉奈は頼んだ。

ふむ、と首を傾げた伊織さんだったが「なんか面白そうだね」と快諾《かいだく》してくれた。

伊織さんのいい人度はプラスだな、などと考えていると早速次の人物が降りてきた。しかも複数だ。

「お菓子をとりに～と」

歌いながら長身の男子が、更にもう一人男子が入ってくる。

「お、莉奈ちゃん」

「……おう」

「こんにちは」

青木さんと、もう一人。あんまり愛想《あいそう》がなく冷たそうな印象だけど、スリムだし結構カッコイイ男の人だった。

「あ、今お菓子とりにきてさ。リビングの机の上にあるらしいから」

実は青木さんとは知らぬ仲じゃない。あまり文研部だと意識はしていなかったが、何度か八重樫家に遊びに来たことがあるのだ。

「あの、お兄ちゃんはお客様に働かせているんですか？」

なんたることだ。今から怒鳴《どな》りつけるべきだろうか。

「今太一手が離せなくってさ。ついでに莉奈ちゃんとも話したかったしね～」

青木さんは気軽なテンションで言う。

「そうですか……。あ、じゃあ！　そちらの方からお願いしていいですか？」

青木さんじゃない方の男子を指す。

「あれ？　オレは？」

「一人一人いきたいのでっ……。その間青木さんは隣の部屋で待機《たいき》してて下さい！」


さてさて青木さんを置いておいて、もう一人と面談だ。

よく見ると男子は少し女の子っぽくもある顔立ちだ。中性的……と言うのだろうか？

「や、なんだろうな、これ」

「まま、とりあえず座って頂いて」

ひとまず互いに自己紹介。お相手は宇和《うわ》千尋さんだとわかる（千尋とはまた女の子っぽい名前だ）。そう言えば新しく入った一年生の人の話を何度か聞いていた。

「宇和さんは……うちの兄のことどう思ってますか？」

先ほどとは違った落ち着いた態勢《たいせい》で臨めている。よしよし。

「どう？　まあ……それなりに尊敬できる人だと……」

お、お兄ちゃんが後輩に尊敬されている……嬉しいっ！

「具体的にはどんなところを？」

「……具体的に？　まあ、心が広いというか……」

それからも質問を重ねていく。

「休みの日はなにを？」「道場《どうじょう》行ってたりするかな」「なんの？」「空手《からて》」「学校の成績の方は？」「上位一割か二割の位置には……」

宇和さんは会話を弾ませる気があまりないらしく、なんだか尋問《じんもん》ぽくなってしまう。

「……はい、色々わかりました。ありがとうございました」

「うん……いいんだけど。なにこれ？」

「お気になさらず！……ところで」

ちょっと気になっていたのだが。

「失礼」

そう言って莉奈は宇和さんに近づいた。

ぺたり、胸板に手を当てる。

「ちょ、なに……⁉」

お次は腕をぺたぺた。

「なかなか筋肉質ですね……。ちゃんと鍛えられてます」

「そりゃちゃんと練習してるから……」

顔がよくて、体も鍛えていて、勉強もそこそこで、勤勉《きんべん》そうで。あら、なんとも魅力《みりょく》的《てき》な物件だ。これは注目しておく価値がある。

「あの……将来高い年収を得るご予定は？」

「は？」

・採点対象『宇和千尋』　男前度B＋　細マッチョB＋　愛想のよさD　将来の有望性A
メモ：お兄ちゃんがどうというより個人的に関心がある。ただしクール過ぎるのが×。

「次の方お願いしま～す」

「まるで病院……」と呟きながら出ていく宇和さんと入れ替わりで、青木さんが入ってくる。

「ども～、莉奈ちゃ～ん。待ち時間長くね？」

「ごめんなさい。つい、話し込んじゃって」

「いやいいんだけどね」

にかっと青木さんは笑って莉奈を気遣ってくれる。

ホント親しみやすい人だなと思う。

「でなにしてるの？　おっと？　そのノートはなんだ⁉」

「これはダメですっ！　見ちゃダメです！」

「お～ごめんごめん。そういうルールね」

へらりと笑う。んー、優しいのはわかるんだけどちょっとへらへらし過ぎかも。

もっと、こう、「びしっ！」という感じもたまに欲しい。Mじゃないよ。

改めて青木さんを見る。背が高い。優男《やさおとこ》体型というのだろうか。髪にはパーマがかかっている。うん、やっぱりタイプじゃない。

「……今なんか凄く悲しいことを思われた気が」

「大丈夫です。青木さんを好きな女性はきっといます」

誰にだって愛してくれる人はいるのだ。ってこの前少女漫画に書いてあった。

「ところでお久しぶりですね、青木さん」

「だなー、なんか最近太一の家に来る機会がなかったよな。ま……二人共彼女ができたからかな！」

「青木さんも彼女ができたんですか！　おめでとうございます！」

「ふはは、やあ、ありがとう」

「もの好きな人もいるんですね」

「……彼女の名前を紹介するのが躊躇《ためら》われるよ」

「ふふっ、冗談ですよ冗談。青木さんはそういう弄《いじ》り方をして欲しそうだから」

「前から気になってたんだけど、人に小馬鹿にされる弄り方を求めている風に見えるのって、オレの特殊能力《とくしゅのうりょく》なのかな？」

ふむ、青木さんにも深い悩みがあるようだ。

「ところで青木さんとお兄ちゃんの仲はどうなんですか？」

本題に戻そう。軌道修正《きどうしゅうせい》である。

「いいよ！　凄くいい関係！　親友だ！」

即行でばーんと答えてしまう青木さんはなかなかカッコイイ。普通「どうって言われても……」と濁《にご》しがちなところなのに。あれ、でもこの言い方をするのはお兄ちゃんか。

全くお兄ちゃんはダメなんだから！

「うん、そうだな。お兄さんの太一にはお世話になっています。今後ともよろしくお願いします。って感じかな～」

青木さんは畏《かしこ》まって言い、頭を下げてくれる。まさしく求めていたやつをやってくる。

「ううんっ」咳払《せきばら》いをして、いざ立ち上がる。

「……はい、こちらこそ兄をよろしくお願いします」

莉奈はしっかり礼をする。角度はばっちり四十五度だ。

「へへへ、まるで太一の保護者だな」

「まるでじゃなくて実際そうですっ」

うちのお兄ちゃんはまだまだ子供で妹がいないとダメになるからね。

「そうだな、悪い悪い。じゃあ莉奈ちゃんも、オレと太一がいつまでも親友でいられるよう、よろしくな」

「はい、もちろんです」

いつまでも親友でいたいと望まれるのは、素晴らしいことだ。ただ……。

「ただ青木さん、兄とBL関係になるのは遠慮して下さいね」

「ならないよ⁉」

いやいやそう言って……あわよくばとか考えてそうで危険だぞ⁉

・採点対象『青木義文』 親しみやすさA 人のよさA 弄られ役度S お兄ちゃんをBLに引き込む危険性B
メモ：ホント変な関係になるのだけはやめて欲しい。どちらかが彼女にフられた時が一番危ういので、その時は注意しよう。

「莉奈ちゃ～ん！」

どたどたと階段を降りる慌ただしい音が聞こえ、一人の女子が顔を覗かせる。

栗色の髪をきらりさらりと靡《なび》かせて、にぱーっと満面の笑みを浮かべている。高校生にしては小さい方なんだろうけど、ひ弱な感じはなく活発さが滲《にじ》み出ている。そうこの人は、お兄ちゃんに写真を見せて貰いながら「運動神経抜群《ばつぐん》の空手少女なんだ」と紹介されたこともある、桐山唯さんだ。

「可愛がりに来たもとい遊びに来たよ！」

「かわいがり⁉ あの相撲《すもう》用語で厳しいしごきを意味する……」

「なんでそっち⁉　可愛い子にそんなことする訳ないじゃない！」

「え……はい、可愛い、ですか」

「そう、可愛い。莉奈ちゃんは可愛い。ホント可愛い。超可愛い妹持って帰りたい」

「あ、ありがとうございます」

どうしてだろう、嬉しいはずなのにちょっと恐い。迸《ほとばし》る情熱を感じる。

「あ、でも、さっきの大声だと、わたしと会っているのが兄にばれたと思うんですけど、……大丈夫ですかね？　兄が邪魔をしに来たりは……」

「よくわからないけど、太一はあたし達が莉奈ちゃんと会うのを嫌がってるわね。『あんまりお勧《すす》めはしない。最後に挨拶をするくらいで』って」

友達にもそう言っているのか。……流石に傷つくぞ。

「でも心配無用よ。あたしは特に『うちの妹に接触しそうだ』と警戒されていたから、太一の気が完全に逸《そ》れたところを狙って出てきたの。そうね、後十五分は平気かしら」

お兄ちゃんの気が完全に逸れる……ま、まさか変なことをやっているんじゃ。

「あっちの方向で変なことをやってるんじゃっ！」

「へ、あっちの方向？」

「いえいえ、なんでもないですっ」

口に出してしまった。失敗、失敗。

そこで「そういえば挨拶もまだね」と桐山さんが咳払いを一つ。

「こんにちは、初めまして。お兄さんと同じ部活の桐山唯です」

「はい、わたしは八重樫太一の妹、莉奈です」

お互いにお辞儀《じぎ》をする。

「えへへ、ちょっと畏まり過ぎたかな？　あたしは唯って呼んでくれればいいから。代わりに莉奈ちゃんて呼ぶけど……最早呼んでるけど、いい？」

「もちろん大丈夫です」

第一印象よりまともな人じゃないか。伊織さんも含め、文研部女子の方々は気軽に小学生の自分と付き合ってくれる、とてもいい人達だ。

おかげで高校生相手なのに、随分話しやすい。

「あの、じゃ、唯さんに伺《うかが》いたいことがあるんですが」

「はぁ……はぁ……」

「……唯さん？」

「はぁ……え⁉　なに？　ごめんなさい、聞いてなかった」

「えっと、伺いたいことがあるんです」

「伺いたいこと、なるほど……うっ！」

「ゆ、唯さん？」

「大丈夫……莉奈ちゃんが可愛過ぎて、発作が出ただけだから……」

「可愛過ぎて……発作？」

なにを言ってるんだこの人は。

「ふぅ、落ち着けあたし。確かに莉奈ちゃんは可愛いけど、確かに今ここにいるのは二人だけど、確かに今はチャンスだけど！　でも……あたしにも理性が……」

本格的にどうしたんだ。頭を抱えるし、ぶるんぶるん首を振るし、まるでなにかに葛《かっ》藤《とう》しているようだ。

その時莉奈は不意に感じた。ここで唯さんが欲望に負けると、大変なことになる。負けると……凄く不味いことになる。気がする。

「ああ……でもダメ……だって可愛いんだもん。凄いいいんだもん。だから……」

「ま、待って下さい唯さん！　よくわかんないですけど……頑張って！　頑張って！」

フレーフレー桐山唯！　さん！

「…………っっ⁉　その可愛い動きは……反則……だ……きゃ〜可愛いきゃ〜！」

「ゆ、唯さ……！」

突如駆け寄ってきた唯さんが莉奈にぎゅっと抱きつく。に、逃げられん。

それから全身をわちゃわちゃされる。

「お肌ぷにぷに〜！　髪ふわふわ〜！　腕ほっそい！　いい香り〜！　きゃ〜！」

全身をわちゃ……わちゃ……され、わっちゃ……わっちゃに……され……る………。

——可愛がりよりも恐ろしいものを見た。

・採点対象『桐山唯』　採点不能
メモ：コワカッタ。

唯さんに襲われて莉奈はしばらく放心状態に陥った（貞操《ていそう》的な意味では無事である。そういうのじゃないのだ。そういうのじゃ……）。

「けど戦いはまだまだ……わたしの戦いは続くから……」

よろよろと冷蔵庫まで移動し、アイスバーを入手。

ぺろぺろと舐《な》めて体力の回復を図った。

「よし……だんだん元気になってきた……！」

アイス……ああ、偉大《いだい》なる人類の発明品。

人類の奇跡《きせき》（アイス）で気力を呼び起こし、なけなしの体力を振り絞る。

さあ現在四人終わって後二人。どこの誰がくるかわからないが、通信簿をつける者としては手を抜けない。

お兄ちゃんのため、そして自分のためにだ。

さあこい！　ばっちこい！

リビングの椅子《いす》に座って、待つ。

そこに、莉奈の気合い復活とタイミングぴったり、狙い澄ましたみたいにあの女がやってきた。

「……トイレのついでに、ちょっと顔を見に来た」

かこーん、とししおどしが鳴った……ようなイメージが莉奈の頭に湧《わ》き上がる。

目の前に立つのは、稲葉姫子。

言わずと知れた、兄太一の初めての彼女である。

悔しいけど、あまり認めたくないけど、今日も稲葉はクールビューティーだ。

「お久しぶりです」

リビングの入り口のところに立つ稲葉に向けて声をかける。特に、こちらから席を勧めたりはしない。座りたければ自分で座ればいいのだ。

「久しぶりだな」

「……うちのお兄ちゃんはちゃんとやれてますか？」

まずは莉奈からジャブを放った。

「ちゃんと……いい彼氏をやってくれてるよ。仲も、上手《うま》くいっている」

「ただ優しいだけではなく時には厳しく……ですか？」

「お互いが成長し合える関係も、最近は築けている」

「それは稲葉さんも時に兄に厳しくするという意味ですか？　お兄ちゃんは甘やかすとダメになる子だから、場合によっては厳しくしないとダメですよ。わかってますよね」

「アタシもあいつと彼氏彼女になって結構経つんだから重々承知して……ってなんだよこれ！　お前は姑《しゅうとめ》か！　長いこと付き合ってやったアタシもクソ優しいな！」

突然稲葉がつっこみ始めた。まあ恐い。

「マジでお前は兄貴に対して無駄《むだ》な口を出し過ぎなんだよ！　だから太一もお前を友達と会わせるのを嫌がるんだ！　もっと兄離れしろ！」

「そんなことないですっ！　お兄ちゃんはお兄ちゃんなんだからわたしが見ておかないとダメなんですっ！　妹は必要です！」

まだまだ独り立ちを許す訳にはいかない！　放っておいたら妹に報告してこないし！

「理論が全然ないんだよ！」

「理論を超えた血の繋がりが兄妹です！」

「アタシと太一も理論を超えた愛の力で繋がってるぞ！」

「ふ、ふんっ。そんな絆《きずな》、どちらかが『別れよう』と言ったらおしまいです」

「でも将来の伴侶《はんりょ》になるのは、そんな絆で結ばれた人間だぞ」

「は、伴侶だなんてまだ認めてませんっ！　稲葉さんはお兄ちゃんを支えきるほどの女の子力に欠けています！」

「んなもんアタシの彼女力ですぐカバーしてやるさっ」

「だとしてもわたしの妹力の方が上ですっ。文句はそれを超えてから言って下さい！」

「なんだとこのっ」

「なんですかそのっ」

「むむむ！」

「ぬぬぬ！」

まだだ！

まだこの女には負けられん！

お兄ちゃんを任せるには早過ぎる！

・採点対象『稲葉姫子』女の子力B　お兄ちゃん好き度A　わたしのライバル度A
でもまだまだわたしに勝てないだろう度S（つまりわたしが負けることはない）
メモ：稲葉さん相手だとなぜか言い争いになってしまう。これもお兄ちゃんがしっかりしてくれたら少しは減ると思うのだけれど。

「はぁ～……、疲れた」

大きな溜息をつきながら、莉奈は二本目のアイスバーを頰張《ほおば》る。冷たいバニラ味が口にじゅわっと広がって、疲労がじわじわ蒸発していく。ほんの少しだけれど、体力回復。でも稲葉戦がラスボスでよかった。後はこれまでつけた通信簿を整理してまとめ、それをいかして——。

「あの……お邪魔してます。……こん、にちは」

ひょこんと、草むらからうさぎが頭を出すみたいに、女の子が顔を見せた。

ふわふわの茶色の髪が揺れ、くりくりの瞳が莉奈に向けられる。ゆっくりと、その子の全身が露《あらわ》になった。

やわらかそうな体は白いパーカーに包まれていた。下もジーンズと気取った格好ではない。でもその普段着な感じが、逆にぐっとくるスタイルへと昇華《しょうか》されていた。なんだか彼女が気軽に家に遊びにきてくれたみたいで、親しみやすくって同時に心がうきうきする。

体も大きくなくて、失礼ながら高校生にはあまり見えない。でも中学生かと言われると、そいつもちょっと違うかなという感じだ。上手く表現するなら、そう、それはみんなにとって『妹』という位置づけがちょうどいいような……。な、なにを言う！　妹はこの八重樫莉奈だっ！

「あのっ……みなさんとお話ししたと聞いて……あ、相手は小学生だ……よし。えっと、お姉ちゃんと少しお話ししないかな？　莉奈ちゃんとお話ししたいんだ」

「その可愛い感じ卑怯《ひきょう》ですっ！　いつも学校でもその感じなんですかっ⁉」

「ひ、卑怯⁉　ごめんなさいごめんなさいっ⁉」

「だからなんでそんな可愛く……！」

おろおろしていると助けてあげたくなってくる。妹の自分が、相手を助けたくなる。

助けるのはお姉さんだ。だから、外から見れば年齢《ねんれい》の差が逆転して、自分が彼女のお姉さんになる。妹ポジションが奪われる……。

「あ、そう言えば自己紹介がまだですねっ！　わたしは円城寺紫乃《しの》と言って、太一先輩とご一緒に、文化研究部の活動をしています」

「太・一・先・輩・だ・と！　後輩キャラも追加するのか⁉」

妹キャラ体質、そして後輩キャラ属性。部活も一緒だし、学校に半日いる間にお兄ちゃんと触れ合う機会もあるだろう。

「お、お兄ちゃんのことを……円城寺さんはどう思っていますか？」

「は、はい。大好きですよ。あ、でも重要なのは声で——」

「だ、大好きと言ってしまう⁉」

なにこの強敵《きょうてき》！　ラスボス戦を越えたと思っていたら恐ろしい裏ボスが待っていた！

この子はお兄ちゃんの（妹的な）好みにストライク過ぎる。絶対、凄く可愛がって貰っている。この子といられたら、確かに妹パワーの補充は十分間に合うだろう。となれば、家に帰って妹となにかする必要もなくなる。だからお兄ちゃんは……。

やだ。やだ。自分の居場所が。

「う～、でもいいですね……あ、いいね～。太一先輩の妹ってことは素敵ボイス聞き放題な訳で。わたしが妹になりたいな～」

妹に、なる？

この人が妹に……。

な、ならせるかっ！

「えいっ、えいっ！」

「な、なに⁉　痛いっ……て言うほど痛くないけどなんか痛いっ！　あ、アイスバーの棒でぺちぺちするのはやめて下さいっ！　こ、こそばゆい⁉」

「ま、負けないぞ⁉　そんなニセ妹に、本物の妹が――」

「――おい、莉奈。なにをやっているんだ？」

△▲△

八重樫家を訪れていた文研部の皆さんは全員お帰りになった。お兄ちゃんは皆を送って家に戻った後、リビングに莉奈を呼び出した。

莉奈がびくびくしながらリビングに入ると、お兄ちゃんが立っているので莉奈もその向かいに立った。そろっと顔を窺う。

珍しく、本当に珍しく、お兄ちゃんは莉奈に対して、怒っていた。

「莉奈、なんでお兄ちゃんが怒っているか、わかるな？」

冗談じゃなく本気口調で、お兄ちゃんは言ってくる。

どうしよう。お兄ちゃんが。恐い。

「途中か最後にはお前をみんなに紹介しようと思っていた。だけど俺がちゃんと言わなかったから、勝手に皆と話そうとしたんだな。それは、許すよ」

ほっ、としかけたら、「でも」とお兄ちゃんは続ける。

「みんなに迷惑をかけたのは、やり過ぎだ」

「や、やり過ぎなことなんて……」

「みんなの都合を考えず自分に合わせて貰って、喧嘩《けんか》もして軽くだけど手も出して、人に評価までつけて、それはやり過ぎだ。年下だから可愛がられて許されてるけど、同じノリがずっと続くと思っちゃダメだ。もう中学生だぞ、お前も」

「で、でも……」

「でもじゃない」

恐い。本当に怒っている。じわっと涙が滲んできた。

「ごめんなさい……」

謝ると同時に、ぽろりと涙を零《こぼ》してしまった。泣くのなんて恥ずかしいし、嫌なのに。

「……お兄ちゃんの……こ……とが、心配……だった……んだもん」

目の前にはフローリングが広がる。ちらっとだけお兄ちゃんの足が見える。

「心配？」

「だって……お兄ちゃんが最近構ってくれなくて……」

あれ？　構ってくれない？　それは、自分がお兄ちゃんを心配しているのとは、違うような。

「出かけることも……多くなって、後、部屋でも電話とかで友達と話して……勉強も忙しそうで……お兄ちゃんの中で、わたしの重要度が……下がった、みたいで……」

待って。

待って待って。なにこれ？

こんな駄々《だだ》っ子みたいなこと言うつもりない。違う。自分はもっと大人だ。

どうして。

でも、今日確かに、色んな自分の知らない人に囲まれていたお兄ちゃんは、遠くの人に見えた。

自分から離れていくようだった。

だって、単純にお兄ちゃんがあそこの人達全員と妹の自分に時間を等《ひと》しく割けば、一度喋ってから六人待たないと次に自分とは喋ってくれない。

そんな風に、自分とお兄ちゃんは離ればなれになって――。

「バカだなお前は」

気づいたらお兄ちゃんの足が近くにあって、頭の上には大きな手が乗っかっていた。

よしよしと、その手が動く。

されるがままの自分は子供みたいで、恥ずかしい。

でもその手は温かくて、優しくて、力強くて、胸が一杯になった。

「俺がお前を大切に思わなくなる？　ある訳ないじゃないか。俺の信頼度はそんなに低いのか？」

俯《うつむ》いたままぷるぷると首を振る。

「俺の中で莉奈の重要度が下がることなんて絶対ない。というか、重要とかどうとかの問題ですらない……この言い方が悪いのか」

お兄ちゃんは少し考えてから、再び口を開く。

「莉奈は俺の中でずっと特別枠《わく》だ。その領域は誰にも侵されない。なんたって、お前はたった一人の、俺の妹なんだから」

もう、なにそれ。クサいよ。クサ過ぎるよ。

普通ならそんな言葉、言えない。

だけど。だから。

莉奈は一歩歩み出て、ぎゅむっとお兄ちゃんの腰に抱きついた。更に顔をお兄ちゃんの胸に押し当ててやる。

言葉にならない想いを乗せて、体を近づける。

「今日は甘えたがりだな」

お兄ちゃんは言って、背中をとんとんと叩いてくれる。

「今日……だけだよ」

そう、今日だけなのだ。今日はたまたま、センチな気分になってしまったのだ。

明日からは、もうこんな寂しがりなお兄ちゃん大好きっ子にはならない。

だって普段は、お兄ちゃんが妹にぞっこんなんだから。

ぐすっと鼻を啜《すす》って、涙をお兄ちゃんの服で拭《ぬぐ》ってやる。ふん、妹を泣かせた罰だ。

莉奈はお兄ちゃんから手を離して、数歩下がる。気を取り直して。

「……お兄ちゃん、妹にこんな悲しい思いをさせて――」

いつもの感じで指導してやろうと考えて、やっぱりやめる。

「……わ、わたしの中でもお兄ちゃんは特別だから。……たった一人の、お兄ちゃんだから」

思い切って伝えると、お兄ちゃんは最高の笑顔で大きく大きく頷いた。

「おう」

ああ、恥ずかしい恥ずかしい恥ずかしい。兄妹二人でなにをやっているの？

でもたまには、ってやつか。

それからお兄ちゃんは嬉々《きき》として話し始めた。

「そうか……、お前は俺のことが本当に大好きだったんだな。いや、わかってたんだけど。改めて言われるとお兄ちゃんも嬉しいなぁ。あ、じゃあこれから晩飯《ばんめし》まで時間あるし、お兄ちゃんとなにかしないか。どこか近くに行っても――」

その時莉奈の携帯電話が鳴る。

「ちょっと、ごめん……」

「おう」

お兄ちゃんに断って発信相手を確認する。

その相手は——。

「あ、彼氏から電話だ」

この土日は連絡取れないだろうと思っていたから、サプライズだった。嬉しい！

そしてほくほく顔だったお兄ちゃんの表情が、一瞬にして凍りついた。

天国から奈落《ならく》に突き落とされたかの如き変わりようだ。

知ったこっちゃないけど。

ちゃきーんと莉奈の中でもスイッチが切り替わる。妹から彼氏持ちの女の子に変身だ。

「じゃ、そういうことなんで。お疲れっしたお兄ちゃん」

「お……おいおい⁉ 急にドライ過ぎないか⁉」

「まあ、そんなもんっしょ。所詮《しょせん》兄なんて彼氏に比べれば」

兄と恋ができる訳でもないし。

「お、俺の優先順位は⁉ さっきまでの『お兄ちゃん大好き状態』は——」

「じゃあね～」

さっと二階の自室へ向けて、出発進行。

「り、莉奈〰〰〰っ！」

奥さんに捨てられた旦那《だんな》みたいな情けない声を出すお兄ちゃんをほったらかしにして莉奈は階段を駆け上がる。

彼氏との電話にうきうきが止まらない。この心のわくわくドキドキ感を思うと、今日一日センチな気分になっちゃったのも、彼氏と連絡が取れなかったのが原因なんだろう。

いや、でも。

やっぱりお兄ちゃんの影響もあるかなぁって気もする。

あー、じゃあ今日迷惑かけちゃったのは事実だし、一言だけ心の中で言い残しておこう。

——これからもずっと、わたしだけのお兄ちゃんでいてね。

カップルバトルロイヤル

「ふう、ごちそうさんでしたっと」

目の前に座る渡瀬伸吾《わたせしんご》が、パンの入っていた袋をくしゃくしゃと丸める。

八重樫太一《やえがしたいち》も弁当箱を鞄《かばん》に片付けた。

新学年になってもう二週間が経つ。

「そういや文化研究部《ぶんかけんきゅうぶ》の勧誘活動は上手くいってんのか？」

「新二年生の二人が中心で頑張ってくれてるよ」

頼れる後輩の姿を思い浮かべながら太一は答える。

「でもお前のところ二年生二人だろ？　三人以上入らないと存続危ういんじゃない？」

「大丈夫……なはずだ……きっと」

「不安感丸出しじゃねえか」

サッカー部のエースであるつんつんウルフヘアーの渡瀬とは、三年生になっても出席番号の関係でこうして前後の席だ。昼休み、自然と一緒に昼食をとる機会も多くなる。

二人の話を聞いてか、教卓《きょうたく》の付近にいた別の人間が近づいてきた。

「五人以上じゃないと部活として認めない、という杓子定規《しゃくしじょうぎ》なやり方もどうかと思うが……校則を緩《ゆる》くする分部活動で協調性云々《うんぬん》を学ぶためだと主張されるとなぁ」

「お、香取《かとり》会長は我が校のルール改革にも取り組んでくれてるんすか」

渡瀬がおどけて言うと「話をしただけだな」と香取譲二《じょうじ》は軽く返す。その時自然な動作で髪を掻《か》き上げたのだが、まるでドラマに出てくるアイドル俳優のようだった。

九月に任期が終わるまで生徒会長を続ける香取は、太一が三年生で初めて同じクラスになった人間の一人だ。

新学期が始まって二週間では、一年生にとってはまだまだ慌ただしい日々かもしれない。だが既《すで》に丸二年を山星高校《やまぼしこうこう》で過ごしてきた三年生達にしてみれば、クラス替えがあったとはいえもう十分落ち着ける頃合いだ。まだ受験でピリピリするには早いここ三年五組にも、ゆったりとした空気が流れている。

「少人数な部活だと存亡《そんぼう》までかかってるんだな」

更に会話に加わる人間がいた。背が高くがっしりとした坊主頭《ぼうずあたま》の男、石川大輝《いしかわだいき》。底抜けに明るい中山真理子《なかやままりこ》の彼氏でもある。

「野球部やサッカー部はそんな悩みなさそうでいいよな、本当に」

その点に関しては太一も羨《うらや》ましく思う。

「――太一。と、男子メンバー勢揃《せいぞろ》いだな」

教室に戻ってきた彼女に、声をかけられる。

シャープで大人びた雰囲気《ふんいき》は、華やかさには欠けるかもしれない。けれど静かで凛《りん》とした立ち姿は、日本的な奥ゆかしい美しさを表現し、見た者を引き寄せる圧倒的な力を持つ。漆黒《しっこく》の髪に、切れ長で大きな瞳がまた魅力的である。

「姫子《ひめこ》」

太一は自分の彼女の、稲葉《いなば》姫子の名を呼ぶ。

「なんの相談をしているんだ？」

「相談というか、部活の新勧《しんかん》の話だな」

「ああ、新勧ね。しかし三年になると、一、二年よりはそのイベントから遠ざかっている感じがあるな」

「まあなー、サッカー部も三年は最後の大会残すのみだし。それが終われば受験……」

「大会が終わる前から受験勉強始める方がいいぞ」

香取の言葉に、渡瀬は「うへぇ」と心底嫌そうな顔をした。

「少しずつやれる範囲《はんい》で受験勉強も進めないとな」

石川が言うので太一も呟《つぶや》く。

「なんか三年だと、大きなイベントがあっても完全に没頭《ぼっとう》してられないよなぁ……」


「真・面・目・か！」


突如《とつじょ》、窓の外、廊下側から大声がした。

かと思うと窓越しに影が動き、その人物が扉から入って太一達の前にやってくる。

「真・面・目・か！」

わざわざ二度目を言ったのは、纏《まと》め上げた黒髪とメガネがトレードマーク、三年五組の学級委員長として絶賛《ぜっさん》活躍中の、藤島麻衣子《ふじしままいこ》である。

「いやいや今の会話はびっくりよマジビビるしなんの進展もないちなみに盗み聞きしたかった訳じゃなく廊下にいたら窓も細く開いてたし自然と耳に入っただけだから」

「息継《いきつ》ぎしろよ藤島」

香取に指摘《してき》されている。

「私思ってたのよ。八重樫君、渡瀬君、石川君、会長香取君は仲よくなるんだろうなって。でもそのメンバーが揃うと……真面目な感じになるんだろうなって！」

「はぁ」と太一も返事するしかない。

「だって……だってボケがいないじゃない！　みんなクールじゃない！」

「……そうか」困惑気味に石川も応じる。

「今だってそこのバカップルが『太一』『姫子』なんて公然と呼び合ってるのよ！　いじるべきポイントでしょ！　『このラブラブカップルがっ！』のくだりでご飯三杯いけるはず！　あ〜、一人でもハイテンションキャラがいてくれたら！」

「藤島さん……んな嘆《なげ》かなくても。てか俺別にローテンションキャラじゃ」

「渡瀬君は破天荒《はてんこう》じゃないわよね」

「俺には……破天荒さが足りていない……」

頭を抱え始めた渡瀬を尻目に姫子が言う。

「やりたきゃお前がハイテンションキャラやれよ」

「まさしく今やってあげているのよ！　素晴らしいクラスのために！」

「んな熱を入れんでも」

「でもよく考えて稲葉さん。三年生になって受験も本格化していくわ。受験って団体戦なのよ。クラスの絆《きずな》が必要なのに、三年生はイベントが少ない。修学旅行も終わっちゃってるし、後は体育祭や文化祭という過去にもやってきたイベントがあるだけ」

「最高学年として迎えるイベントはまた違う気もするけどな」

「特に会長だったらそうかもしれないわね。でも、新たな刺激と言うには足りていない。となると新たな化学反応が起こる確率も低くなる」

「新たな化学反応？」と太一は聞き返す。

「男女間のあれよ。あ、男男間、女女間もあるわね」

マイノリティーへのフォローも忘れない藤島である。

「とにかく、まだ余裕がある時期に、学校で新しいイベントがあればいいのに！　イベント……思いつきで言ったけど案外いいわね」

藤島が一人で盛り上がっていく。

「ていうかまだ高校生活で恋人ができていない子達にチャンスを作ってあげたい！」

「さっきまでオブラートに包んでいたのにな」

太一はぼそっと呟く。

「そして私もチャンスをゲットできれば……いえいえ、そんなことないわ。私はみんなの受験戦争にも生活充実にも素直に貢献《こうけん》したいだけ。皆の闘争心《とうそうしん》と化学反応を生むイベントがあって、その中で私にもうふふがあればいいなってそんな思ってない」

「建前《たてまえ》と願望《がんぼう》がせめぎ合ってるぞ」

今度は姫子につっこまれていた。

「まあ、イベントをやるのは悪くないよな」

「流石香取君！　稀代《きたい》の生徒会長！　よ〜しこうなれば話を進めるしかないわね！　絶対学校全体を巻き込んでやるわ！」

「いや、学校全体までいかなくても」

「いいえやるったらやるのっ！」

「……俺は今この藤島の勢いがどこから出ているのか知りたい」

最早香取に畏怖《いふ》の目で見られる藤島だった。

しかし、本当に凄いのはここからである。

藤島は生徒会のメンバーと共に学校側に直訴《じきそ》し、わずか三日で本当にオリジナルイベントの許可を取りつけてきたのである。

それはまるでスーパーマンの如《ごと》き働きぶりであったと伝え聞いた。

いや、ただ強いだけではなく人間らしい弱さも併《あわ》せ持つ藤島のことも思えば、それはまるで変身した時に強くなれる、ウルトラマンと言うべきだろうか。

「企画名発表しまーす」

◇◆◇

突然の『イベントやります』発言から三日後の昼休み、三年五組の教壇《きょうだん》で藤島麻衣子がチョークを持って板書《ばんしょ》する姿を太一は眺《なが》めていた。

休み時間だというのに、期待値の高さが為せる業かクラス全員が着席している。

『田中《たなか》先生・平田《ひらた》先生結婚記念！　幸せのブーケ杯《はい》――』

そこに引っかけてくるのかと太一は意外に思う。

『――（争奪《そうだつ》カップルバトルロイヤル）』

「括弧《かっこ》以下が殺伐《さつばつ》だな」

太一は思わず呟いてしまった。

いや～、と後ろの席の渡瀬が話し出す。

「田中と平田涼子《りょうこ》先生がマジ結婚だもんな。教師同士公開告白やらかして別れたらどうすんだって言われてたけどゴールインしちゃったらおめでとうとしか言えんわ」

そこで渡瀬は「あ」となにかに気づいた顔をする。

「告白のきっかけになった二人の密会《みっかい》スクープ写真、確か文研部が流したよな」

「まあ、な」

「お前らが結婚のきっかけと言ってもいいじゃん……ってこんな普通のテンションじゃダメなのか、もっと『お前らキューピッドじゃん！』的なのが藤島さん好み……」

「変な方向に走るのはやめろよ。説明あるぞ」

藤島はルールの概要《がいよう》を箇条《かじょう》書きにしていた。

「細かいところは当日説明するし、まとめた紙も配る予定だけど……」

ルール
・これは生き残りをかけて戦い優勝者を決めるバトルロイヤルである
・ペアで参加すること（性別問わず）
・ペアで一つ造花《ぞうか》を持ち、それをかけて戦う
・勝負形式は両者合意できればなんでもあり
・勝った方が負けた方の持っている造花を総取りする
・制限時間内に最も多くの造花を持っていたペアの優勝

「ペア……バトルロイヤル？」「つか、田中先生、平田先生を祝うって名目で許可とった？」「学校全体を巻き込んだイベントを実現させる藤島さんの手腕《しゅわん》……」

クラスの皆が口々に話し出す中、姫子が先陣《せんじん》を切って藤島に質問した。

「イベントをやるつもりなのはわかった。……が、人集まるのか？」

「あら、そこの心配？」

「まあな。人が集まらなきゃ、イベントっつうかただ遊んでるだけだろ。意味のわからん催《もよお》しに参加する者が多いとも思えんが」

「普通じゃねぇ。……でも優勝者に校長や理事からも認められた特典《とくてん》があるとしたら」

含みのある言い方に、ざわ、と教室内が色めき立つ。

「その特典がみんなにとんでもない価値をもたらすものだとしたら」

「……なんなんだ？」

「なんと優勝者は……」

藤島はこれ見よがしにタメを作る。

「なんと……」

藤島は更にもったいぶって皆の期待をこれでもかと高める。

「生徒代表として、田中先生達の結婚式用ビデオレターでコメントできるわっ！」

……できるわ……できるわ……！

できるわ、の声が教室内に無残《むざん》に響き渡った。

皆、恐ろしく無反応だった。

「え……いや、嫌とは言わないけど」

「……とんでもない価値をもたらす？」

クラスから当然の声が上がると、藤島はちっちっと指を振る。

「それだけじゃないわ。文化祭の開会宣言をやる権利も得られるわ」

「……ええと」

「目立ちたい人はいいかもしれないけど……」

急速に教室の温度が下がっていく。イベントの参加人数にも悪影響が出そうだ。

「ああもう。こう言わなきゃダメ？　とにかくこの大会で優勝したペアは一年間『学校代表』に認定されるの。そういう役職《やくしょく》になるイメージね」

「で？」

いい加減興味を失いつつある姫子が先を促《うなが》す。

「その『学校代表』は学校認定。内申書《ないしんしょ》にもきちんと記載《きさい》される。つまり大学入試に際し高校側から提出される書類にもばっちり載る。するとなにが起こるか」

藤島はばしん、と黒板《こくばん》を叩く。やり手の塾講師《じゅくこうし》みたいになっていた。

「生徒会長やっていました、くらいに評価上がるんじゃない？　特に推薦入試《すいせんにゅうし》だと！」

「おお」「それは……！」「割と……」「いい気がするぞ……？」

クラス内のベクトルが、初めて上向きに動き始めた気配がある。

「一般入試組には効果は限定的かもしれない。でも、あるに越したことはない。部活もやっていて『学校代表』も務《つと》めていて。そんな生徒、私が大学側なら……是非《ぜひ》欲しい」

おおお、生徒のどよめきが大きくなる。

「私達はいい大学に入るために高校生活を送っているんじゃない。でも、貰《もら》えるものは貰っといて損はないでしょ！　世の中はシビアだから！」

「そうだ！」「その通りだ！」同意の声が巻き起こる。

「イベントを楽しみつつ競争社会の厳しさも感じつつ、おまけに今後の人生におけるアドバンテージをゲットするチャンスを摑《つか》み、ペア参加という口実を使って気になるあの子にアプローチもできて！」

気づくとどんどんメリットが積み重ねられていく。もうなにがどういいのかよくわからなくなっているがとにかくいい気がしてきた。これだけいいところがあるのだから。

「なにこの神イベントって思わない⁉」

「「「思います！」」」

ここまできて、ついにクラスが唱和《しょうわ》する。

「じゃあみんな、やるからには優勝を目指しなさいよ！　クラスメイトは仲間だけど、だからこそ本気で戦うの。カップルバトルロイヤルは受験勉強に備えて闘争心《とうそうしん》を鍛えるためでもある」

闘争心を燃やした者だけに、摑めるものがある。

「戦って戦って勝ち残る。勝つことこそ、この戦場では全て！　その魂《たましい》をもって戦った先に、本当の友情と愛の芽生《めば》えがある！」

「「「おおおおお！」」」

昼休み終了五分前の鐘《かね》の音をかき消すほどの大歓声《だいかんせい》に三年五組は包まれた。

「よし……皆もこれだけモチベーションが高いんだから俺も……！」

拍手をしながら太一もしっかりイベントに向けてテンションを高めて……周囲に乗せられている気もするがいいんだ別に。

「おい聞け八重樫。俺は今決意した……」

と、なぜか渡瀬が切羽詰《せっぱつ》まった表情をして話し出した。

「ずっと同じクラスなのに勝負を決めきれなかった俺だけど……今度こそシュートを打つ。絶対に決めてみせる……！」

「ど、どうした渡瀬」

「俺はこの大会に、藤島さんと共に出場する。そして優勝してみせる」

「まず藤島と出場できるのか？　まだ約束もなにもないだろ？」

「……優勝した暁《あかつき》にはもう逃げも隠れもせず、八重樫並みに恥ずかしいことをする覚悟で……告白する」

「なぜ俺が引き合いに出される。後優勝するとか色々ハードルが高い気が」

「バカ野郎っ。本気の恋なら必要なんだよ。てか俺告白されたことしかないんだよ」

「薄々思ってたけど渡瀬って意外に……ヘタレだよな」

「へ、ヘタレじゃないしっ」

「だからここまでなにもなく」

「な、舐《な》めるなよ八重樫っ。俺だってやる時はやるぞっ」

——そうして始まったこの物語。その主役は誰かと問われれば、十中八九が藤島麻衣子と答えるだろう。

なにが彼女をいつも以上に突き動かしたのか。

気になって太一が後で尋ねると、答えはこう返ってきた。

私はもうすぐ、受験モードに突入する。

だからこれが、私の高校生活最後の、青い春なのよ。

+++

清々しい快晴は、まさしく行楽日和《こうらくびより》、そしてバトルロイヤル日和。

運動場には出場登録を済ませた体操服《たいそうふく》姿のペア達が続々と集まっている。動きやすいように選んだ格好だが、これだけ体操服姿が揃うのは本来体育祭しかないだろう。一応家族その他関係者なら見学可ではあるが、朝の現段階ではその姿は見えていない。

藤島麻衣子にとっても、運命の土曜日がやってきた。

登録作業を行っている生徒会執行部《しっこうぶ》のメンバーに先ほど確認した数にまだ登録待ちをしている生徒を加え、おそらく三百ほどのペアが参加しそうだ。単純に一ペアと一ペアがぶつかり続けるとして、八回勝てば優勝となる。長時間かかる勝負をしないよう調整すれば、夕方には十分終わると予想される。

ペアは男同士、女同士、実際に付き合っているカップルも意外に多く、男女ペアの割合も高いと見える。そして登録済みのペアは赤の薔薇《ばら》を模《も》した造花《ぞうか》を手にしていた。

しかしやるからには、優勝を。

藤島は本気で貪欲になろうと考えている。高校生活で一つくらい、一番になったものを残しておきたい。それがあれば心置きなく受験戦争にも向かえるだろう。

「一つの区切りね」

このイベントを機に付き合い始めるカップルもきっといる。芽生える友情もあるはず。自分にだって、この戦いの中で運命の相手が見つかるかもしれない。

何人もの対戦相手と戦うだろうしなによりパートナーとの共闘《きょうとう》で……パートナーとの……パートナー……あれ？　ちょっと待って、大事なことを、忘れて──。

「い、一緒に出場するパートナーの打ち合わせしてなかった⁉」

驚天動地《きょうてんどうち》、びっくりの展開である。

ていうか準備に奔走《ほんそう》していて考えている暇《ひま》がなかった。

藤島はきょろきょろと辺りを見渡す。

だいたいが既に薔薇を持っている。だが校舎近くでは一部持っていない者もいるようだ。開催《かいさい》準備の時間も短かったし、当日にならないと来られる人間の数もわからなかったので、当日その場でペアを決めている者も多いのだ。そこでこそ「余りになりそうだし組むか」「し、しかたないわねっ」的胸きゅんフラグ発生イベントが……というのはおいておいてとにかく。

誰か相手を見つけないと！

どうしよう。組むのは本気で優勝を狙える相手がいい。

となると候補《こうほ》の筆頭《ひっとう》に上がるのは、スペックの高い生徒会長香取譲二だが……。

「お、おい。あそこ見ろよ」「え……あの二人なの」「あれぞ主役って感じじゃん」

ざわめく生徒達の視線の先にはまさしく生徒会長香取が、そして隣には、山星高校正ヒロイン、光輝く清純派、永瀬伊織《ながせいおり》がいた。

「永瀬さんは第二候補に上げようかと思っていたのに……」

あのハイスペック×ハイスペックコンビは反則《はんそく》じみている。

後は八重樫太一も捨てがたい逸材《いつざい》だとは思うが、あの男は稲葉姫子といちゃいちゃ出場するに違いないああ羨ましいなので、他の候補を……。

「ふ、ふ、藤島さんっ」

凄くつっかえつっかえ名前を呼ばれた。

「あら、渡瀬君」

立っていたのは渡瀬伸吾、三年間同じクラスになった数少ない同級生の一人だ。なかなかにいい男で、渡瀬の言葉に救われたこともある。

あの言葉があったから、自分はこの道を行くことができている。

「ペアが決まっていないなら……ぼ、僕……いや俺と……一緒に出場しませんか⁉」

頭を下げて手を差し出される。まるで付き合ってくださいと告白された後みたいだ。正直告白された経験はないから、どんな風になるのかはわからないけれど。

ん、ペアの申し込みをされた？

渡瀬伸吾……背は高いしさわやかフェイスな第一印象のよい男だ。サッカー部エースで運動神経もいい。学校の成績は並だが勉強ができないのではなくやっていないだけのタイプで、頭自体は切れる。ペアを組む人材としては申し分がない。

「優勝する気、ある？」

「もちろんだっっ！　必ず優勝しようぜっ！」

言葉が、瞳が語っている、本気だ。

「……よし、私の命運《めいうん》、渡瀬君に託《たく》すわ！」

手を差し出して、渡瀬とがっちり握手《あくしゅ》する。渡瀬の手が汗ばんでいたのは、暑さのせいだろうか。

自分も気合いを入れ直す必要がある。

「私は高校生活の中で色々なことをやってきて、迷う時もあったけど本当に楽しく過ごすことができた。学校で目立つこともあったけど、ついぞ一番にはなれていない」

自分は凄くない。

オンリーワンを気取って、実は一番になれる器《うつわ》ではない。

「でもこの戦いくらい、ただ一番を目指したいと思っている。そして一番になったその時自分にも、もしかしたら運命の人が……」

「え、今なんて――」


青空の下、集まったのは三百一組六百二名の生徒達。

運動場にてルールが改めて説明される。ここも自分が請《う》け負おうかと考えていたが、事前準備の段階で頑張り過ぎだったからと他のメンバーが役割を買って出てくれていた。

『え～、それでは最後はこの方々に開会宣言をして頂きます！』

司会を務めていた副会長の紹介で、田中・平田ご両名が登場する。

「おおお！」「来んのかよ！」「涼子先生可愛い～！」「おめでとう～」「てか田中はよくも俺達の涼子先生を……！」

マイクを手渡された田中は仏頂面《ぶっちょうづら》をしており、平田はいつも通りにこにこ優しげな笑顔を見せている。

『……正直、なんでこんなことになっているのかわからん。校長やら教頭やら他の先生から「こういうことになったから、監督《かんとく》よろしく」と言われ、忙しいのに朝から出勤《しゅっきん》させられ……』

『な～んてことを言っておりますが、こんな風に私達の名前を冠《かん》したイベントをやってくれて凄く嬉《うれ》しいと思ってるんだよ。みんな一日怪我のないように楽しみましょう～』

まるでアイドルのようなキラキラした声がマイクを通して皆に届く。

『それでは恐縮《きょうしゅく》ですが私から。田中先生・平田先生結婚記念！　幸せのブーケ杯を……え、カンペ？　ブーケ杯……争奪カップルバトルロイヤルを開催します！』って本当はこんな恐ろしい名称のイベントだったの⁉』

――午前十時、戦闘開始。

◇◆◇

勝負は互いが出会い、合意が形成されれば始まるルールだ。スタート時に人が固まっていては面白みに欠けるので一旦全員が学校敷地《しきち》内全域に散らばる。

そして改めてスピーカーから開始の合図が流れる。

『開始。戦え。誇《ほこ》りをもって敵を打ち倒せ。屍《しかばね》を越えて進め。勝者は一組でいい。その一組に我が校最大の名誉《めいよ》を与える……ってなんで俺がこれを読む必要がある？』

田中の不平と共に、わっ、と学校全体が喧噪《けんそう》に包まれる。

藤島麻衣子は流れてくる戦いの臭いを感じ、そこで初めて運営者《うんえいしゃ》側の仮面を外す。

運営は生徒会が請け負っているが、参加できないのも味気ないだろうと、今は戦いの渦《うず》に加わっている。初めはお互いの良心を信じてのセルフジャッジ方式。以後は負けた者達が運営側に回る手筈《てはず》である。

「始まってしまったわね」

校舎裏の生け垣《がき》に身を潜《ひそ》めながら藤島は呟いた。

「ああ。てか藤島さん、俺達隠れてていいのか？　そこらで戦いが始まってるけど」

パートナーの渡瀬伸吾が尋ねてくる。

「まずは戦略を考えるべきよ」

「確かに……。二、三試合なら運や勢いもあるけど優勝するには策が必要か」

「ちなみに完璧な作戦が既《すで》に練り上がってるから、すぐ行動に移るわよ」

「流石だ！」

早速藤島は身を屈《かが》めて姿を隠したまま動き出す。渡瀬も倣《なら》ってそれに続く。

こそこそ。こそこそ。

決して誰にも見つからぬように。

「……あの、藤島さんなんすかこれ？」

「頭を上げないでっ」

藤島は無理矢理渡瀬の頭を押さえて生け垣の陰に隠す。

全くすぐ油断するのだから。

「だからなんで隠れて……」

「隠れ潜んでまずは戦場の状況を観察するのよ。潮流《ちょうりゅう》を見誤るとあっという間に飲み込まれるわ。強い敵も見極めないと」

言うとなるほど、と頷いてくれた。

「必勝を狙うならそれが正しいか。悪い、俺が迂闊《うかつ》だった」

ものわかりのいいパートナーで助かった。やっぱり渡瀬はよいパートナーの気がする。

「で、その次どうすればいいかわかるわよね？」

「えー、自分達にとって有利な勝負形式を考えて相手に挑む」

「普通っ！……有利にしようとしたって相手に拒否されたらくじ引きで対戦形式が決まるのよ。よほど話術《わじゅつ》に長けていないと無理よ」

自由に勝負形式を決めてよいことになっているが、まとまらないことも多いだろうから、公平な決め方も準備してある。いくつかの教室に箱が設置されており、その中に対戦方法の書かれたくじが入っているのだ。

「じゃあどうすれば」

困惑する渡瀬に教えてあげる。

「弱いペアを見つけて勝ちをかっさらうのよ！　名付けて『弱肉強食《じゃくにくきょうしょく》作戦』ね！」

「え」

「その間に強いチーム同士が食い合ってくれると尚嬉しいわねー。一度でも負けたら敗退だからつぶし合いは必ず起こるわ。後アナウンスや告知ポスターで『戦え』とか『誇り』とか謳《うた》ってるのもそれ狙いね。せこい戦い方されても盛り上がりに欠けるし」

「……そのせこい作戦を藤島さんが自ら実践しているような」

「一組ぐらいいいのよ！　後でダークホース的に表に躍《おど》り出るし！」

「……こんな形で戦って仲は深まるのか……。いや優勝だけを考えれば……」

「なにぶつぶつ一人で言ってるの。見て、八重樫・稲葉ペアが戦うみたいよ——」


～八重樫太一・稲葉姫子組ＶＳ曽根《そね》拓也《たくや》・宮上《みやがみ》啓介《けいすけ》組～


東校舎の一階廊下で、太一は戦闘開始の合図を聞いた。

「稲……姫子、確認しておきたいんだがあいたっ⁉」

不意打ちで姫子にデコピンを喰《く》らった。

「今！　また『稲葉』って言いかけてた！　姫子って呼ぶ約束！」

「悪かったよ」

春休みから呼び方を変え始めたのだが如何《いかん》せんまだ慣れ切っていない。

ぶくーと頬《ほお》を膨らます姫子の頭を太一は「ごめんごめん」と言いながら撫《な》でる。

「……まあ、許すが」

子供っぽい態度を恥じたのか姫子は照れ臭そうに頬を掻《か》いた。

普段すまし顔の彼女が見せるこの表情をいったい何人が知っているのだろう。太一だけかもしれない。ずっと独り占めしたい……と思うのは独占欲《どくせんよく》が強過ぎるか？

「で、確認するが、姫子はこのイベントをどう捉《とら》えてる？　優勝を狙いたいとか……」

「勝つ。やるからには負けない。アタシ達が最強だと証明する。お前のためにもな」

腕組みをする姫子から非常に男前なお言葉を頂いた。

「お、おう。しかしなんで俺のため？」

「『学校代表』の肩書きが内申書につくんだぞ！　あるに越したことはないだろ！」

「とは思うけどさ」

なにを怒っているのかわからずにいると、姫子は途端《とたん》に寂しそうな顔をする。

「……アタシは太一と同じ大学いけたらとか、思ってて。現状アタシの方が上の大学いきそうで、だったら太一になにかプラスになるものがあれば、とか」

同じ大学にいけたらいいな、とは太一も思っていた。けれどお互いが制約《せいやく》となって目指したいものを目指せなくなっては意味がないとあえて口に出していなかった。

「ありがとう、姫子。その話は後でゆっくりしよう。今はこの戦いに集中していこう。俺は姫子のためにも、必ず勝つから」

「太一……」

姫子は熱っぽく潤《うる》んだ視線で太一を見つめる。長いまつげに縁取《ふちど》られた瞳が太一を捉えて放さない。吸い込まれるように――。

「てめえええええらなに戦場でいちゃいちゃしてるんだあああああ！」

窓ガラスを割ろうかという大声に太一は驚き振り返る。

スクエア型メガネに今風ふわパーマヘアの宮上啓介がはぁはぁと荒い息をしている。

隣にはぽっちゃり体型の漫画《まんが》研究部《けんきゅうぶ》所属、曽根拓也が控えていた。

二年の時同じクラスだった二人とも、今は違うクラスになってしまった。

「廊下でなにをしてるんだよっ！」

「あぁん？」

「ひっ、す、すいません⁉」

姫子にガンを飛ばされ宮上は一気に小さくなる。

「宮上、もうちょっと頑張れよ。勢いはよかったんだからさ」

励《はげ》ます曽根に太一は尋ねかける。

「宮上と曽根は同じペアなのか？」

「……そうだよ！　八重樫と違って彼女もいないし、いい具合に女子とペアにもなれず結局宮上とだよ！」

なにかが曽根と宮上の癇《かん》に障《さわ》ったらしい。二人揃って目を剝《む》いた。

「くそ、世の中の独り身のため……俺がこのバカップルを成敗してやる！　勝負だ！」

「俺は世の独り身の敵になるつもりはないんだが」

「挑まれたら絶対勝負しろって訳じゃないんだよな」

姫子がルールブックを見ながら話す。

「に、逃げるのかっ」

「一応相手から逃げれば戦わなくてもOKらしいけど」

宮上と曽根が口々に言う。

「だがこの程度に勝てないと優勝は無理か。いいぞ。太一も問題ないな?」

「ああ」

太一が頷き、二組による対戦が決定した。

「宮上……なんか雑魚《ざこ》キャラ扱いされてる気がするよ、俺達」

「俺も薄々感じていたところだ……。ぶっちゃけ頭のよさとかその他色々、勝ってるかと問われればあんま自信ない!」

「そんな堂々と言わなくても」

太一は思わず声に出してしまう。

「だが考えてみろ、俺達がなんの勝算もなく強敵に向かうか? お前らの慢心《まんしん》が俺達に付け入る隙を与えたんだ!」

「そうなんだ、俺達はこの戦いで八重樫に土をつけてやるんだ!」

宮上と曽根は優勝云々ではなくこの一戦に全てを懸けているかの如き気合いだ。

一度拳を振り上げた宮上が、びしっと人差し指で太一達を指す。

「俺達から対戦形式を提示させて貰う。勝負の内容は——じゃんけんだ!」

「却下《きやっか》」

「ちょとおおお!?」「おおおおおおい!?」

稲葉のにべもない却下に宮上と曽根がずっこけた。

「ここは受けるのが流れかなとか思ってるんですけど稲葉さん。一戦ずつプレイヤー交代の五番勝負で。ほら、じゃんけんって意外に奥が深いし」

「勝負内容は互いの合意で決めるんだろ？　拒否してなにが悪い」

「じゃ、じゃないと俺達の勝算《しょうさん》が……」

曽根も情けない発言を始める。

「えー、公平に試合内容を決めるためのくじ引きボックスがある教室は、と」

「そ、そんな殺生《せっしょう》な！」「俺達も前の晩から頑張って作戦考えたんです！」

宮上と曽根がぺこぺこ頭を下げる。既に勝負あった後のようにすら見えている。

「……どうする太一？」

可哀想《かわいそう》なものを見る目で二人を見ながら姫子が聞いてきた。

「いたたまれないから受けてあげたいけど……俺じゃんけん弱いぞ」

「よく知っている。しかも奴らには他にも秘策《ひさく》がありそうだ」

「となるとかなり不利な戦いになるか」

安全策をとろうと、太一が結論を出しかけた時曽根がぽつりと呟いた。

「……なんだ、二人の愛の力もその程度か」

「おお舐《な》めんじゃねえぞ乗ってやるっ！」

「姫子⁉」

なんという挑発への乗りやすさだろうか。

今後の戦いが非常に不安になった。

「今言ったな！　よし！」

宮上は右腕を突き上げ、左で曽根とハイタッチする。

「八重樫のじゃんけん運のなさは本物だ！　よって俺達の勝利だ！」

「……おい、もしかしてそれだけの策なのか……？」

太一は呆れると同時に恐れつつも訊いた。

「フッ、じゃんけんなんて運なんだから五分五分、プラス八重樫の運のなさで必勝だ！　観客《かんきゃく》の皆さん、今相手が勝負を受けたのでよろしく！」

手を挙げて宮上は周囲にアピールする。

勝負をしている、ということで数組がギャラリーとして集まっていた。なるほど、審《しん》判《ぱん》もいないのでどうなるかと心配していたが、観衆が不正抑止《ふせいよくし》機能になりそうだ。

ん？

背後に視線を感じて振り返る。

瞬間、物陰《ものかげ》に誰かが引っ込んだような……。

「もう言ってしまったものは仕方がない。やろう」

「流石稲葉さんは潔い！　じゃあこっちは、曽根が先発で！」

「任せろ！」

「だったらこっちは太一が先発で」

「「えっ」」

太一、宮上、曽根三人揃って驚く。

「稲葉さん、言っておくが俺達も鬼じゃないんだ……。じゃんけんが壊滅的《かいめってき》に弱い八重樫を先発にさせないくらいの良心はあるぞ……」

「……そこまで言われる俺のじゃんけんの弱さって……」

「いいんだよ、じゃあ太一——を出せ。もし分けたら——で——だ」

姫子が太一だけに聞こえるよう耳元で出すべき手を囁《ささや》いた。

「それで、いいのか？」

「アタシを信じろ」

姫子は自信満々だった。

「じゃあ始めよう。よーし」

曽根が一歩前に出る。そのタイミングで姫子が口を開いた。

「太一はグーを出すからよろしくな」

姫子は宣言し、どうぞ勝負してくれ、と両手を開く。

「「「え」」」

太一を含む他の三人は意図がわからず困惑する。

「な、なんだこれは……。もしや心理戦……。漫画の世界だけじゃないのか……」

動揺する対戦相手の曽根は、同時にちょっと楽しそうでもあった。

「アタシがかけ声やるぞ。最初はグー……」

勝負が始まる。太一にできるのは姫子を信じること。

「じゃんけん——」

曽根の出した手、グー。

太一の出した手、パー。

太一の勝ちであった。

「な……負けた……」

曽根はがっくりと廊下に両膝《りょうひざ》をついた。

「ど、どうしてグーなんだ曽根⁉　そして八重樫はパー……稲葉さんの嘘《うそ》に惑《まど》わされた⁉　いったいなんなんだ⁉　偶然か⁉」

宮上も混乱した様子だが、太一もなにが起こったかわからない。偶然にしては上手くいき過ぎている。

「最初に『グーを出す』と宣言してじゃんけんした場合、相手がそれを信じるとパー、逆に信じず裏をかけばグーを出すことになる。というのはわかるか？」

「相手が裏をかけば、チョキを出してくると思って……グーになるのか」

太一は頭を整理しながら姫子の説明を聞く。

「だから『グーを出す』と宣言しておいてパーを出せば負ける確率は低くなる。ちなみに『最初はグー』から始めれば、手の形を変える必要がないグーを出す確率が高くなる。焦《あせ》っていると余計にな。ま、種はそんなところかな」

「言われればなるほどだがそれを瞬時に出せるものなのか……」

宮上が震え上がっている横で太一は尋ねる。

「ネタばらししてよかったのか？」

「……仕掛けられる心理戦が一つだけだとでも？」

「「ひぃ⁉」」

勝負あり、だった。

勝者　八重樫太一・稲葉姫子組　所持する花の数……二

～桐山唯《きりやまゆい》・青木義文《あおききよしふみ》組ＶＳ栗原雪菜《くりはらゆきな》・大沢美咲《おおさわみさき》組～


「本気で獲りにいくわよ青木」

中庭、東校舎の入り口付近で、桐山唯は青木義文に語りかけた。

一年生、二年生、三年生と全学年が参加するイベントで、カップルとして認知されるのは恥ずかしいけれど、背に腹は代えられない。

「あんたの……大学進学がかかってるんだから」

「イエス！　その通り！　『学校代表』の肩書きがあれば面接だけの入試とかでいい感じに大学入れるんじゃないかなってね！」

「軽いっ！　青木のお姉さんにも頼まれてるのよ、あんたのこと」

「え、そんな話してたんだ、姉ちゃんと」

「ええ、『うちの弟どうしようもなくバカでアホで勉強できないけどなんとか大学だけにはいかせたいので負担《ふたん》にならない範囲でいいから助けてやってください』って」

「んなちゃんとしたお願いされたんだ」

「廊下で座礼《ざれい》してたわ」

「……姉ちゃん、マジ心配かけてごめん」

青木は袖《そで》で涙を拭《ぬぐ》った。

本当にしっかりしてよ、と思う。青木がやるときゃやる男だとは知っているが、それなりの大学にはいって就職して、ある程度の稼《かせ》ぎを得ないと甲斐性《かいしょう》のない男に……。

「って別に結婚まで考えてる訳ないから！」

「どした唯？　急に結婚とか」

「い、言い間違い！　とにかく、頑張りましょう。本当に」

「おう、唯と一緒に勝ち進んでいくって純粋に楽しそうだしな～」

「なに普通に楽しんで……いいけどさ」

子供みたいに屈託《くったく》なく笑われると、なにも言えなくなってしまう。

楽しくやる、ということも大事かもしれない。それは勝利への近道でもある。

楽しいは、強いのだ。

「おっと唯と青木君みっけ」

ばったり出くわしたのは、スレンダーで可愛くお洒落《しゃれ》な栗原雪菜と、同じくスレンダーながらこちらはボーイッシュな大沢美咲だ。二人とも陸上部所属の仲よしコンビだ。

「唯ちゃんはやっぱり彼氏となんだね。ちなみにわたしは雪菜とペアね」

「あたしも美咲も彼氏募集中だからよろしくね～」

「その説明要る？」

「重要だよ！　自分のステータスを開示しないで逃す魚があったらどうするの！」

「はいはい」

雪菜が絡み、美咲があしらういつものパターンだ。

「というか、ばっちり顔合わせちゃったね」

雪菜がなにか言いたげな顔でウェーブする髪をくるくると指に巻き付ける。

そうか、こんな感じで始まるんだと唯は理解する。

「勝負する？」

唯が提案すると、雪菜はにっと笑う。

「いいの、こんな早くから敗退しても？　午後ヒマだよー」

「そのセリフそっくりそのまま返すわ」

「唯ちゃんと勝負かー。うん、それも悪くないね」

美咲も楽しげに上半身のストレッチを始める。

こういう関係、悪くないなと思う。

友達だけど、戦って競い合える同性のライバル。

「……あの、皆さんオレのこと視界に入ってます？　三人で火花散らしてるけど」

「美咲、相談っ」

雪菜が美咲の肩を抱いてくるりと背を向けた。ごにょごにょと話している。

「はい、決めた」

やがて正面に向き直った雪菜は手を銃《じゅう》の形にして唯に向けた。

「あたし達の胸には、一年生の時からずうっと燻《くすぶ》り続けているものがある」

「結構色んな人が思っているかもしれないね。悪いニュアンスは少ないよ」

美咲も補足の説明をする。

「あんたには勝たなきゃいけないの……運動部の誇りに懸《か》けて」

雪菜の目に燃える闘志《とうし》が宿っていた。

「超絶な運動神経を持つあんたが運動部に入らないのは自由よ。でもずっと努力してるのに、それを才能の一言で覆され続けるのは、ちょっとね」

「あたし、今は空手やってるよ」

「片手間《かたてま》でしょ？」

「別に片手間じゃ……」

「あー、大丈夫。わかってる。あんたのやり方を軽く見ている訳でもない。ただ、あたし達にも譲《ゆず》れないプライドがあるんだ」

プライドがぶつかってしまうんだったら仕方がない。

「唯に、肉体的バトルで勝つ」

「受けて立つわ」

「正直頭のよさを競う戦いなら余裕で勝てるし」

「そ、そんなこと言わないでっ！　バカじゃないもん！」

ちょっと出来が悪いくらいだもん！

「……で、オレ忘れてない？　男なんでやっぱ力は強いかな～と」

「ただペアで勝負となると……なにがあるだろ？」

雪菜は大会の前に配られた紙を見る。なにも参考がないのは大変だろうと、対戦形式のリストも載《の》せられているのだ。

「え～と……。お、これどうだ、肩車騎馬《かたぐるまきば》戦。危険があるので運動能力の高い方のみにして下さい……ってあるけど、大丈夫でしょ」

「いいけど、あたし強いわよ？」

「だからこそ、勝負するんだよね」

美咲もいつの間にか勝負師の顔になっていた。

「……とりあえずペアで騎馬戦だからオレも参加できるよね？　ふぅ、よかった」

肩車騎馬戦。

馬となる人間が一名であることを除けば、後はハチマキを取り合う通常の騎馬戦だ。落ちた時の危険を考慮《こうりょ》して柔らかい地面の上に移動した。変な落ち方にならないよう気をつければ怪我はないと思う。

青木の肩によいしょと跨《また》が り、唯は百五十センチほど上空へとリフトアップされる。

「わ、ちょっと頼むわよ。足がっちり掴《つか》みすぎないで。いざという時脱出できない」

「了解、了解」

視界が劇的《げきてき》に変わる。

この高さ程度受け身も取れるはずなのだが、やはり少し恐い。目の前で、下になった大沢美咲が栗原雪菜を持ち上げる。ハードル競技で鍛え上げられた下半身は、背丈が同等の女子を簡単に肩車してしまった。目の前に巨大な人間が立ち上がる。威圧感《いあっかん》は十分だ。

「オッケー、結構快適じゃん」

雪菜は余裕を見せて軽口を叩く。

ペア同士の身長を足した場合、雪菜・美咲の方が五センチほど高くなるらしい。

ちりっ——背筋に痛みを感じた。

ぐるんと唯は首を回す。誰かいた。見られていた。あの影は……藤島麻衣子？

ねっとりとした視線は、まるで猟銃《りょうじゅう》を構えて獲物《えもの》を狙うようだったが……、今は目の前の敵に集中だ。

「準備ＯＫ？　スタートのかけ声は……そこの子、お願い」

観戦していた後輩と思《おぼ》しき男子に雪菜が声をかけ、「始めっ」の合図がかかる。

両者開始と同時に動き出しはしなかった。

一対一の決戦だ。急ぐ要素はない。

じりじりと互いににじり寄っていく。

距離が近づくと唯はぐっと両手を突き出した。これで間合いを計《はか》る。

その間にも距離は縮《ちぢ》まっている。

まだ遠い。まだだ。まだ……。くる。

美咲が一歩を大きく踏み出した。同時に雪菜が右腕を伸ばす。上から下へ嚙《か》みつくような勢いだ。

どこに意思疎通《いしそつう》の合図があったのかはわからない。だがタイミングはばっちり。

五本の牙《きば》が唯の頭部に向かって襲いかかる。

落ち着け。見える。

唯は左腕で雪菜の右手を払う。更に右手で雪菜の左腕も外側に弾《はじ》く。相手の胴体ががら空きになる。

雪菜の目が驚きに見開かれた。

ここで決める。

「青木っ前っ」

「よしっ」

指示を飛ばし、騎馬を前に進める。更に唯は手を音速の速さで突き出す。

「うおっと⁉」雪菜が上半身を思いっ切り反らして回避運動。

唯の手は雪菜に届かず、空を切った。

自分の足じゃない分、騎馬の前進が一歩遅かった。

また思ったよりリーチの差が利いている。体の小ささを利用して相手の懐《ふところ》に飛び込む戦法も、下半身が自由にならない騎馬戦では使えない。

「やっぱ、なにあれ超速い……」

雪菜は額《ひたい》の汗を拭いながら大きく息を吐《は》く。

「けど、リーチ差を利用すれば戦えなくは、ないね」

唇の端を吊り上げた雪菜は手応えを感じたようだ。

だが決して油断はなく集中は保ったままでいる。

「雪菜、いいよ。いけるよ！」

美咲も勢いづく。ほぼ同体格の女子を持ち上げ続ける美咲の体力も素晴らしい。

本当に強い敵だ。

だったら自分も、本気でいくしかなくなる。

「青木、ふらふらしないでよっ」

唯は青木の両肩を摑んでぴょんと軽く飛び上がった。右は足の裏を肩に乗せ、左は脛《すね》の辺りを肩に当ててバランスをとる。

「あんたまさかっ……！」

雪菜は狙いに気づいたみたいだ。その先を早くも想像して怯《おび》えていた。

そういう顔をされると、期待されているみたいでぞくぞくして堪《たま》らないじゃないか。

流石に簡単にやれるものじゃない。全身全霊《ぜんしんぜんれい》で集中する。足の裏の感触《かんしょく》で細かな体重移動を繰り返す。体に当たる風を感じ力を加減する。下にいる青木の鼓動《こどう》を読み取る。

全てをバランスさせ唯は青木の肩の上に、立つ。

「おおおマジか⁉」「サーカスだろ！」「体育祭の時は二人の上だったけど今は……」

唯は周囲の全てを見下ろす位置に立つ。

それは支配者にのみ許された視座《しざ》。

唯は紛《まぎ》れもなくこの空間の王になった。

「曲芸過ぎるでしょ……⁉」

美咲が驚嘆する。同様に雪菜も……いや？

「墓穴を掘ったわね！」

吠える。雪菜がはったりをかましているようには見えなかった。

墓穴？　どこに？

圧倒的に有利なのは自分のはず。しかし雪菜は勝利を疑わない。

心が、揺れる。その揺れがほんのわずか体幹《たいかん》の均衡《きんこう》を狂わせかけたが、慌てて立て直し踏ん張り切る。

「いくよっ！　去年の体育祭で唯の後輩千尋《ちひろ》君が見せた技っ」

千尋。思わぬ名前にまた心が揺らされる。いったい雪菜はなにを――。

「彼氏と彼女で騎馬を作っちゃうなんてひゅ～。人前で女子が男子に密着して乗っかるなんてもぉ～。最早エロいよ～？」

「……」「……」「……」

青木も、美咲も、唯も無言だった。

観客もリアクションに困ってか無反応だった。

「……ちょっと待って！　他の子が無言なのはわかるけど、唯！　あんた今自分が恥ずかしいことしてるのわかってる？　ね？　恥ずかしがった方がいいんじゃない？」

「なるほど、あたしが照れてバランスを崩すのを狙ったのね？」

「え……うん。じゃなくて唯、なんで冷静なの……？」

「あたしだってね、周りに付き合っていると広まってやんや言われ続ければね」

青木が前に進む。唯は歩幅に合わせて膝のクッションを使って振動を吸収する。

「いい加減耐性《たいせい》できてるのっっっ！」

特に雪菜なんかのおかげでねっ！

体を宙に浮かせ、上から下へ、全力のつっこみと共に二本の腕で雪菜のハチマキに襲いかかり、奪取《だっしゅ》。そして太ももの裏から青木の肩に着地し、肩車の体勢に戻った。

「ま、マジ……？」

脱力した雪菜が美咲の肩からヘロヘロと地面に降りた。

勝者　桐山唯・青木義文組　所持する花の数……二

〜とあるカップルペアVS永瀬伊織・香取譲二組〜


逃げる。逃げる。逃げる。

逃げて、校舎の中へ飛び込む。

壁に背をつけ、背後だけはとられないようにする。

彼女は、今どうなっているだろう。守るどころか敗走《はいそう》し、彼女の姿すら見失った。

好きな子一人守れないでいる自分が情けない。でもわかって欲しい。情けなかろうが男が廃《すた》ろうが、無理なものは無理だ。抗《あらが》いようのない自然の摂理《せつり》だ。

喰われる、と思った。

はたと廊下で出くわした時、そして勝負を挑まれた時、ああもうこれで優勝はないんだと感じた。でも元より上までいけると想像していなかったし、優勝候補筆頭《ひっとう》と当たって砕けるなら思い出にも残るだろうと甘く考えた。

勝負形式はお互いに特に希望がなかった。だから教室にいってくじを引き、『サバイバルチャンバラ風船《ふうせん》割り』（要は校内全域を使い両者の頭に取り付けた紙風船を新聞紙の棒《ぼう》で割るゲーム）をすることになった。——これがそもそもの誤りだった。

圧倒的強者相手に、同じ土俵《どひょう》に立ってどうするというのだ。

やるのなら、卑怯《ひきょう》と罵《ののし》られようが腰抜けと見下されようが、こちらの強みがある分野、もしくは敵の弱みがある分野で戦うべきだったのだ。

試合が始まってすぐ、相手は動き出した。

男女ペアであるから二対二のチーム戦とはいえ自然と男対男、女対女の構図になった。

自分に向かってきた相手が振りかぶって、一振り。

ただの新聞紙が命を奪《うば》う凶器に思えた。

なんだこの迫力は、威圧感は。こちらから一太刀《ひとたち》返そうとは思えない。攻撃しようかという隙を見せてしまったら、一瞬のうちに喰われるのは目に見えていた。

一撃目はなんとか新聞紙を差し出し防ぎきったものの、次にくる斬撃《ざんげき》も耐えきる自信はなかった。

距離がいる。

そう考え、次の瞬間にはグラウンドから校舎内へ走り出していた。

階段を上って、上って、ここだというタイミングで廊下を走り、壁に背をつけた。

思い返せば、その『距離がいる』という閃《ひらめ》きも、ただ『逃げる』という行為を抵抗なく行うための、自己暗示の一種だったかもしれない。

距離をとる。離れる。逃げる。

逃げたのだ。

でも、それを、わかっているのは自分だけだ。逃げたは距離をとるに変換可能だ。自分がここから相手になにかしらの方法で向かっていって、そうしたら逃げたは作戦を考えるために距離をとったと解釈《かいしゃく》できて……ああ。

もう勝つためのビジョンを描くことすら放棄《ほうき》している。今はもう、どうにかして他の人に、彼女に、逃げたという事実を知られたくないだけだ。

「ここにいたのか。相方はもうやられてるぜ」

逃げた。

不意に、香取譲二が廊下の端《はし》に現れて逃げた。なぜこの階だとわかったのだ。

踊り場に行き、また階段を上った。上にいけば逃げ場がなくなるとすぐ気づいたが、高低差《こうていさ》の分簡単に攻撃されないと思い至り幸運に感謝した。しっかりと頭にくりつけられた自分の命の玉はまだ生きている。

遊び感覚でこの戦場に降り立ったことを後悔《こうかい》した。こんな恐怖を味わうくらいなら、参加せず家の布団《ふとん》で眠っていることを選んでいればよかった。

走る。荒い息。自分の息しか聞こえない。後ろから迫る足音は？

振り返る。……消えた？

香取の姿が見えなくなっている。

撒《ま》いたのか。いや別のルートからくるつもりか？

階段の中ほどで立ち止まり、上に視線をやる。誰もいない。視線を戻す。と、踊り場のところに香取が見えた。

ゆっくりと階段を上っている。

「うーん、やっぱり下からだと攻略は難しいか」

やはり自分が思った通りだった。ほんのわずかでも生きながらえたと、ほっとする。

だけど香取は余裕の笑みを崩さない。なんだ。なにが。

「だから上」

「上？」

言われて、香取の指差す方向、階段の上方へと視線を動かす――。

人が舞っていた。

長い黒髪が羽のように広がる。

白い体操服が風に靡いて、それは美しき天使のよう。

しかし残酷《ざんこく》にも天使は、永瀬伊織は武器を所持していた。

聖剣は真っ直ぐに、天を貫くように伸びている。
天からの雷は自分の頭をその射程《しゃてい》に捉えている。
無理だと悟った。
自らの武器を振り上げて防御に使うことさえ叶わない。
そうなることを必然として、受け入れていた。
次の瞬間頭上で紙風船が割れ、永瀬はちょうど自分の隣に着地する。
がくりと、膝をつく。
「はい終了ー。これでそっちから花を二つ貰って……計六個？　にしし」
勝利を掴んだ天空の姫は、心底このゲームを楽しんでいるようだった。

勝者　永瀬伊織・香取譲二組　所持する花の数……六

～宇和《うわ》千尋・円城寺《えんじようじ》紫乃《しの》組ＶＳ紀村《きむら》一鉄《いってつ》・東野《ひがしの》道子《みちこ》組ＶＳ下野《しもの》和博《かずひろ》・多田《ただ》悟《さとし》組～

優勝はどうでもいい。
ただどうしても勝ちたい相手がいた。
十一時半の時点で校内のスピーカーから流れたアナウンスを宇和千尋も聞いていた。

『十二時の昼休憩の時点で花が四本以下は失格となります——』

　戦わずして生き残ることを防ぐための足切りルールだった。二勝はしておけよ、とのニュアンスが込められているのだろう。ただ花の数が違う者同士の対戦でも勝者が総取りなので、実際には一勝でも足切り以上の花は手に入れられた。

　とはいえ、花の数が違うと公平でない気がして勝負に持っていきにくくはあった。千尋と円城寺紫乃のコンビもその点に苦慮《くりょ》していたのだが、ついに対戦相手を見つけた。

「おい宇和、これは運命だ！　デスティニーだ！　花二つ同士いざ尋常に勝負！」

　廊下で無駄に熱く語るテニス部の紀村一鉄。

「紫乃ちゃん、宇和君、よろしくね！」

　こちらは気さくに話しかける一年、二年と同クラスの東野道子。

　だけならちょうどよかったのだが、わずかに遅れて別の二人もその場にやってきた。

「はいはい、俺達もいるよ！　俺達も！」

　セルフレームの黒縁メガネに無造作《むぞうさ》ヘアの、いつもどこか気怠《けだる》げな下野和博。

「連れないこと言わないで混ぜてくれよ」

　少し長めの茶髪を持ち、チャラけた雰囲気ながら気のいい多田悟。

　一年の時同じクラスで、更に二年生でも同じになった六人ばかりが集まった。

「へー、紀村君と東野さん、ペアなんだね」

　ふわっとした茶色のボブカットで全体的に小動物系である円城寺が、これまたふわっと質問をしている。

「そこの二人ばもう一緒に出るのわかってたから話回してないけど〜、うちのクラスはくじ引きで男女ペア作ってて」

「おい、本当に聞いてねえぞ」

千尋はつっこんだが見事にスルーされた。

「紀村《こいつ》と当たっちゃった……」

「なんでだ東野！　大当たりだろ！　優勝狙ってんぞ俺は！」

「それはご愁《しゅうしょうさま》傷様で……」

「円城寺さ〜ん⁉」

「まあ、それは置いとくとして始めようよ」

東野が手を叩きながらまとめにかかる。

「だから待て待て！　四人で勝手にやろうとするな！　俺達もいる！　ちなみに俺達は数が合わなくて最後に男男組になる悲劇《ひげき》の当事者だ。『多田君が女子と一緒じゃないのつまんな〜い』と女子から声が上がったが俺はなにもなかった……泣けるよな！」

「余計な情報が多いが聞け下野。昼までに必要な花は四つでいいんだ。じゃあな」

「宇和！　お前達はよくても俺達も花二つなんだ。対戦相手募集中なんだよ〜」

「三チーム以上同時に戦ってもいいが、勝者は一つがルールだろ。リスクが高まる」

千尋の反論に「ぐっ」と詰まった下野に代わり、多田が言う。

「冷静だな宇和。しかし男じゃない」

「そうだ男じゃねえ！」「男じゃないぞ宇和」「宇和君男じゃないな〜」「千尋君……男じゃなかったの⁉」

「お前らうるさいぞ！　円城寺はなにを疑ってるんだっ」

好きに遊ばれているのが腹立たしかったが、結局戦えずに敗退するのも可哀想だとの同情心から三つ巴《どもえ》で戦うことになった。

「で、勝負形式だが」

十二時まで時間もないのでさっさと決めたいところだ。

「は、はい！　音声ファイルを使っての声優当てクイズを……」

「くじ引きで決めるか」

「……味方の千尋君も話を聞いてくれない」

教室に設置された箱から千尋が代表してくじを引く、と。

『二人三脚障害物競走《しょうがいぶつきょうそう》対決』

そう題された勝負内容とスタート・ゴール地点の記《しる》された紙が入っていた。

目的の相手と戦えていない今はまだ、負けられない。

スタート地点となる運動場の端にはご丁寧に白線が引かれていた。コースには網《あみ》くぐり用の網や麻袋、縄跳び、台の上に置かれたスプーンなどなどが設置されている。

「準備頑張って貰ってるなー。負けたらちゃんと運営に協力しねえと」

ストレッチしながら多田が言っている。

その隣では東野と紀村が紐《ひも》を結んでいるところだ。

「まさか紀村と二人三脚か……。もっと格好いい男子なら嬉しかったのに……」

「二人三脚の時点で障害なのに、更に障害物……熱い戦いになるな！」

「つーか俺と多田に有利な形式で悪いな。紀村と東野は息合わなそうだし、宇和は速くても円城寺さんとだと流石に……」

下野がこそっと千尋に耳打ちする。紐で結ばれた先の円城寺には聞こえていない。

確かに円城寺は運動神経もよくないしとろい。単純な戦力では劣っているだろう。

すーはーすーはー、と円城寺は大げさに深呼吸をする。

そこで円城寺は千尋の視線に気づいた。

「頑張ろうね、千尋君！」

そもそも自分はなんで円城寺と出場しているんだ？

いやしかし、彼らに勝つのは円城寺とでないと意味がないんだ。

だから、だ。

足首と足首を、ぴたりとくっつけて立っている。その右足部分がむず痒《がゆ》くなった。

スタート位置に三組がつく。

既に敗退して運営に回っている者が試合の審判《しんぱん》を買って出てくれていた。その他にもなにが始まるんだとギャラリーは自然と増えた。

「よーい……」

太陽の下、体操服姿の競技者と観客がいるこの光景、まるで体育祭だった。

「ドン！」

青空へと響くその声が、二人三脚障害物競走の開戦を知らせる。

さあ、千尋と円城寺も一歩目を踏み出す。

「右からいくぞ！　せーの」「右……うん！」

「よっ……うおお⁉」「ひえええぇ⁉」

足が思ってもみない方向に引っ張られる。バランスを崩す。地面が、近づいて――。

べちゃっ。

無様に転んだ。

どっ、と観戦していた者達から笑いが起こる。

「うう～⁉」

「うう～、じゃねえよ！　早く起きろ！」

両手をついて、千尋は体を起こしつつ叱責する。体についた砂を払い落とす。

「なにやってんだ⁉　俺は右からだと……」

「よ、いしょと。ち、千尋君が右足出すんでしょ⁉」

「俺はお前に右足を出せって指示を……」

伝わると思ったが言葉足らずだった。全くもって以心伝心《いしんでんしん》にはほど遠い。

単純な運動力では負けているのだから、二人の息を合わせなければ話にならない。

「もう一度！　今度は紐で繋がっている方からいくぞ、せーの！」

千尋が初めのかけ声を出し、円城寺がリズムを合わせるために数を数える。

「一、二、一、二……」

歩幅が合わない。足がぐいと引っ張られて紐が食い込む。今度は相手の歩幅を考えてもう一度。もう一度。

やっと、のろのろとではあるが前に進み始めた。

途中途中で歩幅が合わなくて後ろに引っかかりを覚えながら（円城寺は前に引きずられる感覚だろう）、コースを進んでいく。

スタートダッシュに失敗し、現時点では最下位を独走《どくそう》だ。

紀村・東野組が前に、更にその前に下野・多田組がいる。

いくつかの障害の先、ゴールは目に見えていてすぐ届きそうで、でも遠かった。

足のしがらみを解き、千尋一人で走れば一瞬で他を追い抜いていける。そう思うともどかしい。

本当に、自分は円城寺と出場しなければならなかったのだろうか？

少し考えてしまう。目的のために、文化研究部の二人として円城寺と出場しなければならないと思ったのも確かだが。

力の足りない二人で、これからは文化研究部を回していくのだ。

空手だとか勉強だとか、最終的に一人でやるものはどうとでもなるんだ。

しかしこと部活動に関しては、まず人を集めなきゃ存続すら危うい。

まだ部活には在籍《ざいせき》し顔を出しているが、文研部の三年は主導権《しゅどうけん》を二年に引き渡した。

これからは二人が部活を作っていくのだから、と。

二人で、なにを作れというのだ。

新入生の勧誘《かんゆう》も新二年の二人で主導している訳だが、順調とは言い難い。

一つ目の障害、網くぐりに辿《たど》り着く。

「膝をつくほどじゃない。しゃがむぞ！」

千尋が声をかけ、腰を曲げ姿勢を低くして通り抜けていく。体積の小ささが生きて円城寺は進みやすそうだ。この障害は単純だった。

網を抜けて更に進むと、今度は麻袋がある。

これに二人で足を突っ込み、指定の数メートルを進むというものだ。

麻袋は二人は入れる大きめのものが用意されている。

「で、ぴょんぴょん跳んでいけばいいんだよね？　で……きる？」

「相当難易度《なんいど》高いぞ。二人でやるのは」

実際紀村組ももたついて言い合っていた。

「跳んだ方がいいと思うぞ！」「危ないって、歩くイメージでしょ⁉」

ただここは逆転できるチャンスだった。

大胆にいこうと千尋は覚悟を決める。

「二人で麻袋をしっかり握りせーので同じだけ前へ跳ぶ。やれるか？」

「うん！　……でも千尋君とのジャンプ力の差が……」

「お前に合わせるから好きに跳べ！」

「……わかった！」

せーの、のかけ声を二人合わせて発し、跳ぶ。

円城寺が懸命に両足を蹴り上げる。

千尋は軽い力で宙《ちゅう》に舞う。自分に質量がなくなったイメージだ。全身の力を抜く、木の葉のように、風に靡くように。

そして円城寺の着地に合わせ、それに引かれるように、落ちる。

声を合わせたせーの、でもう一度。

おお、と歓声が上がった。

このタイミング、自分達を見て観客が驚いている、ような気がした。

上手くいっている？　自惚《うぬぼ》れていいのか？

円城寺が再び跳ぶ体勢に入る。

千尋はそれに合わせてまた軽くふわりと、綿のように跳び上がる。

「あ……ま、待て！」「ちょっと、速っ⁉」

紀村と東野が叫ぶのを横目に二人を躱《かわ》して、二人は跳ぶ。先行する。

スタートの遅れをひっくり返してしまった。

指定のラインまで到達し、麻袋を脱ぎ捨てた。

「足結んでいる方からね！」

今度のかけ声は円城寺からだった。

また二人で息を合わせて進んでいく。

更に先を行く下野達のことが気になったが、目で追いはしなかった。気をとられている暇はない。一歩一歩前進するだけだ。

障害は次々に立ちはだかった。

縄跳びは一周して足下まできた縄を止め、跨《また》ぎ越えることでクリアした。

スプーン競争もスプーンの上に乗ったピンポン球を一度も落とさず走ってやった。

……つーかこの二人三脚障害物競走ガチ過ぎるぞ。

円城寺はぜーはー言っているし、千尋ですら少し息が上がっていた。距離は短くても障害にかなりの体力を消費させられた。

ついに最後の障害に辿り着く。

眼前に広がるのは、ラストを飾《かざ》るに相応しい障害物の海だった。

ゴールまで後は一直線ではある。しかしそれまでにとにかく色々なものが敷《し》き詰められているのだ。

大縄飛び用の太い縄がぐねぐねとあり、玉入れにしか用途のないだろう紅白の玉達、分厚いマット、バレーボールやサッカーボールなどが散らかしてあるのだ。

「これを越えていけってか……」

二人三脚で駆け抜けようとすればきっと足を取られて転ぶ。ケガするぞ……と思ったが、ご丁寧なほど柔らかいものばかりではケガをする危険性は低いだろう。憎たらしいほどの安全対策だ。

下野と多田が先にそのゾーンに突入していた。

迷う暇もなく、止まることもなく、千尋達も飛び込むしかない。

無言で飛び込んでから円城寺は大丈夫かと心配になった。

横を見る。ちゃんと隣に、円城寺はいた。いや足が結びつけられているから当然なのだけれど。

でも当たり前に、存在を意識しないで二人一緒に進んでいた。

「だがこれは……」「うわわ⁉」

早速円城寺がボールを踏んづけてバランスを崩した。相当な難関だ。

下野と多田もかなり苦戦しているようだ。

「おお……ぐ、ボール邪魔！」「蹴ってる暇あったら避けて進めって」「歩幅が変になるだろうが」「わかったわかった、細かくいこう」

とはいえ体の大きさの違いが歩幅の差を生み、下野と多田が明らかに有利だった。

勝つには、大股《おおまた》でこの海を掻き分けて進む必要がある。

やれるか、やれないか。

選択肢は出たが、道は決まっていた。

でもやっても負けるかもしれない。

やって初めて、勝ちの目が出る。

「お、大股でいくしかないよね⁉　どっちからいく⁉」

円城寺が必死な表情で聞いてきた。

考えていることは同じだった。

「足を結んでる方だ！」

千尋はそうとだけ答えた。それだけでいいと直感した。

伝わっている、伝わり合っていると、信じてみよう。

気恥ずかしさやなんとなく認めたくない気持ちを捨ててそう思うと、さっきより円城寺を感じられるようになる。

体の動かし方が、仕草が、息づかいが、胸の音が、目に見えない雰囲気が、存在が。

教えてくれている。

二人はクラスで、文研部で、どれだけ共に時間を過ごしてきたと思っているのだ。部活動勧誘の期間は二人だけというのも多かった。

考え方くらいわかる。

やりたいことくらいわかる。

息は嫌でも、合ってくる。

千尋は結ばれた足を踏み出す。障害物のない隙間を目がけて、大股でだ。届くだろ？

届く。届け。届い……た。

横の円城寺は足を開き過ぎて体が反り返り今にも倒れそうになるが、届いた。

その背を手で押して助ける。更に一歩。

跳ぶ。

跳ねるように進む。二人で出せる最速だ。

一瞬で下野と多田の背中に肉薄《にくはく》した。

歓声が沸き起こる。

背後からのプレッシャーに気づいた下野達が振り返りぎょっとした顔をする。

それもすぐに残像《ざんぞう》になる。

追い抜き、前に敵は誰もいなくなった。

後はゴールに向かうだけ、転ばずに辿り着くだけ。それが難しいのだけれど、今はできそうな気がして仕方がない。

二人でできる、ことがある。

それは一人の力じゃ、できないのだ。

迷いはあったけれど、やはり円城寺と出場してよかった。

円城寺と勝たなければ意味がないし、円城寺とじゃないと本当の意味で勝てない。

一年も二年も三年も、学年の差異なく戦えるこの機会。

自分は、あの先輩達を、超えてやるんだ。

千尋と円城寺はゴールの白線を越え、その後どこで止まるかの意思疎通《いしそつう》が上手くできずなにもないところで転んだ。

勝者　宇和千尋・円城寺紫乃組　所持する花の数……六

＋＋＋

「今のは白熱した戦いだった……。お互いの誇りと誇りがぶつかり合っていた……。そして最後は、流石リア研の二人ね！」

木陰から藤島が興奮気味に言うと渡瀬が応じた。

「リア研……って前も一瞬聞いたことがあるような」

「そして障害物競走用のコースを作った私の努力が報《むく》われた……」

藤島は心の中でガッツポーズだ。

「おお、藤島さんだったんだ」

「とりあえずもうすぐお昼ね。いやー、偵察《ていさつ》のつもりが見ているだけで結構面白いわね。

後半戦も楽しみだわ」

「本当にな…………てかそれだよそれ！」

「どうしたの渡瀬君、急に慌てて」

「俺達何回勝った⁉」

「一回ね。紙相撲対決という低コストかつさほど盛り上がらなかった勝負ね」

「そん時貰った花の数は⁉」

「一、だから元のと合わせて二……？　お昼で花の数が四本以下だと失格なのに⁉」

「そうだよ！　俺達も急いで花を獲得しないと……」

しまった。コントじみた失態《しったい》だ。色んな戦いを見ながら勝つにはどうすればいいか戦略を練《ね》っている内に、自分も既に何度か勝っているように錯覚《さっかく》した。

「おっと、藤島さんに渡瀬君や、こんなところでなにをしているんだい？」

背後をとられた。焦りと共に振り返る。

「な……永瀬さん？」

圧倒的な存在感が佇んでいた。

「あれ、ペアの香取は？」と渡瀬が聞く。

「なんか運営関係で呼び出されちゃって。すぐ戻ってくるよ。……ん、持ってる花それだけ？　足りてなくない？」

「だな」

「なんならわたし達と勝負する？　全然いいよ？」

笑顔で永瀬は提案してくる。それはまるで天使からの誘いのようで、……悪魔からの誘惑だった。

「数が違うけど別に──」

「い、いいわ！　結構よ！　他の相手を探すから！」

この破壊的《はかいてき》戦闘力と今戦うのは得策ではない。

「え、藤島さん？　せっかくだったら戦った方が」

「なにを言ってるの渡瀬君!?　こんなラスボス、後回しに決まってるわ！」

離脱撤退《りだつてったい》緊急回避！

「とか言いつつ、なんだかんだ藤島さん達がわたし達にとっての厄介《やっかい》なラスボスになってるかもなぁ」

ダッシュしようとした間際にそう呟かれたものだから、藤島は一瞬だけ振り返った。

「ええ、もちろん最後に勝つのは……私達よ！」

「楽しみにしてるよ～」

この戦争の優勝候補とお互いの健闘《けんとう》を誓い合い、藤島はまた走り出す。

待っていろ。必ず最後には、叩きのめしてみせる。その前に……。

「早急に……早急に弱そうな子を見つけて勝負をしかけないと！」

「……超男前な表情でそのセリフ？」

「感情に任せた判断は合理的な判断力を鈍《にぶ》らせるわ。勝てばいいの勝てば！」

◇◆◇

『一時になりました。カップルバトルロイヤルを再開します！』

『えーと、田中先生・平田先生結婚記念幸せのブーケ杯と聞いて来たはずなのに、最早前半省略されてない？　私達、実はダシにされただけ――』

『後半戦も盛り上がっていきましょう！』

あった方が面白いんじゃないかと急遽《きゅうきょ》設置された放送席からは、愉快《ゆかい》なやり取りが流れてくる（ゲスト：平田涼子先生）。

藤島麻衣子と渡瀬伸吾は昼休み終了間際、同じく花が二本で焦っていた相手を見つけ、タッグ五目並べ対決で辛勝《しんしょう》した。所持する花の数は四つ、見事午後の部へ生き残った。

学校の外周、正門の方へと歩きながら藤島は考えを述べる。

「さて、昼の部はより厳しい戦いになるわね。ほとんどが二勝以上しているペアだし」

「残っているのも四分の一以下……単純計算で七十五ペア以下か」

ふむ、と渡瀬が顎《あご》を押さえている。

「強者《つわもの》揃いで、面白い戦いも生まれるんじゃないかしら」

「……の割には、なんで校内の中心から遠ざかってるんですか、藤島さん」

「変な戦いに巻き込まれないためよ。戦わなければ負けないの」

「そうだな、生き残ればそれだけ長い間一緒にいれる……けどいいのかこれ？　二人の絆は深まんの？」

皆昼食は、天気もいいしと運動会気分でグラウンドで食べていた。昼休憩が終わったばかりの今、生徒達はグラウンド近辺に集中した状態となっている。そんな中、人だかりになっているそのグラウンドにいるのは、まるで猛獣《もうじゅう》彷徨《うろつ》くサバンナのど真ん中にいるようなものだ。自分は逆に学校の門近くへと赴《おもむ》き、優雅《ゆうが》に休憩明けの混乱に巻き込まれずにやり過ごすのだ――。

「むしろ参加していけば？」

永瀬伊織と、

「面白そうだな。ただ優勝されて学校代表になられると困るけど、はは」

香取譲二。

「ってええええ!?　まさに猛獣怪獣コンビが!?」

なぜか正門の近くで永瀬・香取ペアが誰かと談笑《だんしょう》しているではないか。

「おう？　あ、また会ったね藤島さん」

にっこりと笑う永瀬が死神に見えた。

「なぜこんな辺境《へんきょう》の地に……」

門付近なんて前半戦は誰もいなかったのに。

「お互い様だろ？　せっかくだし勝負するか、藤島」

香取もさらりと提案してくる。

「ノンノンノン！　今はやめておきましょう、ね、ね」

「……藤島さん、今日はキャラが躍動感《やくどうかん》に溢れてますね」

なにか言っているが、しかし渡瀬のセリフより気になることがあった。

「というかそちらは？」

鋭角的な顔立ちが凛々《りり》しいポニーテールの女の子と、どこかで見たことのある……そう、桐山唯とよく似た顔立ちのショートボブの女の子が永瀬達と一緒にいた。

「唯の小学校の時からの空手仲間って言ったらいいのかな？　の三橋千夏《みはしちなつ》さんと、桐山家次女の杏《あんず》ちゃんね」

「ども」「こんにちはー」

桐山唯の関係者ということか、なるほど。

「初めまして、藤島麻衣子です。今日は……見学かしら？」

「はい！　なんかお姉が学校で面白いことやってるって聞いて。せっかく三橋さんも帰ってきてるから」

「あら、面白いことなんてありがとう」

こういう何気なく褒められるの嬉しい嬉しい超嬉しい。

「三橋さん引っ越しちゃって今遠くに住んでるんだけどねー。唯とは友でライバルだか

らこうやって会いに来てるんだよね」

「家があるからで、唯に会うのは……ついでだよ」

おっと、ツンデレかな？

そこからたわいもない話に花が咲き、歓談《かんだん》タイムとなる。

三橋がこの街に帰ってきている時、桐山と一緒に会い、永瀬とも仲がよくなったらしい。三橋は桐山の長きに渡るライバル関係という燃える（萌《も》える）話も聞けた。

「あ、会長！　いやこれは藤島さんに言うべき？」

ぱたぱた、と学校を出ようと外へ向かって急ぐ女子が話しかけてきた。

「香織《かおり》ちゃん、どうしたの？」

その顔を見て永瀬が尋ねる。

「午後から用事あって行かなきゃなんだよね。ペアの子も同じね。それまでに負けるかなーって思ってたら意外に勝ち残ってさ。棄権《きけん》でいいのかな？　花は運営に回ってる子に預けてきたけど」

「そりゃ残念」

「仕方ないよな。処理はしておくから、急いでるなら行ってくれよ」

「さんきゅ、会長。じゃよろしくー」

女子が去っていき、一瞬間が空く。さてどうしようという空気が流れる。

まさしくその時藤島の頭は、きゅらきゅらと高速回転していた。

このまま三橋達が「見学しまーす」となると……じゃあ永瀬・香取組、藤島・渡瀬組で戦いますか、の流れに間違いなくなる。それはダメだ。絶対避けなければならない。なんの策もなく百獣《ひゃくじゅう》の王とは戦えない。なら別の流れに。三橋……桐山……、桐山も意外に強敵。頭脳勝負なら勝てるだろうが身体勝負では手も足も出ない。しかも桐山の身体能力に期待するファンも多いから、厄介な対戦を強いられることも想定できる。早く潰すに越したことはない……。三橋……。棄権で宙に浮く花……⁉

「どうする～藤島さん？　とりあえずわたし達と一丁戦ってから――」

「……ひ、閃《ひらめ》いたっ！」

～桐山唯・青木義文組VS三橋千夏・桐山杏組（特別参戦枠）～

運動場、観客の取り囲む空白地帯が、闘技場《とうぎじょう》になる。それは古代から続く最も原始的で刺激的で残酷で神聖《しんせい》な決闘《けっとう》の舞台だ。

血湧《わ》き肉躍る世界。

桐山唯は今その地に立っている。

目の前には、学校にあった予備のジャージに着替えた、今は遠く離れた地に住む親友でありライバルの、三橋千夏。

まさしく今、二人だけの戦いが始まろうとしている……。

「……ってなんでよ⁉」

なにこのバトル展開⁉

唯は誰にというか状況そのものにつっこんだ。

しかし集まり出した野次馬《やじうま》からは勝手な声が上がる。

「なに、昔のライバルと対決？」「桐山さんのライバルって相当なんじゃない？」「なんでもガチの格闘戦《かくとうせん》とか……」「金取れるぞこれ」「おい誰かジュースとかお菓子売ってくれない？」

もう数十人が集まっている。なぜこんなに……と思ったが、お昼の足切りで六百人の四分の三、四百五十人が暇を持て余しているのだ。そりゃこうもなる。

「流石私の企画能力！　これは今大会のハイライトになるわね」

「運よく三橋さんというゴールデンカードが手に入りましたからなー」

「それもこれも、三橋さんに話をつけてくれた永瀬さんのおかげね」

「いやいや、そのままなら棄権のため返上される予定だった花を誰もが納得できる形で戦場に戻した藤島さんのアイデアもなかなか」

「藤島さんと伊織！　なによろしくやってるの⁉　二人のせいだからね⁉」

観客の最前列で楽しそうな二人に唯は叫んだ。

棄権で宙に浮く花をどうにか戦場の中に戻したい。しかし誰かが無償《むしょう》で手に入れるのも不公平だ。だったら勝ち残っていたペアの代わりに代理のペアを用意し、その二人に譲渡《じょうと》しようという話になり、三橋千夏と桐山杏ペアが山星高校の生徒でもないのにカップルバトルロイヤルに参戦することになった。

意味のわからない話だと思うのだが、渡瀬は「外敵が参戦って燃える展開だよな！」と意味不明な発言をしていた。

そして、千夏・杏と戦うのは唯しかいないだろうとなり、最も盛り上がる形式を模索《もさく》するうちに唯VS千夏の一騎《いっき》打《う》ちに落ち着いた。

目の前に立つ千夏に向かって申し訳なく思いつつ唯は尋ねかける。

「本当にいいの？　関係ないんだから断ったって」

「周りの色々とか、どうでもいいよ。今はあんたしか見ていない」

千夏の瞳が、ギラギラと光を放って唯を捉える。

対戦方式を提案したのは、実は千夏だった。

せっかくだから一度純粋に、どちらが強いか決める決闘をやってみよう。

自分達にとって高校生活最後の、思い出だ。

そう言って千夏はにやりと不敵《ふてき》に笑ったのだ。

話し合いの後決定されたルールは、

～空手戦ルール～

・攻撃手段は手足を使った打撃で摑み技はなし
・素手による顔面への攻撃、その他危険部位への攻撃は禁止
・三分無制限ラウンド
・KOもしくはどちらかが負けを認めたら決着

「あの一族とプロレスラーの決戦を思わせるほどの過酷《かこく》なルールだ……」

一瞬太一がコメントしたのかと思ったが、知らない誰かだった。

「唯……。オレは頑張れとしか……。タオルや水は用意するけど」

「お姉にも頑張って欲しいけど……全力で三橋さんのサポートします！　凄い戦い期待してますっ！」

青木と杏はそれぞれのセコンドを務め、一応ペアバトルの体裁《ていさい》を保っている。

「凄いことになっているらしいぞ！」「自分達が戦ってる場合じゃねえ！」

まだ花を持って戦闘中のペアまで含め野次馬は続々と増えているらしい。

どんどん周囲はうるさくなっているはずだ。しかし声は遠くなりつつあった。

千夏の放つ言葉だけが、はっきりと唯に届く。

「……高校三年生、結局、全国で出会うことなさそうでしょ」

かつて誓った約束。

けれど出場する大会、階級《かいきゅう》の差でそれは実現しそうにない。

ドラマチックな理由もなにもない、あまりに現実的な理由による結末だった。

組手くらいまたいつだってできるけど、あくまで練習でしかない。

「別にそれだけのために空手をやってはいないけど、あんたに勝つことがわたしの一つの、夢ではある」

だからこそ、この突発的状況でこれだけ闘志《とうし》を見せている。

千夏にとってはこのなにもないグラウンドが、夢に見ていた空手の大会場なのだ。

そう思うと唯も感傷的《かんしょうてき》になった。

唯も、できるならばと思い描いていた場所なのだ、そこは。

「天才にだって、努力すれば勝てるって証明したい」

「あたし天才なんかじゃ」

「そうあんたは言うだろうね。努力もちゃんとしてるってわかってる」

わかってる、と千夏はもう一度繰り返す。

「でもわたしにとって、桐山唯は神童《しんどう》だし、天才」

苛烈な目で数秒睨んだ後、話は終わりだと背を向けた。

もう、始まるのか。

しかしばたばたの急展開過ぎて心が落ち着いていない。唯は一度目を瞑《つむ》った。

深呼吸をして、自分の中で対話する。

あわよくばこのイベントで優勝を、と考えている人間は多いだろう。

別に誰も練習もしていない。誰にも経験はない。条件はフラットで、だから自分の可能性を信じやすい。

等しく敗退する可能性もあるが、等しく優勝できる可能性もある、と感じさせられる。

自分も、桐山唯もあわよくば……いや結構真剣に優勝を狙っている。

青木がちょっとでも進学の際有利になるように（後自分も）、青木がちょっとでもいい男としてみんなから認められるように（後自分も）、青木がちょっとでも喜びを感じられるように（後自分も）。

や、そんな青木のためばっかり考えている訳じゃなくて。

ただ勝ちたいとは思う。負けたくない。勝負には勝つつもりで臨《のぞ》みたいし、負けたら悔《くや》しがりながらも潔《いさぎよ》く負けを認めたい。

そんな、人生がいい。

これが優勝への道に立ち塞がる障害《しょうがい》だというなら、乗り越えてやろう。

同時にこれは、証明だ。

一度は千夏に腑抜《ふぬ》けたとまで言われた空手一筋ではなくなった道。でもその道で、自分はかけがえのないものを手に入れた。そしてまた空手の道へと帰ってきもした。

自分が選んで歩いてきた道が正しかったのだと、ここで千夏に証明したかった。

それでこそ唯の人生も、千夏の人生も報われるのだ。

これは自分の中で、絶対に勝たなければならない戦いだった。

目を開き、一旦セコンドの青木の元へ戻る。

「唯……ケガにだけは注意してくれたら、いいから。危なくなったらすぐやめよう」

青木は本当に心配そうな表情だ。胸がちくりとする。今はそんな顔しないで欲しかった。ちょっとだけ、戦いに迷いが出てしまう。

「でも、頑張れ」

けれど最後は、ただ軽く背中を押された。

色んなものを全部包み込んで言ってくれたのがわかって、申し訳なく思うと同時に嬉しくなった。

青木のためにも、勝とう。

唯は親指を突き立ててから、開始位置に向かって改めて歩み始める。

取り囲むたくさんの観客達やその声は、今や完全に背景に成り下がっていた。

唯と、千夏と、二人だけの世界へ収束していく。

じゃりじゃりと運動靴の裏で地面を感じて足場のクセを読む。空気を肌で感じる。周囲をぐるりと見回して、後は一点に全てを集中させる。

「本当の本当に、どっちが強いか決まるね」

入念なアップを終えた千夏は、アウェーの空気をものともせず楽しげですらあった。

ずっと、中学二年の時千夏が引っ越した時から、ずっと願っていたことだと思えば、合点はいく。

「でもここまで徹底《てってい》した勝負する意味ってあった？」

「人生で一度くらい、こんな決闘をやってみたいと思わない？」

わからなくはない気がする。戦ったことがある者なら、きっとわかるだろう。

「大丈夫、ケガをさせる気はない」

「あたしがその前にケリをつけてあげるね」

千夏の上から目線の発言に唯も挑発で返す。

火花が散る。

そこで相手への慈悲の気持ちは失せた、完全に敵と敵になる。

構えに入る。

自分と千夏の間の空気が凍ったように固まった。

ちろりと、自分の心から炎が黒く、燃えて。

「じゃあ準備はいいかしら。審判は私以下三名ね」

藤島が言っている。だがどうでもいい。

「危なくなったらすぐ止めるから。お互いケガだけはないように——」

どうでもいい。

——始めっ。

その合図だけを待っていた。

「シッ」

先手必勝、獲物に噛みつくように唯から仕掛けた。

全身で突っ込んで勢い任せに突きを放つ。空気を裂く音が聞こえた。全力の攻撃は空を切る。真後ろに下がって躱《かわ》された。だが終わらない。追撃《ついげき》。

勢いのまま前蹴りを放つ。届く、突き刺す、貫く……と思われた寸前のところでまた後ろに飛ばれた。見事なバックステップだった。

次の攻撃にいくには体勢が悪く自分の足を引き戻す――のに合わせて千夏が体を寄せてきた。

引き戻す右足をなるべく後ろに着地させる。しかし左半分は相手の射程に残った。

敵の中段蹴り。

避けられないのは放たれた瞬間にわかった。胴《どう》の間に腕を挟み込んでガードする。衝撃が走ったと感じた次の瞬間、自分の両足が地面を離れていた。

嘘。本当に。吹き飛ばされ――、足の裏で滑りながら地面に着地した。威力《いりょく》もあったが無意識に自ら飛んでダメージを殺していた。

それでも左腕がじんじんと痺《しび》れた。

「うおおお！」「すげええ！」「素人目《しろうとめ》でもレベル高いってわかるよ！」

わずかだが左の拳が握りにくくなっている。握力が下がっている。攻撃にも影響が出てきそうだ。

千夏の方が体格がいいのは承知の上だったが、体重差は見た目以上かもしれない。

にもかかわらずスピードも互角か、わずか劣っているか。千夏が己を磨《みが》き鍛え続けてきたことが、今の攻防だけでもわかった。

今度は千夏がずいと前に出てくる。どこか大胆で、どこか余裕が見えた。

多少なら力押しできると踏んだのかもしれない。

舐めるな、ギアを上げる。

唯は先ほどより強く鋭く踏み込む。狙うは敵の左足。右下段蹴り、ローキック。

特に相手は避けることもなく、ヒットした打撃が乾いた音を響かせる。その音が鳴り終わらないうちに千夏が迫ってきた。下段蹴りは、受けてやると。肉を切らせて骨を断つと。千夏はそのつもりらしい。

正拳《せいけん》。

顔面、やや下胸の辺り。

どしん。

「こっ……⁉」

強烈だった。一瞬呼吸が困難になるほどの破壊力だ。あんなもの顔に貰ったら……、想像するだけでぞっとする。

まずは一発当ててリズムを摑もうと反撃覚悟で放った右下段蹴りだが、こちらが与えたダメージに対してお返しに貰った一発は割に合っていなかった。

足腰の頑丈《がんじょう》さも想像以上だ。太くは見えないのに大木を蹴っているようにびくとももしない。

強い、素直にそう称賛《しょうさん》できる。

自分は弱くなった？　いや、ブランクを挟んだが練習を再開して一年以上経つ。強くはなっている。けれどそれ以上に、三橋千夏が成長していた。

彼女は高校生活を空手に捧げたのだろう。

自分も鍛錬はした。けれど自分は文研部に入り続けていた。勉強もそこそこやっている。友達ともたくさん遊んだ。色んなことをやった。

かけてきた時間が決定的に違っていた。

──中途半端にやって勝てると思うな。

声なき声を聞いた。

そこから圧倒される展開が続いた。

正拳突きが飛んでくる。下がって当たる位置をずらしダメージの極小化を図る。次に千夏は中段蹴り──のフェイントを入れてから上段蹴りをぶん回した。

決死の思いで腕を差し入れる。ガードが、間に合う。これを喰らえば、死ぬ。意識を刈り取られる。

絶対喰らってはいけない。死ぬ気で止める。

猛攻《もうこう》の合間を縫《ぬ》って右下段蹴りを返した。

びしっ、と音がしたが千夏は痛くも痒《かゆ》くもなさそうに表情を変えない。

完全に唯からの下段蹴りは無視する戦略をとるようだ。

近い間合いでの戦いが続く。

唯が距離をとろうとしても、千夏がすぐ詰めてくる。全ての攻撃が届く射程で千夏は戦おうとしていた。多少攻撃を喰らっても押し切る、その意志がありありと見えていた。

また上段蹴り、違う、中段、読み間違い――。

今までで一番の衝撃。

「がはっ⁉」

あばら骨が。砕けたような。痛みが。走る。痛い。次の攻撃を喰らったら。

千夏は再び蹴りのモーションに入った。中段か、上段か。フェイントか、はたまた。

上段蹴りを喰らったら終わるが中段蹴りの痛みも耐え切れない。

どうする。

どうなる。

「やめっ！」

え、終わり？

負けた？

一瞬頭が真っ白になり、状況が把握できずきょろきょろしてしまった。

しかし三分が訪れただけだとやがて理解する。

自陣《じじん》側に戻って、用意された椅子に腰かける。

「水飲む⁉　汗拭く⁉　タオルいる⁉」

背後から青木が騒がしく聞いてくる。

「水」

言うと飲ませようとしてきたが、ボトルをひったくって自分で飲んだ。

やめの合図で、一瞬負けかと勘違いしたことが全てを物語っていた。

インターバルは一分だ。

何秒経ったのだろう。休憩時間の残りはほとんどないはずだ。後数十秒でまた戦場に赴かなくてはならない。あそこでの数秒は長く感じるのにここだと一瞬で流れていく。

戦いたくない。痛い。恐い。だって……勝てない？

そう思ってしまったら、希望の光を見出せないまま戦場に行くのは、無理だ。

「絶対無理しないでね唯。危なかったらやめよう」

「しゃあ！」

唯は勢いよく立ち上がる。

「どわっち⁉」

その時青木に肘が当たり吹っ飛ばしてしまった。ちゃんと踏ん張れ。自分が怪力みたいに見えるではないか。

ああ、もうなんだろう。狙い澄ましたようなタイミングで声をかけられ、すると力が湧き上がった。

自分の思考云々の前に体が反応しちゃってる状態がやだやだやだ。

「両者前へっ」

審判の声を聞き、唯は手を上げる。

「いってくる」

「よしっ」

ぱちんと、青木と二人で音を鳴らした。

第二ラウンドが始まっても千夏の猛攻は止まらなかった。

正拳突き。鉤突き。下段蹴り。中段蹴り。上段蹴り。

突きに蹴りが、暴風のように乱れ飛ぶ。

唯は合間合間に右下段蹴りと突きを返すくらいだ。

第三ラウンド、第四ラウンドも同じ展開が続いた。

四度目のインターバル。

もう呼吸をすることさえ苦しかった。

全身の痛みは凄いことになっているのだろうが、感覚が麻痺《まひ》していて痛さが判然としない。この体でよく動いていられるなあ、と半《なか》ば自分でも呆れる。

「これちょっと凄過ぎじゃない……？」「わたしら遊びのつもりだったのに」「ガチ過ぎて……。でも凄い」「どっちも頑張れ！」「ファイト！」

汗を青木がタオルで拭いてくれている。それでも汗はぽたぽたと流れ落ちた。

「唯……。あくまでもお祭りなんだからさ……」

違う。決闘だ。少なくとも二人にとっては。

才能と、努力と、夢と、誇りと。

たくさんのものがかかった、真剣勝負だ。

「両者前へっ」

体が鉛のようだ。立ち上がれるのかなとちょっと不安ですらある。

「どっちにしろ……次で最後よ」

確信と共に言って、ゆらりと唯は腰を上げる。

よかった。ちゃんと二本の足で体を支えられる。前に進むこともできる。

じゃあ大丈夫、戦える。

「ギブアップしてもいいと思うよ」

五ラウンド開始前に千夏が話しかけてきた。

戦う者の顔を忘れずに、でも少し慈悲《じひ》の表情が見え隠れしていた。

「なに？　またあたしに負けるのが恐くなった？　一度も勝ったことないもんね」

「舐めるな」

己を鼓舞するための安い挑発をするも、千夏にぴしゃりと返された。

千夏も肩で息をしている。攻め疲れもあるだろう。

しかしダメージ差は歴然《れきぜん》だ。唯がクリーンヒットさせた攻撃はほとんどなかった。

「始めっ」

千夏が速攻で前に詰める。唯は下がって距離をとる。

戦いの組み立て方などもう頭にない。体の動きは無意識に任せていた。

だが動きを考えている余裕がないほど疲弊《ひへい》しているのに、なぜか頭では妙な思考が回り続けていた。

確かに舐めるなって話は、よくわかる。

唯と千夏が別れてから二人の空手に費《つい》やしてきた時間には決定的な差異がある。

右の蹴り。左の蹴り。右の拳。次々に飛んでくる。かろうじて右の下段蹴りを返す。

蹴っている右足が痛くなってきた。

千夏の攻撃は、どれもが自分を潰しにきている。

遊びじゃないんだ――、全ての攻撃が訴えてきている。

あることに人生を懸けている人がいる。

あることが人生の、まあ一部だろうという人がいる。

前者にとって、後者は決して受け入れられない存在だろう。価値観が違うのだ。ましてや一部としか見ていない者が「それでも自分の方が勝つ」などと言い出して、腹が立たないはずがない。

でも一つのことに人生を捧げていないことが、イコール人生を真剣に生きていないって意味じゃゃない。

だってそれは、懸けているところの配分が違うだけ。

比較してどちらが上かなんてない。

なにか一つの勝負で、全ての価値が決まるものでもない。

右。左。右の膝蹴り。千夏の猛攻が止まらない。片をつけにきている。右の下段蹴りを返す。いつの間にか、大木のように動かなかった千夏の左足が、蹴りを受ける度に地から浮くようになっていた。嫌がっている？

でも、やるからには勝負と呼ばれるもので勝ちたい。

かけている時間が違うから、を言い訳にはしない。

結果が全てではないけれど、結果が本気度合いの証明になるのもまた確かだ。

自分は証明したかった。

千夏から横殴りの右拳が肩口目がけて発射される。大振りだった。それに合わせて。

唯は跳んだ。

世界は、スローモーションになった。

もう十五分近く戦って、どれだけの突きと蹴りを放ってきたかはわからない。その中で、唯が一度も繰り出していない攻撃がある。

千夏も、唯がそれを使っていないことをわかってはいただろう。温存と判断したか、使えないと判断したかはわからないが。

そいつを唯一無二のタイミングで最高速で最大限の力を込めて叩き込む。

飛びながらの、右の、上段蹴り。

意識を刈り取る頭部への攻撃をここまでとっておいたのだ。

千夏の足は動かない。

動かない。

躱すことは不可能になる。

最終兵器が一直線に千夏へと向けて飛来する。決まった。ごめんと、心の中で謝る。

「……っんだそんなもん！」

唯の右足を千夏の左腕が止めた。

ガードが、間に合っている。

ぞわりと心臓が粟立つ。でもいい。ガードごと勢いで吹き飛ばしてやれば、それで。

みしみしと足の骨と腕の骨がぶつかり、火花を散らす。そしてついに。

「らあああ！」

千夏に、弾き飛ばされた。

ついでに右の前蹴りを貰った。

ああー、と溜息が観客から漏れていた。周りの皆も、あれが勝負を懸けた一撃だったとわかったらしい。それが不発に終わったのだ。もう終戦、そう、思ったのだろう。

「これまでね」

千夏の宣告もあった。この場にいる誰もが、勝負が決したと判断していた。

それぐらい決定的なシーンだった。

「頑張れ唯っ！」

いや、一人だけ。

一人だけ自分に声援《せいえん》を送る人間がいた。

まだ、諦めない。

その心は、青木義文から学んだ。

唯は右の下段蹴りを放つ。逃げるように千夏の左足が上がる。が、対価として脇腹に拳をめり込まされる。吐きそうになる。また右の下段蹴りを放つ。千夏の左足が上がる。が、お返しに右の上段蹴りを喰らう。防御した腕が今度こそ使い物にならなくなる。

それでも右の下段蹴りを放つ。

おおお、と観客の中でもどよめきが起こっていた。

何度叩いても無駄かと思いかけた希望の扉が、開こうとしている。

千夏の左足に、右足を打ち込む。

ばちんと音が鳴った。決まったと思ったのに、千夏の足はビクともせず受け止めていた。千夏は無表情で、攻撃のために右足を前へ踏み出す——その瞬間顔が歪んだ。

かくん、と千夏の左足が折れる。

踏み外したように、力が抜けたように。

左足の支えを失い、体が沈んでいく。

効いていた。最後のやせ我慢を貫いただけだった。

蹴って、蹴って、こじ開けた。決してスマートじゃないし格好よくもない、ひたすらに地味で場合によっては卑怯に見えるやり方だ。

でもこれが、戦うってことなんだ。

しかし。まだだった。

そのまま膝を地面につくかと思った千夏が、寸前のところで踏みとどまっていた。

負けられるものか、懸けてきたものが違うんだ、強烈な視線が訴えている。

一度膝から力が抜け、また力を入れ直すのは相当な気力が要る。

強い。ここまで追い詰めたのに、仕留められなかったら反撃を喰らうと恐怖する。

しかも姿勢を低くしつつも構えを保っている。普通の攻撃じゃ防ぎ切られてしまう。

単純な空手の力量じゃ、千夏の方が上である。

だから再び跳んだ。

相手の右膝の上に飛び乗るようにして、そこに左足をかける。

千夏は完全に不意を突かれていた。次になにが起こるか予想できていなかった。

唯は相手の右膝を踏み台に左足で踏ん張り、自身の右足を振り上げた。

天に向けて唯の右足が駆け上っていく。その先には、千夏の顎がある。

八重樫太一という男が愛するプロレス、そこである時期からポピュラーになったという技の派生群《はせいぐん》。それはシャイニング式と称される。この前プロレスのＤＶＤを見せられ

て解説されたのだ。それがこんな場面で生きた。
今唯が放つのは、シャイニング・ハイキック——。
たぶん十回やれば九回は千夏が勝つ。
だから千夏の歩んできた道は、間違ってなかったんだよと言ってやれる。
でも自分の道も決して誤りではなく正しい道だった。
これがその、証明だ。
唯の右足が千夏の顎を打ち抜いて、彼女を夢の世界へと誘う。
ＫＯによる決着だった。

勝者　桐山唯・青木義文組　所持する花の数……十四

～宇和千尋・円城寺紫乃ＶＳ八重樫太一・稲葉姫子ＶＳ瀬《せ》戸《と》内《うち》薫《かおる》・城山《しろやま》翔斗《しょうと》～

望んでいたチャンスは突然到来した。
あの人達のスペックなら順当に勝ち進むだろう、だから自分達が勝ち進んでいればいつか出会えるはずだ。とは思っていたが、本当にその機会がやってくるとは、少し自分でも驚いてしまった。

これで自分達はあの先輩達と真正面から戦える、そして、超えられる挑戦権を得た。

「お前らも入れよ」

偶然通りかかったら、対戦相手を探していた稲葉姫子が何の気なしに言い、宇和千尋と円城寺紫乃はその二人と戦うことになったのだ。

八重樫太一と稲葉姫子。

一番勝ちたかった、二人だ。願ってもない。

文化研究部に入部して以来ずっと、千尋と円城寺は先輩五人を追いかけていた。五人に追いつくことが一つの目標だった。全く同じようになりたいと思っている訳ではないけれど、五人が部活から離れる前に一度は五人という目標に片手でもいいから引っかけたかった。

でなければ自分達は、目標に一生手が届かないと思わされてしまう。実体を持った目標が、幻想《げんそう》になって永遠に追いつけぬ存在になり果てる。

加えてこれから自分達が部活において最上級生になる。上の立場になる人間が「先代には勝てない」と感じ続けていたら下の人間はどう思うか。

一度でいい。一度でいいから、勝っておかなければならないのだ。

千尋にも手札となるトランプが配られる。くっつけた六つのテーブルを中心に、六人の人間が円形となって座っている。

千尋の左に円城寺、その隣に稲葉姫子、八重樫太一、瀬戸内薫、城山翔斗。三組が同時に激突する戦いだ。

初めは太一・稲葉組と瀬戸内・城山組で勝負する話だったらしい。稲葉はこういう戦いはどうだ、といくつか提案したみたいだが、瀬戸内が「絶対策略《さくりゃく》が張り巡らされているはず！」と断固拒否し（全く正しい判断だ）、くじ引きで勝負形式が決まった。

『ペアポーカー』

ドローポーカーをペアでやるものだ。が、一対一の対戦には向いていなかったので別の対戦形式にしようか話し合っていた場面に、千尋達が通りかかった。

そして今や、千尋も席に着きカードを配られている状況だ。

戦いの前には円城寺にも伝えてある。

勝つぞ、と。

ここで勝てば、自分達は先輩五人に追いついた、もしくはそこまではいかなくとも追いつけるというはっきりとした自信を持てるはずなんだ。

その自信を胸に、これからは自分達で自分達の道を歩んでいけるようになろう、と。

後単純に、一回くらい先輩達を負かしてみたいだろ？

「あたしは大丈夫なんだけど、一応もう一回ルールの確認しておく？」

手札《てふだ》を配り終えたところで、瀬戸内が言った。ショートカットで真面目そうな印象だが、耳にはきらりとピアスが光っていてアクセントになっている。

「わ、わたしは基礎《きそ》から説明をお願いしたいですっ……あわわ」

円城寺が手を挙げようとして持っているカードを落としかけた。頼むぞ。

「じゃあ俺がやろうか。どこから言えばいい？」

太一が提案する。

「初歩の初歩から……でも太一先輩だと頭に入らないので他の方がいいです。声的に」

「うん、声的に無理なら仕方ないな」

いい加減太一も、円城寺の声に対する過剰《かじょう》反応に慣れ始めていた。

「カードで役を作り、強い役を作った人がそのゲームで賭けられたチップを貰えるってのが一番基本になるんだ」

代わりに説明を始めたのは城山という三年の男子だ。物腰《ものごし》柔らかでさわやかな、まあ人気がありそうな男だ。ジャズバンド部所属らしい。ちなみに瀬戸内と城山は付き合っているそうだ。太一と稲葉も恋人同士だから、これで自分と円城寺も加われば……いやいや、ないない。でも観てる奴は勘違いしてそう。

「まずゲームに参加する人はアンティとしてチップを支払う」

ピン、と弾いて城山がチップを二枚場に置く。

「それから配られた五枚の手札を見て、もっと大きく賭けるか、みんなと同じ額賭けるか、勝負を降りるか決める。勝負する人が賭ける額はみんな同じになるよ」

ふむふむ、と円城寺が頷く。

「皆の賭けるチップが決まったら、みんな一度カード交換ができる。交換したいカードを場に捨てて、同じ枚数だけカードを引く。その手札を見て更にチップを賭けるか決める。勝てないと感じたらここで勝負を降りてもいいよ」

「駆け引きですね……」

「最後は残った人で手札を見せ合い一番強い役の人の勝ちでチップ総取り。役の強さは一覧表があるよ」

ここまでが通常のドローポーカーのルールになる。

「そこに今回はペア要素が追加されている。賭けるチップを増やすか勝負を降りるか判断するのはペアごと。手札は各プレイヤーごとに持つが、役はペアの手札十枚で一番強い役一つが採用ってね。だから知らずに思わぬ役を生み出す可能性もある」

「思わぬ逆転とかありそうだよな。役も強いのが生まれそうだし」と太一が言う。

通常より運の要素が強くなるだろう。円城寺のビギナーズラックも期待できる。

「開始時のチップは各チームで五十枚。制限時間終了時一番チップの多いところが勝ち。他二チームのチップがなくなればその時点で終了。他に確認するところは？」

「改めてチーム同士で手札を教え合う行為は厳禁《げんきん》だと徹底しておこう。不注意でもな」

稲葉が付け加える。その声は聞き慣れているはずなのに、緊張を覚える。

「そしてさっき了解して貰ったが、イカサマが見破られたら無条件で負け、だからな」

用意されていたルールに一つ、稲葉の主張でルールが追加されていた。理由はわかる。

例えば暗号を決めておけば、お互いのカードを会話の中で共有もできる。

しかし見逃せないのは『イカサマが見破られたら負け』という条件だ。

逆を言えば、——当然かも知れないが——見破られなければイカサマができる。

「じゃあそろそろいこうか」

瀬戸内が音頭《おんど》をとった時、稲葉の唇の端が、ほんのわずかにやりと持ち上がっていた。

「なにか……ありそうじゃないか」

千尋は円城寺に小声で話しかける。

稲葉姫子が純粋に勝率が五分五分の勝負をするか？

「注意した方が……いいと思うよ、千尋君」

さあ、ゲーム開始だ。

「お、ついに始まるみたいだぞ！」「待ってました〜」「これ勝ったら総取りだから三組分で……花の数四十いくんじゃない」「いけよ宇和ー」「円城寺さ〜ん！」

教室には既に敗戦したギャラリーが集まっていた。敗退者が多いからだろうが、二年生が多かった。

「宇和達が勝ったら下克上《げこくじよう》だな」「てかベスト八くらいの勢いでしょ」「リア研の誇り……ここで見せるのよ！」「あれ、藤島さん目立たないようにするんじゃ……？」

どうも藤島麻衣子も観戦しているようだが……まあ今は関係ない。

千尋は自分の手札を確認する。

七のスリーカードがいきなり揃っていた。円城寺の手札を加えればフルハウスは当然のことフォーカードも狙えるのではないか。

その円城寺は手札を見ながらおろおろしていた。

「おい、不安になるのはわかるがきょろきょろすんな。イカサマに間違われるぞ」

「僕らからだから……これくらいで」

城山がチップを三枚出した。スタート時に払うチップと合わせて五枚になる。

「次は俺達っすね。コールで。とりあえずいいよな？」

円城寺がこくこくと頷き、千尋も順当に同じだけのチップを出す。

「アタシ達は少し張らせて貰おうか」

稲葉は五枚のチップを出した。城山組に更にプラス二枚した形だ。

「いいよな、太一。もう出した後だが」

「問題ない」

太一はどっしりと構えて頷く。

勝負をするためには同じだけのチップが必要なため、他のプレイヤーはチップを二枚足すか選択を迫られる。

「ここは……勝負しておこう」「うん」

瀬戸内・城山組は勝負を選んだようだ。

「俺達も……」

「だ、大丈夫かな？　太一先輩と稲葉先輩のことだから凄い手を持ってるんじゃゃ」

「配られただけで俺達と同じ条件だ」

円城寺の弱気をねじ伏せて、千尋も七枚目のチップを出す。

「同じで《コール》いいのか、増やさなくて《レイズ》も？」

稲葉が尋ねかけてくる。その声にいつもの先輩としての響きはない。

こちらを敵と見なしている。

それでこそ、戦う意味があった。

「……初戦ですから」

「んなこと言ってるから勝てねーんだよ」

千尋の胸をチクリと突いてくる。

瀬戸内から順にカードを交換していく。千尋も二枚カードを捨て、二枚カードを引く。

クローバーのキングとハートのジャック。

役は変わらなかったが強いカードである。円城寺はハートの二とスペードの五の二枚を捨てており、セオリー通りの動きができてはいる。だったらキング、ジャックいずれかを持っている可能性も高い。七のカードが切られていないので、フォーカードの目もあった。

「僕達はこのままで」

瀬戸内・城山組はチップを増やさない方針《ほうしん》らしい。

そして自分達は。

「増やしてもいいと思うか？」

「どう……だろ。これが強いのか弱いのかわからなくて……」

口ぶりからしてなにか一つは役を持っていそうだ。だったら。

千尋はチップを二枚追加する。

「二枚かよ」と稲葉は鼻で笑った。

「いや、稲葉さんもさっき一緒だったでしょ」

「意識したか？」

「なにを……」

言い返そうとしてやめた。巻き込まれればペースを崩される。

しかし稲葉の挑発は執拗《しつよう》だ。いや、逆に捉えれば稲葉こそこちらを意識しているのだ。

「じゃあアタシ達か」

稲葉は素っ気なく呟き、自然な動作で、チップを二十枚出した。

「え⁉」「は⁉」「えええ！」

積み上げられた十枚のチップ×二束に驚きを隠せない。

外野もざわざわとしている。既に出したものも含めて二十七枚になるのだ。

「い、いきなり大勝負？」「よっぽど凄い役がきて……」

「いいよな、太一。もう出した後だが」

「問題ない」

太一は稲葉の手を知らない訳で、少しは焦ってもいいと思うのだ。なのになんの揺らぎも見せない。微動だにしない。

「どうぞ」と稲葉が掌を開いて次へ番手を譲る。

「ど、どうしよう城山君？」

「ええと……」

瀬戸内・城山組もまだ混乱の最中にあった。

「……いきなりこの枚数の勝負は。既に七枚出しちゃってるけど」

「うん、やめよう。まだ被害少ないもんね。……逆転できるよ」

瀬戸内・城山組は無理をせず勝負を降りた。場に出したチップは戻せないので七枚失うことになるが、瀬戸内がすっぱり決断していた。

「で、千尋と紫乃は？」

ただ名前を呼ばれただけだ。なのに押し潰されそうになる。それは稲葉と太一が感じさせるのか、衆目《しゅうもく》によるものか。全ての注目が自分達に集まっている。一挙手一投足《いっきょしゅいっとうそく》が監視されているようで、唾を飲み込むのも躊躇《ためら》ってしまう。冷静になれ。

現状を認識しろ。稲葉組が提示してきているのは、二十七枚賭け。手持ちチップが半分以上吹き飛ぶ大勝負だ。ほとんど勝敗が決するかもしれない。

瀬戸内組は降りた。場には七枚のチップがある。ここで千尋達も降りればプラス九枚、計十六枚タダで稲葉組に献上《けんじょう》する羽目になる。……許していいのか？

思うのだ、これが狙いではないかと。ビビらせて勝負をせず利を得るなど、まさしく稲葉が好みそうな戦法だ。

稲葉と太一が、お互いの手を伝え合うためにイカサマをやっている気配もない。たまに目を合わせているがそれだけで、なにかができる訳でもない。同条件だ。ビビるな。

勝負をしなければ、勝てもしない。

「……やるか？」

「う……うん」

千尋の問いかけに、おっかなびっくり、だけど円城寺は頷いた。

「こ、ここでやらなきゃ……」

そう、ここでやらなきゃいつまで経っても勝てない。

「勝負してやるよ」

千尋は足りない分のチップを差し出す、二十七枚賭けの勝負である。

「おお！」「やんのか！」「期待！」

やんややんや外野が盛り上がる。そりゃ他人事として外から見る分には面白いだろう。

「へぇ……観客に配慮《はいりょ》したのか？」

稲葉が意外そうな表情をしている。やはり勝負になったのは予想外か？

「いえ別に。勝ちにいっただけですよ」

自分の言葉に高揚感《こうようかん》を覚えた。気持ちが高ぶる。

勝てる。確信している。風は自分達に吹いている。

カードを開く。

千尋・円城寺組、フルハウス。

太一・稲葉組、ストレートフラッシュ。

太一・稲葉組のチップが八十四枚になった。


二十七枚のチップを失った。

残りのチップは二十三枚。全額かけても、それが一対一の勝負なら挽回《ばんかい》もできない。

勝負は続いている。

続いているが、自分達にとっては負け戦《いくさ》も同然だ。

「千尋君……普通に勝負……かな。コールってやつ」

ああ、と適当《てきとう》に生返事する。

大量のチップが賭けられたのはあの一回きりで、その後は一チーム五、六枚あたり賭けられるのが平均といったレートの戦いになっていた。

まず瀬戸内組が勝った。稲葉組も勝った。

チップは減って、また減った。

しかしその差は圧倒的だ。稲葉達が大量のチップを所持し、瀬戸内組が中程度、大きく離されて自分達だ。

観客も開始時より少なくなっている。もう勝負あったと他のところに見に行ったのだ。声を上げていた二年生の知り合い達も、今はいたたまれない目で見るばかりだ。

「どうしよう……千尋君……」

「……勝負でいいだろ、ここも」

なぜ、負ける。特に一回目、謀《はか》られたように自分達は敗北した。

自分達は二人に完全にしてやられたのか。

稲葉は大胆に勝負を仕掛けた。そこはいいとしても、なぜ太一が堂々と構えていられたのかわからなかった。お互いの手は知らないはずなのに。……まさか知っていた？

イカサマ……いや、そんな素振りはなかったはずだ。じゃあ、なんだ。

伝わり合っている？　繋がっているから？　バカな。

稲葉と太一が目を合わせる。互いに頷き、前を向く。表情は自信に満ちあふれている。

「や、やっぱり勝てる気がしないよ……」

「……でもやるしかないだろ」

今更逃げてなんになる。やけくそに近かった。

以心伝心で伝え合う。そんなことが現実に起こりうる？

三組共が勝負する。カードを開く。

瀬戸内・城山組、スリーカード。

太一・稲葉組、ツーペア。

千尋・円城寺組、フラッシュ。

場に出ているチップは九枚。千尋達のチップは十七枚になる。

やっと、勝った。ギリギリ首の皮が繋がった。しかし勝った時は今まで一番賭けられているチップが少ないタイミングだった。

「計算通りだな」

「ああ」

稲葉と太一はそんな風に話し合っている。

こうなるとわかっていたから勝負はしなかった？　こちらの手まで読んでいるのか。

「か……勝ったよ千尋君！　勝った勝った！」

円城寺が喜びを爆発させ、せっせとチップを回収し、積み重ね……ようとして「あわわ」と崩した。学習しろよ、同じパターン多いぞ。

「なにやってんだよ」

「ご……ごめん、でも、勝てたから」

「勝てたって差を考えろよ、どうにもならねえだろ」

「でも、勝ったよ」

「まあ、そうだが」

気弱な奴かと思ったら、たまに芯《しん》の強いところを見せるのが円城寺だ。円城寺のこんな面まで知っているのは、学校じゃ少ないだろう。

喜ぶべきかは疑問だが、おそらくこの学校の誰よりも円城寺をわかっている。なんだかんだ絆を深めて……だったら自分達も、目と目を合わせれば？

「次は僕らが親だね」

城山が言うと「強い手頼むぞ」と稲葉が軽口を叩く。余裕綽々《よゆうしゃくしゃく》だ。

ゲームが始まり、カードが配られ、そこで千尋は円城寺の方を見る。

円城寺も気づき、お互いが目と目を合わせる。

くりっとして澄んだ瞳。黒目の最も奥、純真な漆黒の部分は、この世のどんな宝石にも出せない独特の輝き方をしている。そこには人間の心が映し出されているようだ。

その色の変化に、その輝きから見出せるものは、きっと、きっと……。

「おい、円城寺……わかるか？」

「……うん」

まさか。

「うん？　なにが？」

だよな。

「わかんねえよな。カードも、考えていることも」

「うん、心は読めないもんねぇ……」

相手の思っていることなんてわかるはずもない。まあ動作や表情から感情くらいはわかるが、今手元に持っているカードがなにかわかるはずもない。

目と目で、会話できる訳がないんだ。

「これって……太一先輩も稲葉先輩も同じだよね」

こんな風に、上手く通じ合うことはある。でもそこが限度だ。

なぜあの二人は、初戦で勝てることを知って勝負できたのか……いや。

あの初戦で自分達が勝った場合を想像してみる。それでもあの二人は、堂々としていた気がしてならない。

まるで、魔法が解けていくように謎《なぞ》が氷解《ひょうかい》していった。

「勝手に想像力を働かせ過ぎてた気が……してる」

「なんとなく言いたいことわかるよ、千尋君」

強い。凄い。超えられないと勝手に勘違いしてはいないか。

きっと、もっとこう思うべきではないだろうか。

自分達は、普通に勝てる。

「超えるとかじゃない。……勝てるぞ円城寺。ついてこれそうか？」

「い、イエス」

急に二人で話し始めた二年生を、三年生の二組は怪訝に見ていた。

しかし稲葉だけは、警戒する表情だった。

一周目が終わり、賭けられたチップはそれぞれ四枚の計十二枚。

それからカードの交換があり、二周目。

太一と稲葉が一番手でチップを増やすかどうか決める。

「まあ……こんなところか」と稲葉はチップを一枚出した。

さて始めるか。

「それだけっすか」

完全に見下して、言ってやる。

「……はぁ？」

ぎろりと稲葉が目を剝く。恐いって。

「城山さん達もなにビビってんすか？」

「僕達も……一枚で」

「ビビって……て」

「先輩達への敬《うやま》いはどうした千尋。えらく挑発してやがるが」

稲葉の言葉を無視して、千尋は円城寺を確認する。目を合わせる。

気持ちは通じ合っている、と思う。でも考えまではやっぱり完全には、わからない。

果たしてこのタイミングなのか否か。誰にもわかるはずはなかった。だから。

「い……いっけええ千尋君！」

円城寺の声を背に、千尋はチップを場に出す。

手元にあった十三枚、場にあった四枚を足し全賭けの十七枚だ。

城山も、瀬戸内も、太一も驚きの表情だ。そして稲葉だけは不機嫌《ふきげん》そうな顔なのだ。

「おおあいつやったぞ！」「ついに勝負か！」「大丈夫なの!?」「流石リア研！」

外野も久々の大賭けに湧いていた。

普通は驚くだろう。でも円城寺はどうだ、合意が取れていたから驚いてはいない。

これを事前にやっていれば——例えば「一度目は大胆に賭けるが動揺するな」と先に打ち合わせをしておけば——パートナーが驚く必要はなくなるんだ。

もう手札を変えるチャンスはない。後は勝負するか、しないか、選ぶだけだ。

「稲葉さん達どうするんですか？」

これまで稲葉が即断する、太一がなにも言わず認める、というスタイルだった二人の動きが止まる。初めて稲葉が迷いを見せたのだ。

「別に声を出して普通に太一さんと相談してもいいんですよ、稲葉さん」

魔法が解けた今、無理に世界観を作る必要もないだろう。

まるで以心伝心、まるでお互いの手がわかっている、まるでこの勝負を全て掌握《しょうあく》している、そんな風に見せかけて、敵の判断を鈍らせるのが稲葉の策略だ。

「雰囲気作り、実際ただの博打《ばくち》だったのに本当に勝ちを引き寄せてしまう勝負強さ、その後の振る舞い、凄いなとは思いますよ」

この二人は凄い。凄い、凄い、先輩達だ。

「ただまあ、それだけですよね」

一段上にいた先輩二人が、すとん、といい意味で自分達と同じ場所に降りてきた。平面上に、目標になるべき人間はいる。と思うと、そこに辿り着く道筋も見えてくる。

後は進んでいけばいい。

「ち、千尋君……なんだかわたし達も先輩達くらい強くなれた気がするよ！」

そんな考えもアリか。

円城寺と自分の考えている内容はやはり少し違っていた。

でも方向性は一緒だ。

「乗ってやるよ」

稲葉は合計十七枚になるよう場にチップを置く。

ここで逃げればみすみすチップを五枚持っていかれるのだ。瀬戸内・城山組まで勝負を降りれば、千尋達のチップは二十七枚になり十分戦線に復帰できる。勝負してくれるならそれはそれでいい。勝てば一気に差を詰められる。

すべき勝負をなぜしていなかったのか。

そうできないよう、見えない糸に絡め取られていた。

憧れは素晴らしいものだろう。しかしそれが『幻想』になってはダメなんだ。永遠に追いつけない存在にしてはならない。そうじゃない。

「逃げられないっすよね、そりゃ」

「負けたらお前、終わりだぞ？」

「だから、勝つ可能性だってあるんでしょ」

負けの目があって、初めて勝ちの目が生まれる『勝負』になる。

「俺達は皆さんが卒業するまでに必ず勝ちますよ」

「俺『達』、か」

にやっと稲葉に笑われる。

「そ、そうわたし達が、です」

円城寺紫乃からの宣戦布告など、滅多に見られるものではないだろう。

「待ってるぞ」と太一は声をかけてくれたがその瞬間「敵に塩を送るな！」と稲葉に蹴られていた。もういつも通りの二人になりつつある。

「ちょっと！　そこだけで盛り上がらないであたし達もいるんだから……えい！」

「うお！」「もう決まるぞこれ！」「やれやれ〜！」外野が更に盛り上がる。

瀬戸内組も同じだけチップを出す。合計五十一枚の大勝負になった。

駆け引きもなにもなくなった。これはもう運試しに近い。

千尋達が勝てば瀬戸内組を上回り、ほぼ太一組との一騎打ちに持ち込める。瀬戸内・城山組が勝った場合は千尋達が脱落し、残った二組が一騎打ち。そして万が一太一組が勝てば、勝負はそこで決すると言っていい。

カードを開く。

瀬戸内・城山組、スリーカード。

太一・稲葉組、フォーカード。

千尋・円城寺組、フルハウス。

――まだ奴らの主人公じみた運の強さは続くらしい。

でもきっと、この一年の間にひっくり返してやる。

自分達を信じて、そう思う。

勝者　八重樫太一・稲葉姫子組　所持する花の数……四十六

～八重樫太一・稲葉姫子組VS桐山唯・青木義文組VS中山真理子・石川大輝組～


先ほどは危うい戦いだった、と太一は胸を撫《な》で下ろす。

一戦目か二戦目、手が悪くないと判断したら大きく賭ける。勝てれば相手をそのまま掌握できるはず。相手が勝負を降りた場合も同様。負けた場合も再度大きく賭けて分を戻す。二連敗するようなら自分達に勝ち運がなかっただけの話。

後はまるで通じ合っているような顔をし続けること。

そうやって優位に立って勝負を続けるつもりだったが、最後はただの博打になった。

千尋と円城寺の二人にその策は通じず、結局引き込まれてしまったのだ。

あの二人に負けてしまうのも、時間の問題かもしれない。

だが、勝ったのは太一と姫子であった。

「四十六本までできたんだな」

太一が抱える赤い造花は花束と言える量になっていた。実際に包装紙《ほうそうし》で包まないと運べなくなっている。

「他の奴らもほぼ同じペースだと考えると残っているのは六、七組の世界か？」

そう考えると、よくぞここまできたと思うと同時に、欲も出てくる。

もう少しで山星高校のカップルの頂点になれるのだ。優勝者特典を抜きにしても、更に目立ちたくない気持ちも脇に置けば、一番になってみたい。

「太一に稲葉っちゃん！」

聞き慣れた声に振り返ると青木が花束を片手にぶんぶん手を振っていた。

隣にいる桐山は笑顔ではあるが、フルマラソンを終えた後のように疲れた様子だ。

太一と姫子の方から近づいていった。

「なんだお前ら。この時間帯の割に花の数少なくないか？」

「違うんだって、オレ達戦いが激闘《げきとう》過ぎて休憩が必要だったんだよ」

「必要だったのは桐山にだよな？」

「太一～言わないでよ～。唯が戦って俺がセコンドとか男として……」

「お、なんか始まる？」「文研部対決か～」

花を持っている同士の会話を見て、生徒達がわらわらと寄ってきた。今やほとんどの者が敗退してギャラリーになっているので集まりが早い。

しかし逸《はや》る皆の気持ちを姫子が遮《さえぎ》る。

「待て待て。誰も戦うとは言ってないぞ。唯達と戦うのはいいが、今は賭けるものが釣り合っていない。唯達がもう一戦して同じくらいの花があって対等だろ」

「はいそこ待った〰〰〰〰〰〰!」

突然の大声の後、群衆から一人の女子が飛び出してきた。

ツインテール系女子、中山真理子。校内屈指《くっし》の元気娘だ。

「二人戦うとこならわたし達も混ぜなさいな!　ほら石川君早く!」

遅れてパートナーである石川がのしのしと歩いてきた。

「俺はこだわらなくてもいい気がするんだが」

「聞け、話を。アタシ達は戦うとは……」

「中山ちゃん達も残ってたんだね。というか凄い花の数!」

「さっき四組参加バトルロイヤルで勝っちゃって一気に……ね。てか唯ちゃんの激闘は聞いてるよ～。大会ベストバウトだって!」

「太一、こいつらが盛り上がってる隙に離れるぞ」

「お、おう。でも中山達は花の数も十分だと思うが」

「稲葉さんに八重樫君ドント・ストップ!」

「止まるなってことだな。行くぞ太一」

「あ、間違った！　ストップ！　実は勝負形式決める時くじ引きしたら『本物の恋人同士のペア対決限定』って書かれたのが出てきてさ。中身は見てないんだけど」

「それで？」

「この面子ならやれるじゃんって気づいたからやってみたい！」

「嫌だ」

姫子はにべもなく断って続ける。

「さっきだって無茶な戦いを呑んでやったんだ。お前が仕組んでいる可能性もある戦いをするか」

「してないよ！　ってさっき戦っていた子達が保証してくれるから……おろ？」

揉《も》めている間にかなりの人数が集い、取り囲まれる状態になっていた。中には座って観戦に備える者までいる。

「……五十人……まだ増えるぞ」

太一もたじろぐ。

「こ、この状況は稲葉さんも逃げられんでしょ……？」

「……ちっ、わかったよ。まあ中山が相当緊張し出したし、戦いは楽になりそうだし」

「置いてきぼり喰らってるけどそこオレと唯も入るんだよね？」

「ば、バカにして……！　目にもの見せてやるぜ！　勝負形式は……」

中山がびりっと封筒を破り中から紙を取り出す。

「……『ラブ・アイアン・ハート』！　……え、意味わかんない」

ＫＯ・ギブアップがあった場合はその場で敗退。

明らかに観客の過半数から信を得られなかった場合も敗退。

制限時間十五分で勝負が決まらなければ観客による判定。

その勝敗《しょうはい》の付け方は、まあいい。

問題はその特殊な内容だ。……正直やりたくない。けれど、山星高校最高のカップルになるためには逃げられない試練だ。

一番手は、あみだくじの結果太一だった。

中庭の中央に太一は立つ。その太一を百人に近づこうかという人間が扇状《おうぎ》になって取り囲んでいる。まさしくオンステージな状況で、太一は口を開く。

「俺は彼女、稲葉姫子のことを……姫子と呼んでいる。稲葉は下の名前で呼ばれるのがあまり好きではなく、そう呼んでいいと許可を貰っているのは彼氏の俺だけだ」

おお、と小さなざわめきが起こる。

しかしこの程度か。もっと踏み込まなければならない。

「だから、稲葉姫子を姫子と呼んでもいるのは今も、そしてこれからも俺だけだ！」

おおお～、とさっきよりも大きな歓声と拍手を受けた。

はぁ、はぁと太一は肩で息をするほどの疲労を覚える。

この様子に、他の参加者の面々も戦々恐々《せんせんきょうきょう》だ。

皆が行うことになった対決内容とは……カップルの恥ずかしいネタを公開し合う誰のためになるのかわからない恐ろしい対決だったのだ（下ネタ禁止）！

「ここまできてこんな対決でいいのか……？　みんな納得して……いや超盛り上がってるけど……。後この対戦を考えたの絶対……藤島だろ」

ルールブックの字が完全に藤島だったし。

――へっくちん。

くしゃみが聞こえたが……まさか……いやそんなベタな。

「なかなかやるね八重樫君……」

中山が額の汗を拭いながら生唾《なまつば》を飲み込む。

「だからなんだよこの対決！　決着方法もよくわからんぞこの内容だと！」

怒る稲葉は顔を真っ赤にしている。顔の赤い理由は怒り……だけではないような。

「次は中山だが、大丈夫か。おそらくだが八重樫と同クラスかそれ以上じゃないと認めて貰えない雰囲気だぞ」

石川は心配そうで、同時に渋い顔でもあった。石川がなにかを嫌がるのは珍しい。

「次は誰だ～！」「ラブラブカップルカモン！　カモン！」「ヒュ～！」

外野は憎たらしいほど楽しそうだった。

「では次はわたしが」

中山はこほん、と一つ咳払いをしてから、話し出す。

「え〜……わたし、最近彼氏と……石川君と公園デートをしまして。その時、お弁当を作ったんですね。わたし、和食が得意で、やっぱ料理上手いって思って貰いたいから煮《に》物《もの》とか中心に攻めて、ご飯も炊込《たきこ》みご飯にして。でも……そうすると、お弁当が九割茶色という悲惨なことに……。でも石川君は……おいしいって言ってくれて、えへ」

「のろけだ！」「のろけだ！」「のろけてる！」「「ただののろけだ！」」

本当に全力でのろけていただけだが、観客は沸いているのでルール的にはアリだろう。

次は桐山の番だった。

「ここは一つ、勝負の分かれ目だな」

端に控える姫子が太一の横で呟いた。

「桐山は無理かもしれない、って？」

そういうことだ、と姫子は頷く。

前に出た桐山は俯《うつむ》いたまま、もじもじと体操服の裾を摑んで喋り出す。

「あたしは青木と付き合っているんだけど……。青木はまずバカだし、そんなにかっこよくもないし。背だけは高いけどひょろっとしてるし、バカだし、ドジだし」

散々な言われようで青木は「バカが多い……」と嘆いている。

「でもね……あたしの前ではとてもかっこいいところも見せてくれて、優しくて、だから……あの……人にどんな評価されているかわからないけど、あたしは…………好き」

「「「「萌え〜！」」」」

桐山の顔は火を出さんばかりに真っ赤だ。小さく小さくなろうと、体を縮こめて俯いている。その姿は確かに素晴らしく萌え——「いたっ!?」

「彼女の前で他人の彼女にきゅんとするな」

「……心を読んで的確につっこむのやめないか？」

「アタシの好きの方が、唯の青木を好き、より……絶対大きいから」

ぷい、とそっぽを向きながら姫子は呟く。

「ありがとう、姫子。……俺も好きだ」

自然と太一の手は姫子へ伸びて——。

「その場外戦を前でやってきたらどうだ」

石川がぼそっと告げてきた。

「いやっ!?」「……んなつもりねえよ」

「……悪い。純粋に思ったので言ったんだが、こんな場で自分達の世界に入るなんて」

「うわ〜、この二人絶対人混みの中でもチューするタイプだよ〜。石川く〜ん」

「バカっ。映画館とか暗がりまでだっ」

「だからその話を皆の前でしてくれば……」

「反感を買いそうな気がするのは俺だけか？」

色々心配になってきた太一だったが、それを尻目に次の番手である青木が中央へと走っていた。

「唯……！　ありがとう！　感動した！　本当にオレも……大好きだ！」

「ちょ、やめてよねっ！」

このどストレートなやり取りに、聴衆《ちょうしゅう》はやんややんやと大喝采《だいかっさい》だ。

「清々しい！」「若い！」「青春だ！」

「オッケー！　ありがとう！　みんなも青春しろよ！」

青木は笑顔で歓声に応えている。この対戦形式で青木個人が負ける姿は想像できない。

「つまらんからさっさとやれ」

苦々しい顔で姫子がヤジを飛ばしている。

「じゃあいかせて貰いますかっ！」

青木が告白を始めた。桐山は引っ込むタイミングを失ってまだ真ん中に立ったままだ。

「え～となにを言えば……あ。キスする時の話なんだけど唯は必ず――」

「なに口走ろうとしてんじゃあああああ！」

「ごがぁぁあ!?　……うがふっ」

青木の『大事な部分』に唯の膝蹴りが突き刺さり、その場に堕《お》ちて青木は沈黙した。

青木がＫＯにより試合続行不可。

桐山唯・青木義文組、棄権により敗退。

「俺は誰かと付き合うのは中山が初めてのことだ。だから全ての『初めて』を中山と二人で積み重ねていきたいと思う」

「わ、わたしもだよ石川君！」

「初めて宣言！」「初々しい！」「なんかいい！」「個人的に好きだ！」

一対一のタイマン勝負となってから一発目は、石川らしい誠実な告白が決まった。とてつもなく恥ずかしくもないが、観客からの評判はすこぶるよかった。

そして、ついに姫子のターンがやってきた。

「……姫子、無理はせずに、頑張れ。俺は姫子がなにを言おうが」

「てか太一も来い」

「おろ？」

格好よく送りだそうとしたら姫子に引きずられて、太一も再び表舞台に立たされた。

百人近くの人間の目にさらされても、今は緊張しなかった。逆に姫子がなにを為出《しで》かすつもりかわからず、そちらの方がよほど怖かった。

「しゃらくせえから一発で勝負を決めてやるよ！」

「稲葉さ〜ん！」「流石男前！」「八重樫はなんで出てきた？」

「これからアタシは、いや、アタシ達は！」

姫子は高らかに話し始める。しかし『達』？

「この場で……………キスをします」

「いいの!?」

「R指定だ！」

「なにそれ大胆！」

「おおおおお！」

会場が一気にマックスボルテージだ。踊り出す者、周りと肩を組んで歌い出す者、めちゃくちゃな騒ぎが巻き起こる。最終的には『きーす、きーす』の大合唱となった。

「てかルール上これは……いいのか。公開なんだし、下ネタでは……ないし」

太一は狂乱の熱の中でなんとか冷静に頭を働かせて考えた。

「というか姫子……お前本当に」

この大人数の前で、キス。

撮るなと言っても写真に収める奴がいるはずだ。一生語り草になってもおかしくない。大きな、大きなギャンブルになるのではないか。

背中を押すべきなのもわかる。でも暴走を止めるのもパートナーの使命だ。

「姫子、普通に告白を続けても俺達なら勝てる。ここまで捨て身にならなくても」

「バカ。こんな場でなにも捨てたくないからこうするんだ。いくぞ」

捨てたくない？　どういう意味かわからないまま、姫子は顔を近づけてきていた。考える余裕もない。周囲の騒ぎ方が一段と大きくなった気がしたが、それも聞こえなくなって――。

「ぎ、ギブアーップ！　ギブアーップ！」

――ギブアップにより、中山真理子・石川大輝組敗退。

中山は悔しさを堪《こら》えるように俯きながら、両手で大きなバッテンを作っていた。

ぽん、と中山の肩に石川が優しく手を添えている。

「ふー……。あいつがバカじゃなくてよかった」

表舞台から隅に戻った姫子もほっとした表情だった。途中「キスしろよー」と野次が飛んだが「黙れ！」と一喝《いっかつ》していた。

「つまりあまりに恥ずかしい内容を一気に見せつけ中山のギブアップを誘ったのか」

「アタシ達がもしキスをすれば、あいつは次それを越える必要が出てくる。流れも行動で示せ、となってくるはずだった」

「俺達にキスさせといてギブアップでもよかったはずだが……、それは情けか、もう負けだと思ったから素直に認めたか」

ぐすぐすと半泣きになり石川に慰《なぐさ》められている中山を見ると、純粋に負けだと思ったのだろう。

「これでアタシ達の花の数は百十二。そろそろ最終決戦が近いんだろうが……」

「凄いところまできたな……今誰が残っているんだ？」

「ここまでくると本当に勝たないとな。負けたくない、優勝特典も頂きたいって欲求だけでやっていたが、負けた奴らの分も背負ってるからな」

抱えている花の数だけ、負けたペアがいる。それを感じて赤い薔薇を見ると、まるで彼らの想いまで託されているようだ。勝ち進むとは、こういうことだ。

ぞろぞろ、ぞろぞろ。

大勢の人間が移動してくる気配があった。このざわめきは、足音は、大集団じゃないと起こらない。方角は西、体育館のある方向。

その先頭には、永瀬伊織と香取譲二。

十人？　三十人？　五十人？　七十人？　後ろに続く人間がどんどん増えていく。

二人が持つ花束は合計四つになっていて、抱える二人が埋もれてしまうんじゃないかと心配になる量だった。明らかに自分達より多くの想いを、抱えている。

「なんであいつら軍団率いて来てるんだ？」

姫子が腕を組みながら独りごちる。

向こう側の集団から、一人の男子が『ラブ・アイアン・ハート』マッチに集まってきた集団の下へ駆けてきた。

「あ、あっちで四組参加のバトルロイヤルがあったんだって！　そこでの優勝者が永瀬・香取組！　今残ってる奴を探してるみたい！」

「なるほど。後ろの奴らは次の戦いを見ようとする観客か。……なんにしてもラスボスって風情《ふぜい》だなぁ」

唸《うな》る姫子の隣で、太一も緊張と共に拳をぎゅっと握る。

自分達の花の数、永瀬達の花の数。見た限り三百に近いのではないかと思える。

もう、他に敵はいないのだ。

次は、自分達があの優勝候補大本命と戦う。

最後と思っていいだろう。

永瀬と香取は、この状況を楽しむかのように微笑《ほほえ》んでいた。

自分達も知り尽くせはしないだろう色んな出来事と色んな想いを経て、全てはここにいきつく。

最終最後の、決戦。

勝つにしても負けるにしても正々堂々、皆に認められ納得される形で、この大会を締めくくりたい。

と。

そこに……第三の影が割り込んだ。

勝者　八重樫太一・稲葉姫子組　所持する花の数……百十二

～藤島麻衣子・渡瀬伸吾組VS八重樫太一・稲葉姫子組VS永瀬伊織・香取譲二組～

優勝候補筆頭の呼び声高かった永瀬・香取組、知る人ぞ知る超実力派カップル八重樫・稲葉組。

この二組が今、最終決戦を迎えようとしている。

そう誰もが思っている……と見せかけて自分達藤島・渡瀬組も残っているのだ！

藤島は渡瀬と共に、校舎の陰から二組の動向を注視《ちゅうし》していた。

「えー……計算によると八重樫君のところが百十二本。永瀬さんのところは百六十八本。大会参加者計三百一組の持っていた造花のほとんどが集まってる」

「……つまり残りの二十一本が俺達の手元にある、と。……この本数で大丈夫？」

「ちゃんと目標ノルマはクリアしているんだからルール上問題ないわ！」

危険な勝負は避け、負けない戦いをこなすことでラスト三強にまで残った！

「ああ、ルール違反はない。ただ戦略的に戦っていた！　……俺はこの盛り上がりに水を差し他の皆を敵に回したとしても、藤島さんと優勝を勝ち取れるなら……！」

こんなに一生懸命に優勝を目指してくれるなんて本当に嬉しい。

「最後もご期待通り……あの強敵だろうが勝ててしまう対戦形式を用意している。この大会の企画・演出・監督《かんとく》・主演は……藤島麻衣子よ！」

「恐ろしい女だ……だがそこがいい！」

体育館の方から歩いてきた永瀬・香取と、八重樫・稲葉がついに接触《せっしょく》する。

決して楽な道ではなかったし、ここから最後、また最も険しい峠《とうげ》がやってくる。

けれどきっと、自分達なら。

「いくわよ！」

「おうよどこまでもいこうぜ！」

渡瀬が自分と共に道を歩んでくれるならきっと、いける。

校舎の陰から走って、人混みを掻き分ける。裏側から、表側へ。

円になっている衆目の前へ。二組の下へ。

「実は私達もサバイブしているわ！」

思わぬ第三勢力の登場である。二組だけかと思われた場所に突如として現れたダークホースの存在。判官贔屓《ほうがんびいき》が好きな者達の注目を集め、更に今から繰り広げられるだろう三つ巴《どもえ》決戦への期待から観客は興奮のどよめきを……起こし……？

「え、あのペアも？」「八重樫のところが戦ってきたのは見てきたけど、いい試合多かったんだよな」「永瀬さんと会長のところもホント凄いんだよ！」「体育館の知能と体力を駆使したクイズバトルロイヤルはバラエティの枠を越えてた」

なるほど、二組はここまで多くの注目を集める戦いを繰り広げており、それを他の皆が見てきている訳だ。

「でも藤島さんのところって……」「戦ってたっけ？」「午前中しょぼい戦いをしていたのは知っているけど……」「わ、わたし一応負けたけど……変な勝負で」

……おっと？　おおおダークホース隠れてたあああ！　の流れじゃないのだろうか。

「色んな名勝負があったからなぁ……」「……なんか釈然《しゃくぜん》としない」

予想外に名勝負が多かったらしく、ゲーム性の面白さより内容が重視される流れになっていた。観客も皆、元は参加者であるからそれぞれ思い入れもあるのだろう。……しまった、バトルロイヤルというゲームの面白さにつけ込む策略は失策だったか。

風向きが悪い。このままだと思った通りの展開に持っていけない可能性が……。

「賭ける花の数に差があり過ぎだが……仕方ない、三組同時に戦うのが妥当《だとう》だろう」

言いながら稲葉が溜息を吐く。

「仕方ないよな」「うん、まあね」「俺も認めるしかないな」

八重樫が、永瀬が、香取が、まるで情けをかけるように同意した。

この敗北感……刺さるような周囲の目……つ、辛い！

けれど心が押し潰されそうになったその時だ。

「藤島さん……、俺がついてるっ」

渡瀬の声が自分の背を支えてくれる。

藤島は持ち直して、話し出す。

「じゃ、じゃあ是非最後は皆が納得いく戦いをしましょう。持っている花の数で有利さが違う戦いでもいいわ」

「……お。藤島さんいいの？」

心配そうな渡瀬がこそこそと聞いてくる。

「……仕方がないのよ。私は主催者でもある。なにか仕組んで自分が生き残れるようにしたんじゃ……とまで疑われたら堪《たま》ったものじゃない。大会自体に傷がつくようなことはできない。最高になるはずのみんなの思い出を……汚せない」

それに、渡瀬にまで汚名を着せたくない。

「……おう」

渡瀬は感じ入った様子で、藤島の言葉に頷いてくれた。

「対戦形式はどうする？　みんなが納得できるものにしたいよな」

「じゃあ、公平にくじを引くか？」

香取、八重樫が話し合う。

そこで稲葉が口を開く。

「しかしくじで盛り上がらない戦いが出ても面白くない」

なにかを狙っているのは明白だった。

しかし現状の藤島に止める術はない。

「だからここは」

「はいはーい！　ひとまずこの話し合いもみんなに聞こえるようにやりませんか～！

公開討論《とうろん》で対戦を決めようぜ！」

永瀬が大声で言って稲葉を阻止《そし》した。

「……まあ、拒否はしない」

これには稲葉を含め皆が頷くしかなかった。稲葉を止めた永瀬のタイミングのよさは流石だ。もう勝負は、始まっているのだ。

「私達も……異論ないわ」

しかし皆に話を聞かれるとなると、信を得ていない藤島・渡瀬組はより発言をしにくくなった。これを狙ったのか、たまたまそうなっただけか。

「じゃあ、マイクマイク～！」

永瀬が歌いながら要求すると、実況を担当していた放送部からマイクが手渡された。

瞬間。

笑っていた永瀬の笑みが、一層深まった。

なにかある。企んでいる。

女の直感だった。

「やめ……」

稲葉も嫌な予感を感じたのか手を伸ばした、けれど、時既に遅し。

「え～、皆さんどうもお疲れ様でした～！　いや五時間半の長丁場《ながちょうば》でしたね～」

永瀬伊織、オンステージ。

まさしく主役が、脇役じゃどうにもならないオーラを放っていた。

「本当に、急遽開催でこんな楽しいイベントができるなんて思ってもなかった。きっと、今年は体育祭も文化祭も最強に楽しいよ！　企画してくれた藤島さんありがとうね～」

わぁっと歓声が沸いた。拍手をする者がいる。口笛《くちぶえ》を鳴らす者もいる。

まるで戦いが終わった後のようで、保とうとしても闘争心が緩んでいく。

六百人の人間を魅了するのは、永瀬伊織というみんなのヒロインだ。

「みんなそれぞれ色んなバトルがあったよね！　勝ったとか負けたとか優勝とかじゃなくて、みんなの胸に残ったバトルが、この大会で得られた最大の宝物だよ！」

歯の浮くようなセリフが、ぴたりとはまっているのだから手を叩くしかない。

「最後優勝は決めないといけない訳だけど。これもみんなに参加して欲しいと思うんだ。見ているだけなんてつまらないよね」

おおう！　と皆が楽しげに反応する。

群衆の中で話す永瀬伊織は、まさに踊り舞うようだ。皆が目を奪われ、それだけで幸せになる。

「という訳で……参加者全員投票による『優勝に相応しいのは誰だ総選挙』を開催しましょう！　今から体育館の舞台でアピールタイムだ〰〰〰！」

この現代で、民主主義を否定することは、藤島も稲葉もできなかった……。

＋＋＋

永瀬伊織・香取譲二の二人が最後に三百一本の造花と共に田中・平田両先生カップルと写真撮影、簡単な学校代表認定式として賞状が送られ、『田中先生・平田先生結婚記念！　幸せのブーケ杯争奪カップルバトルロイヤル』は幕を閉じた。

「あいつらただでさえ推薦取れそうなのに！」「人生勝ち組め！」「ここでも勝つから二人は勝ち組なの」などと嘆き節が時折聞こえたが、皆充実した表情であった。

体育館での投票お願いアピールタイムは公平に割り振られていたが、結局あの対戦形式に持ち込まれた時点で、もっと言えば永瀬がマイクを持った時点で勝負は決まっていたのだろう。

太一は少し残念で、でも清々しい気持ちだった。

皆の目をかっさらう魅力、会長香取の持つ支持、なにより一番勝利を積み重ね誰よりも多くの花を所有していることが、最大の勝因だ。誰だって、自分に勝った人間に頑張って欲しいのだ。

最後は戦うこともなく敗北したようなものだが、一番の勝利数がある二人だと納得できた。まあ後現実的な理由として、学校から許可されていた時間を越えそうだったので急ぐ必要もあった。

という訳で、全てのプログラムが終わった今、みんなで協力して片付けの時間だ。

太一も運動場に敷かれたマットを折りたたみながら、大騒ぎの余韻《よいん》に浸《ひた》っていた。

赤く染まる夕日が、祭りの後を告げている。

「八重樫、この後クラスで打ち上げをする話になっているんだがどうする？」

香取が声をかけてきた。

「いくよ。というか、優勝者なんだから働かなくてもさ」

「八重樫までその弄《いじ》りしてくるのな」

苦笑気味に香取は言う。

「じゃあ稲葉も参加するな。後、藤島も誘っといてくれよ」

「藤島……おい、今声かけづらそうだから俺に」

「優勝者の特権ってことで」

自分から持ち出した話題だったが上手いこと使われてしまった。

香取はじゃあな、と去っていく。太一は視線を動かす。

「…………ふぅ」

フェンスに背中を預け、夕日を見つめ続ける少女がいる。

この企画の発案者にして、誰よりも優勝に燃えていた、藤島麻衣子である。

「やはり私は……勝利の女神に愛されなかった。私は永遠に一番にはなれず月見草《つきみそう》のように目立たず……」

「いや、悲観《ひかん》し過ぎだろ」

落ち込みモードの藤島に太一は思わずつっこみを入れる。

「あら、姫子にゃんとのラブラブっぷりを見せつけていたと噂の八重樫君」

「意外に元気そうだな！　心配したのに！」

「冗談よ、冗談。落ち込みも……してはいるけど、まあ、勝負の世界は甘くないわよね。……一番に、なりたかったけど」

「今回本当にこだわってたみたいだよな、優勝に」

知力戦略を駆使して最終決戦の場にまでは辿り着いていた。

「高校生活で……いや人生で一度くらい、って思うじゃない。人は誰でもオンリーワンだとかそんな優しい言葉もいいけど、痺れる状況でナンバーワンも憧れたくなる」

「気持ちはわかるけど、藤島を学校で一番だって思っている奴も多いぞ」

「客観的な称号が欲しかったのよ。……そうすれば運命の人も見つかるかも……とか」

たぶん週明けの月曜になれば元気にはなっているのだろうが、このテンションだと今日の打ち上げは難しそうだ。

「おーい藤島さ〜ん、打ち上げ他のクラスも合同でやろ〜よ〜」

もう一人の優勝者、永瀬が明るく言いながらやってきた。更にその隣には。

「藤島さんいこうぜ一緒にうぇ〜い！」中山や、

「大会の企画立案者がいないとさ〜」瀬戸内や、

「藤島さんのおかげで凄くいい思い出ができた訳だし！」桐山や、

「オレなんて味方からの攻撃で悶絶《もんぜつ》して敗退なんだよ⁉」青木や、

「いい加減にしろ藤島。お前面倒臭いぞ」姫子、
といった面々が集結していた。

「目についた奴を呼んでみたんだが」

しんがりから香取が姿を見せる。その気の回しようを見せつけられると、そりゃ支持

されるし票も集まるよな、と納得させられる。

皆が「元気だせ」と藤島を励ますのだが「結果が全てだから」と藤島は首を振る。

「……ごめんなさい。こんなに構って貰っているのに。……これは私個人の心の問題で、来週には持ち直せているから、気にしないで」

でも打ち上げの場に藤島がいないのは少し後味が悪い。

突如開催された一大お祭りイベントは、皆の心に一生ものの思い出をプレゼントしてくれた。参加した皆それぞれの中に、語り続けていきたくなる物語が生まれたはずだ。

結果的に優勝は一組だけだったし、半数のペアは一度も勝てなかったかもしれない。でも皆の胸に残されたのは、等しく素晴らしいものだと思う。

けれど祭りは、誰かの気持ちを置き去りにすることがあっても、否応なく終わってしまう。心残りが皆全くゼロかと言えば、そうではないはずだ。もっと勝ちたかった、もっと続けたかった人間もたくさんいるに違いない。

その心残りはやがて宵闇に消えて、それも含めて、祭りの終わりなのだ。

祭りの終わりには、誰も逆らえない。

その時だった。

別方向から影が伸びた。

藤島のパートナーを務めていた、渡瀬伸吾が藤島を見つめて立っていた。

太一は思い出す。渡瀬も、この大会にかけていたのだ。もし優勝できれば一年の時からずっと想い続けている藤島に告白するのだ、と。

目標は叶わず、二人の夢は夢のまま儚《はかな》く散ったのだ。

「ふ、ふ、藤島さんっっ！」

渡瀬が、名前を大声で呼ぶ。

藤島の周りに集まっていた面々はなんだなんだ、と渡瀬に注目する。

「……ん？　渡瀬君？」

藤島は気怠げに返事をして顔を上げる。

「う……」

渡瀬は怖じ気づきそうになったと見える。でも、そこで止まらなかった。

「俺は藤島さんに伝えたいことがあった……。優勝できたら言おうと思っていたけれど……それは叶わなかった。……でも、だからって終わりじゃねえんだ！」

祭りは終わる。

祭りの中で紡がれる物語も終わる。

だけど自分達が紡いでいく物語は終わらずに続いて――。

まさか、と太一は自分の想像を打ち消すために首を振る。

あれだけヘタレていたのに、こんなところで勝負をかけるのか。大勢の人間が見ているのに。更に今日の藤島のテンションだと上手くいくものも成功しないんじゃ。

「おい渡瀬、場所とタイミングを改めた方が――」

「藤島さん！　俺は藤島さんのことが大好きだ！　俺と付き合ってくれ！」

言い切った。

もう後戻りはできない。やり直しは利かない。

それがどんな方向に動こうとも、回り出した歯車は止まらない。

学校全体の喧噪《けんそう》がその場所だけ消えた。

突然の事態に、誰も声を発せない。

「…………え？」

藤島もきょとんとした表情を浮かべる。

「え、……え？　……ええ？」

ただ驚いて、驚いて。

「え、ちょっとなに言ってるの、やだ……嘘、やだ」

顔を赤くして、あわわと慌てて、メガネまでずり落ちそうになって……？

「……た、確かによく私を褒めてくれていたし、この大会中も信じてついてきてくれたし……。私を信頼してくれているなってのはあったけど……」

「俺は大会を通じてまた……惚《ほ》れ直した！」

「や、また……。わ、私こんな情熱的な告白初めてで……もうどうしよう……！」

それはそれは大層乙女《おとめ》らしく、照れて恥ずかしがっていた。

「……なんかイメージが違う」

太一は思わずぼそりと呟いた。

「ええと、渡瀬君。……わ、私のことがそんなにす、す、好きだって？」

「いや、本当に大好きで」

「だ……大好き、だって。きゃ♡」

藤島は両手で自分の頬を挟み、体を揺らして悶《もだ》えている。

なんだこのキャラは……恋愛神、恋愛に達観《たっかん》した存在だと思っていたのに……。

戸惑いを隠せないでいると、ひとしきり悶えた藤島はふぅ、と一息つき、そして。

「……うん、私でよろしければ、付き合って下さい」

あっさりと回答した。

うっきうきの笑顔で。

逆に望み通りの返事を貰った渡瀬が固まっていた。

超展開に外野もまた身動きが取れない。

「お、おっけい？」

おっかなびっくり、ちょっとでもヘマをすると立ち消えになるんじゃないかと心配するような小さな声で渡瀬が言う。

「……おお、マジ、付き合えた……？」

だんだん、だんだん現実だと理解し、

「ふ……藤島さんと恋人同士になったぞおおおお！」

渡瀬が渾身《こんしん》のガッツポーズを決めた。

その渡瀬に藤島が駆け寄った。そして「さあいきましょう」と手を握る。

「ああ、二人でいこう」

「そうね……どこまでも！」

いやいや待て待て。

周囲との温度差も気にせず盛り上がる二人に太一が話しかける。

「お、おい藤島！　えっと……おめでとうと言うべきなのか？　後、落ち込んでいたのはもう大丈夫なのか？」

太一もなにがなんだかで声のかけ方がわからない。

「今思えばだけど、二年生の二月頃……約三カ月前かしら。私は自分の行くべき道に少し迷って、その時渡瀬君に思うように道を進めとアドバイスを貰った。その時に既に、この道は決まっていたのかもしれないわね」

思い出を噛み締めるようにしながら、感慨《かんがい》深げに藤島は語る。

「私はあの時から迷わず我が道を疾走《しっそう》してきた。そしてその道は、ここに続いていた」

藤島と渡瀬の中には終わらずに続いていた物語があったらしい。

「みんな、これだけは言っておくわ」

皆の方を見渡す藤島は、落ち込んでいた事実など何処《どこ》吹く風の、完璧なキメ顔だ。

立ち直りが早過ぎる。さっきの動揺とのギャップはどうなっている。

「幸せの形は一つじゃないし、どこに転がっているかもわからない」

「……」

「ある勝負に勝った負けた、一番になれなかった。そんな価値判断基準だけで語るのは、虚《むな》しいだけよ」

「……」

「みんなそれぞれ、オンリーワンの幸せを摑んでね♡」

「「「「お前が言うな」」」」

——こうして藤島麻衣子が無理矢理始めたこの物語は、藤島が最後まで強引に持っていき、まさかのオチがついて幕を閉じる。

しかし一人の女子が自分の望みのため動き回るだけで、これだけ大きな騒動が起こるのだ。

季節はまだ春。

三年生になっても、学校生活は、まだまだ想像している以上に楽しそうだ。

新入生よ、大志を抱け

私立山星高校《しりつやまぼしこうこう》での高校生活が始まった。

入学式があって、授業が始まって一週間が経過した。

今日は、四月第三週の月曜日。

通学に使う電車ではどの車両《しゃりょう》が出口に近く、どの車両が混みやすいのかもわかってきた。いくら出口までの距離が近くともぎゅうぎゅう詰めは勘弁《かんべん》なので、人気《ひとけ》のない端の車両を狙うことにしている。

最寄《もよ》り駅でホームに降り立つ。この駅を最寄りにする学校は複数あり、学生が目立つ。その中には当然、自分が通う学校の制服を着た者も多い。

しかし知り合いの姿は見えなかった。

それを少し残念に思い、また少しほっとしてもいる。

気持ちゆっくり歩いて、電車が到着してすぐの人混みラッシュが落ち着き始めたところで、改札を出て、学校に向かって歩いていく。

土日を挟んで、心機一転《しんきいってん》だ。

今日からまた新しい高校生活が始まるつもりでやっていこう。

まだ一週間程度じゃキャラの固定化だってされていないし、クラス内の人間関係だって確立されていない。中学が同じだった奴が何人かいるとはいえ、ほぼゼロベースで始まっている集団だ。現段階じゃいくらでも修正可能だ。

学校へ向かう群れの中で黙々《もくもく》と歩いている途中、あ、と気づく。

数メートル先に、同じ一年四組の男子が二人いるのを見つけた。

二人は喋《しゃべ》りながら、時に笑いながら歩いている。

直接会話した記憶はないが、顔は識別《しきべつ》がつく。向こうも同様につく……はずだ。クラスメイトだし、朝登校中に会ったなら「おう」と話しかけていいだろう。

……いや、でも、この場面で話したことのない相手に後ろから追いかけていって話しかけるのは、唐突《とうとつ》過ぎるんじゃないか？　相手が今なにを話しているかわからない。自分が入っていきにくい話題かもしれない。二人で話したい話題かもしれない。そうなると初《はつ》会話が非常に気を遣い合った心地の悪いものになってしまう。話の内容自体に問題がなくても馴《な》れ馴《な》れしい、と引かれる可能性もあった。

だいたい、もう、校門に着くではないか。教室まで後少ししかない、ここで話しかけても、時間がなくてたぶん中途半端《ちゅうとはんぱ》になる。それは気まずい。

という訳でここは一旦、スルーでいいだろう……っ！

急に、数メートル先を歩くクラスの男子の一人がなにを思ったか振り返った。

あまりに突然のことに驚き、焦り、無意識のうちにふいっと横を向いていた。

今のはちょっと、街路樹《がいろじゅ》の飛び出た枝が気になっただけだから。これ背の高い奴ならぶつかるかもしれないだろ、危ねえなあ、って自分は考えていた。それで左側に視線をとられたって、本当にそれだけ。目を逸《そ》らして気づかないフリをした……とかそんなつもり全然ないし。だから全然そうは思われてないはず。絶対。

そうだろ？　きっとその通りだ。だから変な勘違《かんちが》いとかやめろよ、二人共。

二度同じことが起きないようにと、目の前を歩く生徒の陰に隠れながら、生徒達の大群が作る流れに乗って、正門から校内に足を踏み入れる。

「よろしくお願いしまーす！」

同時に大合唱が聞こえてきた。

正確に言うと、それぞれが好き勝手言ってるから一部合唱になってもいるが、基本はバラバラで騒音《そうおん》のようなやかましさだし、門をくぐる前から耳にその声は届いていた。

だけど学校の敷地《しきち》内に足を踏み入れた瞬間、その言葉達が群がるように一気に押し寄せてきたものだから圧倒されたのだ。これは最早、毎日恒例《こうれい》の儀式《ぎしき》になっている。

私立山星高校は必ず部活動に所属しなければいけない。おまけにゆるい審査《しんさ》基準《きじゅん》と自由な校風から山ほど部活が存在している。そのため部活同士が新入部員を取り合うことになるから、新入生に対する各部活の勧誘《かんゆう》が非常に熱心なのだ。

それは少しでも有能な人材の確保を狙う野球部やサッカー部など大きな勢力を誇《ほこ》る運動部にも当てはまるし、とにかく頭数を揃《そろ》えるのに必死な弱小文化部でも同じであった。

だから門から校舎に向かうまでの道はえらいことになっている。

運動場だろうが舗装《ほそう》路だろうが校舎に入るまでの間には、とにかく人、人、人、「よろしくお願いしまーす！」、差し出されるビラ、ビラ、ビラ。

人、ビラ、人、人、ビラ、ビラ、ビラ、人。

ノータイムで次々と繰り出されるものだから酔《よ》いそうだ。こちらが一年生と見るや、人混みが更に迫って取り囲んでくる。

「ねえ部活決まってる？」「とりあえず見学来よう！」「今日の放課後予定ある？」

前を歩いていた一年生が勧誘に捕まっていた。それを撒《ま》き餌《え》にして、自分はするすると早歩きで人混みを抜けていく。

初めはとんでもないと思ったが、一週間もするといくらか慣れる。

なんでもかんでもビラは受け取らず、朝だから急いでいるんでという顔で、呼び止めようとする者達を躱《かわ》し、場合によっては二年なんで関係ないんですという無関心さを装い、ひたすら前へと進んでいく。

幸か不幸か、身長が高い訳でもなく、体つきがよい訳でもなく、顔が特によい訳でもない自分は、見かけだけで熱心に勧誘されはしないので、恵《めぐ》まれた身長からバレー部・バスケ部に完全ロックオンされている同級生なんかに比べれば、難易度《なんいど》は低い方だ。

だから今日もビラ配り隊とは目を合わせず、するするとすり抜けていく。自分の中では密かにゲーム感覚になりつつある。スムーズに進めていると結構嬉《うれ》しいし面白い――。

「よ、よ、よろしくお願いしまっうわわ⁉」

ぎゅむ。

突然体になにかが飛び込んできて、反射で立ち止まり、なにかを抱《だ》き留《と》めた。

頭頂部が間近《まぢか》に映っている。ふわふわとした茶色の髪が体に触れてくすぐったい。髪から香るシャンプーの匂いか、それともボディソープの匂いか、はたまた女の子は自然とそんな香りを発するものなのか、甘いバニラみたいな香りが鼻孔《びこう》をくすぐった。

抱き留めた物体はやわらかく、また人肌くらいのちょうどよい温かさで、こんな抱き心地のよい枕《まくら》で眠れたら最高だろうと……抱き留めて……抱きしめて、今自分は女子を抱きしめていて。

「うぇっと⁉」

自分でもどこから出てきたかわからない妙な声を出して手を離す。後ろに飛び退く。

「いてっ⁉」

後ろにいた誰かとぶつかってしまう。

「すいません！　……あ」

同じクラスの男子だった。隣にいるのも同じクラスの男子だ。この二人も一緒に登校しているようだ。

「……ってて、つかなに？　なに朝から抱き合ってんの？」

「やるな～。しかもこんな場所で大胆《だいたん》な！」

二人が笑いながらからかってくる。周囲に大勢の人間がいるにもかかわらず。

「いやいやいや」

「彼女なの？　先輩っしょ？」

登校中の見ず知らずの人間が多くいる中で変な注目を浴《あ》びたくなかった。

「だから違う違う」

「……や、わかってるけどさ」

「……じゃあ、後でな」

必死に否定し過ぎたためだろうか、二人は冷めた表情になって先に行ってしまった。

歩いていく二人の背中を見ると、もっと上手くやれた気がしないでもなかった。

ハプニングなんだから「マジビビったわ！」とテンション高く言ってみたり、「そうなんだ彼女なんだよ！」と乗ってみたり。そうすれば、ドラマの中の青春している高校生みたいに盛り上がっていたんじゃないか。

「あ、あの、ごめんなさい！　足がもつれて、転んで、それで」

先ほど自分に飛び込んできた女子が頭を下げながらおどおどと話す。

必死に頭をぺこぺこする姿は、体の小ささもあって小動物を思わせた。

「円城寺《えんじょうじ》、お前なにやってんだよ」

ビラを持つ男子が近づいてきた。態度からして同じ部活だろうか。

「ちょっと転んじゃって……あの、ごめんなさいっ」

円城寺と呼ばれた女子がもう一度頭を下げる。

「鈍臭《どんくさ》い奴」

「わ、わかってるよ！」

朝から仲のいいやり取りをする二人だ。

「えっと……本当にごめんなさい。……一応ビラを」

別れ際図々《ずうずう》しくも女子がビラを差し出してきた。

面と向かって手渡されると、条件反射で受け取ってしまう。

ビラには『文化研究部《ぶんかけんきゅうぶ》　部員募集中！』とあった。

◆◆◆

翌日も、登校時間帯の門から校舎までの道程は人でごった返していた。

お願いしまーす。

よろしくお願いしまーす。

どこもかしこも同じ調子で声を発するマシーンだらけの人混みを、今日も抜けていく。

「文研部《ぶんけんぶ》でーす！　よろしくお願いしまーす！」

けれど今日はいつもと違って一つだけ、際立って耳に残る声があった。

文研部。

文研部とは、文化研究部の略称《りゃくしょう》だ。

たぶんこれを知っている一年生の数はそう多くないだろう。あまり大きくなさそうな部活だし、こんな知識すぐに忘れる。

だが昨日渡されたビラを見て、自分の頭には変に印象づけられていた。

ちらと視線をやる。

円城寺と、昨日もいた男子。

それから隣に黒髪ロングの女子と、更に長い栗色の髪の毛を持つ女子も並んでいた。

昨日はいなかった女子二人の華やかさたるや周辺にいる部活勧誘の人間が目に入らないくらいだ。まるでスポットライトが当たっているみたいに人が吸い寄せられていく。

「文研部お願いしまーす！」

皆でそう言っているのだから、全員が文研部なんだろう。

自分の認識《にんしき》が間違っていただけで文研部は意外に人気の部活……かと思いかけたが、そういう訳でもなさそうだ。

皆文研部に視線を投げかけるのだが、ビラの消費率《しょうひりつ》はよくない。ビラを貰っても、ちょっと内容を確認した後、すぐ鞄《かばん》にしまう人間がほとんどだ。

この部活大丈夫なんだろうか……まあ、どうでもいいことだった。

大回りして彼らの視界に入らないようにして、教室へと向かった。


「確か自己紹介の時、中学は卓球部《たっきゅうぶ》だったたって言ってたよね？」

今日も昨日話した人間としか会話してないなと考えていた矢先、直接喋ったことのないクラスメイトの男子に問われた。放課後《ほうかご》の教室である。今日はもう終戦の気分だったので、構《かま》えが遅れた。

「高校でもやらない？」

「ああ、いや、もう高校ではいいかなって思ってて」

上手く笑って話せない。サバサバと答えてしまう。

「なんでなんで、続ければいいじゃん」

「でも、もう飽《あ》きたっていうか」

抑揚《よくよう》もなく投げ放ってしまう。

「……そう」

話はそこで終わる。

男子は自分から離れて、別の人間のところにいってしまう。

訂正のチャンスを逸《いっ》する。

確かその男子も中学で卓球部だったのだ。そして高校でも卓球を続けようとしていると小耳に挟んだ。自分はさほど上手くなく、続けても上を目指せそうにないから続けたいと思えず、別の部活を考えている。もうちょっとモテる部活の方が嬉しいし……モテるために部活をやる訳ではないけれど。でも今の「飽きた」は感じが悪かった。

俺はやらないけど卓球続けるんだとか、結構強かったのかとか、今度勝負しようとか、広げようはいくらでもあった。

「つか文化……なんとか部！　女子がすっげー可愛いらしいから一回行ってみようぜ！」

自己反省に陥《おちい》っていると、教室の中心で騒ぐ男子達の声が耳に入った。

「文化……研究部、文研部ってビラに書いてあるな」

「一度は行ってみたかったんだよな！」

「でも入る気ないんだろ？」

「まま、ご自由に見学どうぞって求められている訳だから、一度行ってもいいじゃん」

部活の見学に行く話で盛り上がっている。文研部、に反応してしまったが今の教室ではよくある光景《こうけい》だ。既にほぼ入部する部活を決めている者でも、遊びがてら他の部活を見学に行くこともある。

会話に気をとられてそちらを見たものだから、話している奴らとばっちり目が合った。

「てか昨日の朝、文研部の女の人に抱きつかれてたよな？」

どきっとして、心音《しんおん》が上がる。

「ああ、あったあった。マジそんなキャラなのと思った」

自分を目撃していたもう一人も続く。

「うお初耳。なにそれ？」

なにかを答えなければならない。

「じ、事故だけどさ」

事実なので事実を伝える。

「文研部行ったことあんの？」

「いや、ないんだ」

「だったら行ってみないか？　俺らもちょっと覗《のぞ》いてみようと思ってるから」

思わぬ方向に話は転がった。


ぼろい部室棟《ぶしつとう》の建物を四階まで上って四〇一号室に入ると、今朝ビラ配りをしていた黒髪の女子が両手を開いて歓迎してくれた。

「いらっしゃいませ～！」

驚くほど美人だ。オーラにちょっと引くくらいの。

「えーと、俺達五人、見学したいんですけど」

「オーケーオーケー、言わなくともわかってる。とりあえず座りたまえ」

「楽にしてくれていいからな。……しかし今日は盛況《せいきょう》だな」

落ち着いた様子の男子が椅子《いす》を引いて席を勧《すす》めてくれる。

「わたしと唯《ゆい》がビラ配り手伝ってあげた効果じゃないかな～？」

「……本当にピンポイントだから否定できない」

室内の真ん中には机があって、周りにはパイプ椅子が並べられている。壁際にある棚には漫画《まんが》や雑誌、ボードゲームやオセロ、その他なにが入っているかよくわからない箱が雑多《ざった》に詰め込まれていた。

「い、いらっしゃい！　お茶用意するね」

自分に抱きついてきた女子もいた。部屋には計三人だ。

「紫乃《しの》ちゃんこぼさないでよ〜」

彼女は円城寺紫乃、というフルネームらしい。

その円城寺と目が合う。しかし彼女はふいと目を逸らして、二リットルペットボトルのお茶を紙コップに注《そそ》ぎ始めた。特にこちらに対するリアクションはない。覚えてもいないようだ。

どうも自分達より前にも見学希望者がいたらしく、その者達は普段は使われていない隣の部屋で話を聞いているようだ。そちらの部屋の方が広いらしい。

このまま別れて見学会は行われるようだが、初めに自己紹介だけは全員するから、と言われ、隣の部屋にいた他の部員も一旦こちらに集合した。計……七名であった。

十二名の人間が入ると部屋はかなり窮屈《きゅうくつ》だ。自分達一年だけが座らされ、先輩達七人が立っている。

「で、では自己紹介を始めたいと思います！」

四〇一号室での部活見学会は、円城寺をホストに始まった。

緊張した様子にこちらまで緊張しそうになる。が。

「よっ！」「きたきた！」「待ってました！」「期待！」

一緒に来ていた男子四人は自分達が盛り上がって場の空気を柔らかくしていた。

その流れには乗り遅れた。まだ、初めは仕方ない。でもこれは大きなチャンスだった。上手くやれば、この男子四人のグループに加われる。クラスでも結構上の方に位置するはずだから、自分もそこに食い込める。

「じゃあ……稲葉《いなば》先輩から、お願い、しますっ」

円城寺は先ほどより幾分《いくぶん》緊張が解け喋りやすそうだった。

「三年の稲葉姫子《ひめこ》。元・副部長だ。プログラムに多少関心があって、まあパソコンを弄《いじ》るのが主な活動だったかな」

おお〜、頭いい〜、かっけ〜と声が上がる。その中で一人が「しかしクールビューティーだなー」と感想を漏《も》らした。

「よく言われる」

なんでもないことのように返してしまう。取っ付きにくく離れて眺めたい、絵画《かいが》みたいな女子だった。

「俺は八重樫太一《やえがしたいち》。三年だ。プロレスの研究と布教《ふきよう》が主な活動だった」

落ち着いていると思ったらやはり三年だった。見た目的には割とモテそうだったが、関心のある対象がなんかあれだった。布教とか言っているし。実は痛い？

「この男のプロレス趣味《しゅみ》はスルーしていい」

「おい稲葉、それが俺の活動目的だったんだから……。ジト目で見るなよ。この状況で下の名前は難しいだろ……」

稲葉と二人でやり取りをしている。仲がいい……付き合っている？　や、仲のいいやり取りを見てすぐ付き合ってるんじゃないかと思うのは童貞《どうてい》だ、童貞。

「は～いじゃあ次オレ！　三年の青木義文《あおきよしふみ》！　楽しいことできればそれでいいかな～って思ってました！　ちなみにそこの桐山《きりやま》唯さんと付き合ってま～す」

え。

ちょ。

軽そうな男はその見た目通り軽く今日会ったばかりの一年に告白していた。

「ちょっと！　なんであたしの自己紹介もまだなのに言っちゃうのよっ」

栗色ロングヘアーの女子が手をブンブン振るう。

フェミニンな外見もそうだけれど、仕草《しぐさ》も含めて凄く可愛い女子だ。この人が、この人と、へえ。部活内で付き合っているのか。

マジっすか～、へー、と他の一年が合いの手を入れる。

「ええ～、だって本当のことだし」

「じー」

「……だから稲葉、なぜ俺を見る。ここで宣言しなくても……」

稲葉と八重樫。ここも、なにかある？　どんな部活だよ。でも男女混合部活ならではの利点か。自分もチャンスが……いや、別に童貞は気にしていないけど。……彼女は欲しいけど。

「はいはい！　自己紹介続けるね！　桐山唯です。三年生です。空手道場《からてどうじょう》に通い始めた影響で部活への出席日数は減ったけれどしっかり活動していました。主に可愛いものを色々作っていたかな！」

快活《かいかつ》な笑顔と引き締まった体はスポーツ少女を思わせたが、空手は意外だった。もし強かったら、美少女空手家として取り上げられそうな容姿《ようし》だ。

「じゃあ三年最後、元・部長の永瀬伊織《ながせいおり》です！　活動は漫画読んだりお菓子食べたりみんなと遊んだり……」

「それ、休みの日の過ごし方じゃないか」

「ちょっと稲葉ん！　わたしの神聖《しんせい》な部活動だよ！」

永瀬伊織だけは名前を知っていた。なんでも学年一可愛い、もしかすると学校で一番可愛い、と噂《うわさ》が流れていたからだ。それも今見て納得した。きらきらと輝く姿は、並のアイドルを凌駕《りょうが》している。

まるで青春ドラマのような三年生五人だった。普通とも、少し違う気がする。

溢《あふ》れ出る自信や五人の通じ合っている雰囲気《ふんいき》は、目指すべき一つの理想像に思われた。こうなれば誰も文句ないんでしょ、と言いたくなるような。

「レベル高いというか……」「……華があるな」「女子凄いな」「彼氏ありか……」

一緒に見学に来た男子達がひそひそと話している。そのひそひそに……自分は加わりはしない。この距離での会話は、暫定《ざんてい》グループにくっついているだけの人間には……。

「というか、三年の皆さん『こういう活動やってました』だし、部長、副部長も『元』みたいで、もう部活から引退してるんですか？」

一人が尋ねた。

「うーん、代替わりはしているけど正式引退はまだ、って感じかなぁ」

答えてくれたのは永瀬だ。

「活動の主軸《しゅじく》は二年だから、新入生勧誘も二年が中心でやっていて、わたし達はたまにビラ配りとこうやって接待《せったい》要員やってるだけだし。普段も週何度か顔は出すけど『おう、お前ら頑張ってるか』っていう引退した先輩風だし」

「の割に意外と入り浸《びた》っていたり」

「うざい先輩だな」

「太一と稲葉ん！　コンビで責めない！」

三年生は本当に仲がよさそうだ。

「で、やっと現役だな。現部長、二年の宇和千尋《うわちひろ》だ」

朝ビラをよく配っているこの男子が部長らしい。綺麗で整った中性的な顔立ちは、それだけで随分《ずいぶん》得しているに違いない。体つきもシャープで運動も得意そうだ。羨《うらや》ましいというか卑怯《ひきょう》というか。

「文研部で一番やっている活動は……勉強」

「事実かもしれんがそれを言うなよ」

稲葉がつっこむ。つっこみ役はこの人らしい。

「さ、最後わたしは、円城寺紫乃と言います。二年で副部長です。どうぞよろしく」

ぺこりと頭を下げる姿は、先輩なのに無駄に可愛かった。副部長と言うには頼りないが、保護欲をかき立てられる、という表現になるのだろうか。とにかくみんなで助けてあげたくなる感じの人だ。

三年生とタイプは違うがこの二人も、自分とは与えられた土俵《どひょう》が違うなと思った。

色々と持っているし、だから普段から充実していそうだ。雰囲気からもそう感じられる。

「わたしがやっていた活動は先輩達を見習う……自分磨《みが》きですかねぇ……」

言っていることはよくわからないが。

「とまあわたし達の自己紹介はここいらにして、みんなの方も聞きたいな！」

元・部長永瀬が一年生に向かって話を振る。

「永瀬、あまり俺達が前に出ずさ」

八重樫という人がぼそっと呟いた。

「はっ、興奮のためつい！」

テンション高くよく喋る人達だが、二年に主導権を譲《ゆず》っている自覚はあるらしい。

一年生男子五人で顔を見合わせる。自分と、一年生男子四人。意識的にはそんな感じだ。普段からグループにいる訳ではない。この面子で、一番に自分が出ることは難しい。

いつものノリを知らないのだ。

「……じゃあ俺から。一年四組の武田《たけだ》でーす。正直運動部に入る気満々なんですけど、ちょっと皆さんのオーラに感じるところがあって今日来てみましたー」

「オーラだって、もう確実にわたしが出しちゃってるなっ」

「永瀬テンション高いな……」

「いやほんと！　永瀬先輩凄いっすよ！」

「やっぱりわかるかね武田君！」

初っ端《しょっぱな》から、これだ。恐れ入る。二年上の先輩相手によくやる。

「はいじゃあ次俺。同じクラスの岡本《おかもと》です。俺は桐山さんが空手でスゲエ強いって話聞いて興味持って。あ、空手部に入ろうか迷ってるんですよ」

「そうなんだー」

「兼部《けんぶ》もありだぜ」

桐山に続いて宇和が付け足した。

「こんな凄い可愛い人が強いのかってびっくりしましたよ」

こっちはその発言にびっくりだった。二年上の先輩に、しかも彼氏持ちに『可愛い』だなんて。こういうノリなのか？

「か、か、可愛い……！　そして強い……！　え、えへへへ～。そうかな～」

「唯!?　顔緩《ゆる》み過ぎじゃない!?　そんなのオレが毎日言って」

「あんたのには重みがない」

「うんうん、いえ本当に青木さんを見ていると大切なことを思い知らされます」

「紫乃ちゃんなに超納得してんの!?」

一年生四人のグループも、文研部達も、なんだ。初対面同士とは思えないノリの応酬《おうしゅう》だった。いきなりこんなことできなきゃいけないのか。だとすると、こんな奴ら、無理かも。でもそれをやらないと、より上のグループに入るなんて夢のまた夢？　こっちは気を遣って様子見しているのに、自分へ配慮《はいりょ》する気配は欠片ほどもない。

「で……」

一年生五人中四人目の自己紹介が終わっても、ノリが続くものだから話し出せずにいると、目の前に座る稲葉が自分の顔を見て発言を促《うなが》した。

稲葉はこの中で一番クールに、斜《しゃ》に構えていた。びしっとした姿勢で鋭く見つめられると、体が縮こまった。

間が空く。喉が渇《かわ》いていて、ちゃんと声が出せるか不安だ。

上手く頭が回らない。他の人間が喋っている間に考えていたことも消えた。でも間が空くと余計に変に思われるから、口を動かした。

まず名乗って、中学時代の所属部活を紹介して。

「ええと……あんま興味なかったんですけどなんか流れで、今ここに」

案の定盛り下がる発言をしてしまう。

ああ、なんで。事実だがここで言うべきではない。

気まずくなる。

気の利いた発言をすればよかったのに。嘘でもテンション高く言っておけばよかったのに。でも演技みたいな真似もできないから。失敗した。帰りたい。一年男子四人も白《しら》けた目だ。このグループへの加入は、もう難しいかもしれない。

「き、来てくれたきっかけは関係ないよ！　なんでもいいよ」

悪くなりかけた空気を円城寺が明るくカバーしてくれた。全体の注目も、自分から離れていった。よし、よし、後はなるべく目立たないように……。

「まあ俺達一年はんな感じで……あ、まず初めに聞きたいことがあるんすけど」

「おうおう、なんでも聞きたまえ！」

「だからお前が出しゃばるんじゃねえよ伊織」

「文研部って……結局なにをやる部活なんすか？」

かなり根本的《こんぽんてき》な問いかけだった。

そう言えば、自分も理解していなかった。そんなことも知らずに見学に来たのか？と怒られないか不安に思ったが、文研部の人達はぴたりと口をつぐんだだけだった。

誰が答えるんだろうと視線を巡《めぐ》らす。他の一年生達も同様だ。文研部の側も、誰が答えようかと視線を交わす。

やがて、視線は全て一点へ収束していった。

二年、宇和千尋、文研部部長。

その視線を受け止め、宇和は胸を張って口を開いた。

「なにをやるか……それを決めていく部活なんだよ！」

昼休み、今日は昼食を用意していなかったので購買《こうばい》にパンを買いに行った。

特に誰も誘わず一人で向かう。別に、買って帰るだけだからいいだろう。誰も「あいつは一人だ」とは思わないはずだ。教室で一緒に食べる人間はいる。

しかし席が近いから食事を共にしているだけのメンバーが、自分の帰りをどこまで待っているかはわからなかった。一応、待たすほどではないし「先に食べていてくれ」とは言ってしまったし、食べ始めてはいるんだろうが。なるべく急ぎ足で行こう。

昨日一緒に文研部の見学に行った四人のグループに加われる可能性はないだろう。この昼食の面々とは、しっかり繋がりを保っておきたい。今のところこの学校においてここが唯一《ゆいいつ》の、自分の居場所と言えるポジションになりつつあった。

教室のある東校舎から購買へ向かう途中、中庭を経由した。

山星高校の昼時の中庭は喧噪《けんそう》に包まれている。

昼休みも複数の部活が、中庭で勧誘活動を展開しているのだ。部活動が盛《さか》んとは入学前から知っていたがここまでとは驚きだった。単純な宣伝をやっているところから、一緒にお昼を食べて交流しましょうなど方式も多岐《たき》に及ぶ。

「話だけでも聞いていかないか」「す、少しだけでいいよ!」

その雑踏《ざつとう》の中で、妙に耳に残ってしまう声があった。

昨日訪れた文研部の、宇和と円城寺の二人だ。

横から眺《なが》める形なので、向こうは気づいていなかった。

誰かと喋っているところだったし、自分が話すこともなにもない。

通り過ぎていく。ちょうど間に人がいなかったので、会話内容が届いた。

「えと……で、なんの部活なんですか？」

「それを決めていく部活なんだ！　好きなことを一緒に作っていこうぜ」

「決めていく……好きなことを……つまりなにをやるか決まってない？」

「そ、そうなるね……」

「いやいや、なにやるかわからない部活って〜」

勧誘を受けている一年生は「冗談だろう？」と言いたげだった。

「……正確に言うとだ、月一度は文研新聞《ぶんけんしんぶん》というものを発行している」

反応の悪さに方向転換をして宇和は話していた。

「各人が興味を持った『文化』を調べて記事にするんだ。過去にはスクープ写真を載《の》せて好評を得て」

「新聞部？」

「とはべ、別で……。それがメインではなくて……」

「なんかよくわかんないんですけど……。あの、食堂《しょくどう》行きたいので」

「すいません」

「ああ、呼び止めて悪かった。ビラだけでも持っていってくれ」

きっぱりと断られていた。なにやってんだ……と、どうして足取りを緩めてわざわざ会話を聞く必要があったのだ。さっさと行こう。

他人を気にしている場合じゃなく、昼食を早く買いに行かなければならない。それ以外にも自分は遅れていることが色々とある。学校においての位置取りもそうだし、部活の決定もだ。

まだ自分は部活を決め切れていない。だが最初の頃から入部する部活を決めて通っている奴らもいる。既に部活のコミュニティを固め始めているところもあるらしい。そこに後から加わるのはハードルが高い。後になればなるほどしんどくなる。

風が砂埃《すなぼこり》を巻き上げた。

同時に前方から紙がこちら目がけて飛んでくる。あんまりにも真正面だったから胸で受け止めてしまった。ビラだった。誰かが捨てたか、手を離してしまったか。

文化研究部のビラであった。

誰かの手に渡ったやつだし、地面に落ちて汚れていそうなので、くしゃくしゃと丸めてしまおうかと思ったら、

『文研新聞作ってます』

そんな文言が目に飛び込んできた。加えて過去に掲載《けいさい》された記事のサンプルが載って

いる。『このプロレス技が凄い！』『本年度最強可愛い決定戦』……。『あなたも自分の「好き」を記事にしてみませんか？　こんな活動もやってます！』

以前より、活動内容に重きを置いた構成になっていた。イラストも添えてあってそれが意外に上手い。タッチが女子っぽいし、円城寺じゃなかろうか……どうでもいいが。

ただ素直な感想は、新聞が作りたいなら新聞部に入るし、それぞれ好きなものがあるならその部活に入ればいい、ということだ。部活数の多い山星高校なら、相当マニアックでない限り、自分の趣味に見合った部活に入れるはずである。

文化研究部の存在意義はいったいなんなのだろう。

この部活に誰が入るんだ？


存在意義まで考えてしまったからだろうか。

翌日の昼休みも中庭でビラ配りをしている宇和と円城寺の姿が、少し気になってしまった。少し離れた位置には文化研究部三年生の姿もある。二人の男子、八重樫と青木だ。遠くから見つめる。が、文化研究部が誰と話している訳でもなかったので目が合い見つけられてしまった。

円城寺が、大きく手を振る。

「ま、前見学にきてくれたよね！」

「……はあ」

先輩に満面の笑みで話しかけられ、黙礼《もくれい》だけで済ますこともできず近づいていく。

円城寺紫乃。躓《つまず》いて抱きついた出会いについて結局まだ言及《げんきゅう》されていないので、忘れられているのだろう。

自分にとってはインパクトのある出来事だったのだが、鈍臭《どんくさ》そうだし彼女にとっては珍しくないのかもしれない。

あの時急に抱きつかれてビビりましたよー、ごめんごめん、俺に気があるのかと思ってー、もうやめてよー事故だって事故ー。

なんて想像上の展開は起こらない。

「また見学にこないか？　入れって訳じゃないし」

近づいていくと、暇なのか宇和にも声をかけられた。

一つ、文化研究部に聞いてみたいことはあった。

「あの、気になってたんですけど、二年の部員何人いるんですか？」

三年は一線を退いているらしい。今の活動主体は二年のようだが、まだこの二人しか二年生を見たことがない。

「……隠していた訳じゃないんだが」

言いにくそうにした宇和の言葉を、円城寺が引き継ぐ。

「実は二年は二人だけで」

「え、ああ……」

二人の表情が暗くなっていた。もしかして地雷《じらい》？　けれど部員が実質二名は、引く。

「確か五人いないと部活として存続できないんじゃ……？」

「よく知ってるな。三年もいて七人だから今は大丈夫だけど、ここで一年が増えないと来年厳しいんだよ。存続《そんぞく》の危機《きき》ってやつだな、はは」

宇和は冗談めかしたが全然笑えなかった。まさに沈みゆく泥船《どろぶね》である。

誰がわざわざ乗船《じょうせん》するのだろうか。

「えーと、誰か入りそうな見込みあるんですか？」

完全なる興味本位だ。この部活、どうなるんだ。

「そ、それがね、わからないんだ。見学にきてくれる子はいるんだけど『絶対入ります！』って子はまだ……。あ、前一緒に見学しにきてくれた子達はどうなの？」

円城寺が自分ではなくて、四人の男子について聞いてくる。

まあ一般的に考えて、ノリがよく上手くやれそうな奴らの方が、気になると思う。

「本気で入る気ある訳ないでしょ」

予想外だったが、なぜか乱暴な口調になった。

「……そっ、か」

円城寺が叱《しか》られた子犬のようにしゅんとなる。

……え、自分のせいで？

隣の宇和が顔をしかめる。え。なんだよ。やばいやばい。

「あ、や。他の運動部によく行ってるから本命はそっちかなって。予想です。たぶん」

今週も気づけば金曜日の放課後だ。

また新しい高校生活が始まるつもりでやっていこう、そう考えていた一週間が終わる。時間は短いながらも四つほど新しい部活に見学に行ったが、まだ「ここに入ろう」というものには出会っていない。

授業が始まってからまだ二週間。されど二週間。クラス内の位置づけは、おぼろげながら見えつつあった。一番大きな男女混合の島があって、その中でもなんとなくあちら派とこちら派に別れて、男だけの島、女だけの島があって、現時点では独立している島もあって。

そんな中で自分はどこに存在しているのだろう。

どこにも……いやまだ、全然、地殻変動《ちかくへんどう》中だから、どこかに飛び乗って一緒になれる。

「土曜だけどさー、来られる奴だけ公園に集まってバレーの練習しようぜ」

皆が帰り支度をする教室で、一人の男子が言った。

今一年は男女とも、体育の授業でバレーボールが行われている。その中でちょっとしたリーグ戦が行われると聞いており、そう言えば一番大きな島の奴らが「休みに集まって練習すんのよくね？」「それいいかもー」などと話しているのを……盗み聞いていた。

「体育で大会あるじゃん。せっかくクラスで初めてやる大会って感じだし、勝てるといいかなって」

「仲よくなるきっかけにもなるしねー」

同じく大きな島に所属する女子二人が続く。

クラスの中軸となる一番大きな勢力が決めたことらしい。どこのクラスにも、教室の中心となる勢力ができるけれど、うちのクラスでは全員に対して友好的な人間がそこに収まったらしい。現段階では、だが。

「みんなどうするー？　もち先約ある奴は仕方ないけどさー」

口ではそう言いながら、結局は踏み絵になるんだ。

きた奴、こなかった奴。

ノリがいい奴、ノリが悪い奴。

わかるんだ、そりゃそういうのに乗るのが大切なんだろう。その積み重ねが関係を作るんだろう。でも、そんなものに頼らなければならない関係もどうなんだ？　一つのイベントに左右される関係なんて、おかしいだろ。

だから、別にいい。

誰がくるかわからないんだ。集まったのがイケイケの奴らばかりだったら居場所に困って相当気まずいし、だいたい休みの日に学校近くまで来るのなど面倒だし。聞いていなかったフリをして、用事があって無理だという顔をして。

「——はどうすんの？」

背が高くはきはきと声の大きい女子が、横から声をかけてきた。

面食らう。

いきなり過ぎる。準備できていない。こちらの都合も考えろよ。皆の注目も集まっている。たまたま、たまたま横を通りがかっている時この話題が起こったから聞いただけなんだろうけど。どうなるのが最悪なんだ。どうなるのがマシなんだ。

「いや……ちょっと用事があって」

「そうなんだ、残念」

素っ気なく言って、女子は自分が属する集団に歩み寄っていく。

「どうする?」「俺土曜部活行く予定だからー、時間被ってなかったらかな」「ボール何個要りそう? 借りられるっけ?」「結構楽しみかも～」

わいわいと皆が相談を始める。みんな意外と前向きに考えているらしい。

しかし、自分はその輪の中にいない。

用事があると言う人間を無理に引っ張ろうとする者はいなかった。

具体的に何時に集まるかなどの話し合いが始まった教室を、とっとと立ち去る。

いいじゃないか、これで。

気まずい状態は未然《みぜん》に回避できた。どうせ大した人数は集まらないはずだ。少数しか集まらないなら、痛くはない。集まるのはガンガン前に出てくる奴らだけだ。

ただもしほとんどの人間が集まる方向に話が動いていれば……、その状況は少し怖い。

ノリの悪い奴と完全な統一見解《とういつけんかい》ができあがってしまうと不味《まず》い。ああ、なんで堂々と言ってしまったのだろう。様子を見て決めることができなくなった。

失態《しったい》だ。後悔する。ああくそう。

今日はもう部活動見学に行く気にもなれなかった。帰ろう。

校舎から門へ向かう道程には、今日も部活勧誘の人間達がわらわらと存在していた。直帰《ちょっき》する人間を捕まえる部隊である。

彼らはコミュニティに属して、コミュニティに加わるよう勧誘してくる。

「どうぞ見ていってくださーい！」「初心者歓迎でーす！」

自分はどこに行くつもりもない。無視して歩いていく。自分から切り捨てている。けれど、まるで周囲から取り残されていく感じがして、胸がぐっと詰まる。

浮いている。浮いていく。

「お願いしまーす！」「今から部活始まりまーす。体験したい人どうぞ～！」

皆似た言葉ばかりを繰り返すから、全て背景の雑音になって耳を通り抜けていく。

「……さ、さあさあ始まりましたが」

「ええ、ええ、始まりましたね、はい」

だが一つ、珍妙《ちんみょう》なやり取りが聞こえた。

無意識に、声のした方向を見る。

文化研究部の宇和と、円城寺だった。

二人は門まで続く舗装路の端っこに、まるで漫才師《まんざいし》よろしく並んで立っている。

皆に見て貰えるよう人が通る側を向いているのだが、視線は下向き、顔は強《こわ》ばっておりまるで罰ゲームの最中だ。

「そろそろ入る部活の決め時だと思うんだけど、円城寺さん」

「はい、そうですね。宇和さん」

「なかなかちょうどいい部活がなくて。っていう人多いんじゃないかと」

「あらあら」

「好きなことが多くて一つに決められないとか」

「なら文研部に入ればいいよ！」

「とにかく楽しいことならなんでもいいとか」

「なら文研部！」

「プロレスが好き」

「なら文研部！」

「漫画が読みたい」

「漫画研究部もありだけど文研部でもあり！」

「最近疲れやすくて」

「なら文研部！」

「なんでも解決し過ぎだろ！」

「ありがとうございました」

「反射で答えてただけかよ！　……どうもありがとうございました」

「なら文研……」

漫才風の……部活勧誘のための紹介らしかったが、声も大きくなったり小さくなったり不安定で、見て欲しいのか見て欲しくないのかすら曖昧《あいまい》だった。

目の前で立ち止まる者はおらず、遠巻きに眺める者が自分も含めて数名いる状況。

まさに惨劇《さんげき》。

惨劇の中心に立つ二人は、地面とにらめっこした後、

「いやこれ絶対スベるし引かれるだろ！　笑うの永瀬さん並みのもの好きだけだよ！」

宇和は頭上を向いて叫び、

「は、恥ずかしいよ千尋君……」

円城寺は顔を覆《おお》っていた。

……すげえ度胸だよ。

「ん……、おう！　また会ったな」

じっと見ていたものだから、また宇和に話しかけられてしまった。手招《てまね》きするなよ。

仲間と勘違いされたら悲劇《ひげき》じゃないか。……だが近くにクラスの人間はいなかった。まだ、土曜の件を話し合っているからだろうか。

知り合いが周囲にいないことを確認してから近づいていく。と、円城寺が話し出す。

「ほんと、よく会うね～。昼もよく会うし」

「……通り道にいるんだからそりゃ」

確かに絡《から》み過ぎだった。一度部活の見学に行った、それだけのはずなのに。他の部活ではこんなことになっていないのに。

でもこの二人と妙に喋るのも、どうせ関係が続くはずがないと感じているからだろう。ただの行きずりと同じだから、失敗してもいいし気を遣う必要もない。

「つかなにやってるんですか？」

「な、永瀬さんが『注目を集めるいいアイデア思いついた！』とか言い出して……」

宇和がしどろもどろになっている。

間違いなく、二人の黒歴史として刻《きざ》まれたことだろう。

「うう～」

円城寺は耳を塞いでその場にしゃがみ込んだ。

本当によくやるなあと最早感心すると共に疑問が浮かんだ。

「なんでそこまでやるんですか？　たかが部活のために」

たかが、というのは無意識に出てきた言葉だった。

それで、自分でも、己の中の『部活』に対する価値を知る。

だが二人の場合特に不思議なのだ。

なんで身を削って、一生懸命に、時間を割いて、存在意義もわからない部活に。

「たかが部活だよな。俺の場合部活自体大して入りたくなかったし、活動内容自体も必要性感じないし」

「じゃあなんで」

「俺がこの部活をなんとかするって決めたんだよ」

なんでそもそもこの部活に入って、なんで一年も続けて、なんで部長を引き受けて、なんでなんとかすると決めたのか。

論理だった説明もなくそうとだけ言いきって、後は特に説明がない。

なのに宇和は言ってやったぞ、と満足げな表情だ。

「でも正直この部活……難しい気が」

素直に、そう思った。

◆◆◆

週明けの後も文化研究部の二年生二人は、時折三年生の力を借りながら、なにかと試《こころ》みてはいるようだった。

朝も、昼も、夕方も。

勉強はいいのか。友達との遊びはいいのか。余計なお節介をしたくなるレベルだった。

月曜。テスト前は勉強会が開かれ、点数が確実にアップする、科目の単元ごとの傾向《けいこう》と対策がまとめられた一部三年生の間では伝説の稲葉ノートなるものが手に入ると宣伝していた（むしろ三年生達が異様に反応していた）。

火曜。部室にある漫画やゲームがどれだけ幅広いジャンルをカバーしていて、どんな人でも趣味に合うものが見つかるはずだ、むしろ趣味が合わないならコレクションを強化すればいいと説明をしていた（それに釣《つ》られてくる奴でいいのか？）。

水曜。たぶんあの漫才の衣《ころも》替えバージョンとして永瀬が発案したのではと思われるが、『文化研究部のここが凄いベスト・スリー』と題して、ラジオのDJ風に文化研究部のよいところを紹介していた（あまりにいたたまれなくて直視《ちょくし》していない）。

どれも成果が出たかは、まあ自分の与《あずか》り知るところではなかった。

今週もまた一日、また一日と過ぎてく中木曜日に、妙ちくりんな噂が流れてきた。

初めに抱いた感情は「いや冗談だろう」だ。

そんなバカなことが生徒の一存で始まるってことは、いくら自由な校風だからといってないだろうと思った。

しかし、あれよあれよという間に放課後生徒会側からの説明があり、参加表明用紙が配られ、準備の手伝いをする者の志願者《しがんしゃ》が募集され……いい加減本当に実現するんだと悟った。

その名も、カップルバトルロイヤル。

意味不明なタイトルだった。

なぜカップルでバトルロイヤルなんだ、などと皆言いはしたが、「やってみれば面白いんじゃないか」「ていうかやってみようぜ」との風潮《ふうちょう》が三年から二年へ、二年から一年へ伝わり、最後は「みんなやろうぜ！」との結論に落ち着いていた。

そうなってしまうのが、うちの学校『らしい』——とのことだ。

けれどこれはある意味、チャンスであった。

生徒だけでやる大きなイベントは、いつもと異なる空気を作り出す。なんのきっかけも掴《つか》めず毎日を消化する状態に陥りつつある今、なにかが起きそうなイベントには期待ができる。

でもそのチャンスが、逆にピンチにもなり得ることを自分は知っていた。

中学時代、思い切って参加したいつもとは違うイベントで何度期待を裏切られてきたことか。

いつもと違うからって、いつもと違う自分が出てくるかと思ったら大間違いだ。

逆に普段とは異なる環境が、日常のノリを通用させなくなる場合も多い。他の奴らのノリも変わるから、もう、全く周囲と合わせられなくなって、居場所がなくて。

今回のイベントもカップル、ペアが条件だった。

自分は誰と組むんだろうか。クラスで、比較的《ひかくてき》仲がいいのは、昼食をとっている面子《めんつ》五人だ。この五人の中で組み合わせを考えるとしよう。でもその内二人は中学から同じ学校で友達だ、更にもう一方の二人も同じ水泳部《すいえいぶ》に入ると最近盛り上がっている。その関係性を考えれば、間違いなく、自分があぶれるだろう。

あぶれた奴は、誰かに入れて貰って三人でーとなるのか、先生と一緒にー、は生徒だけのイベントだからないか。

じゃあむしろ女子とペアになれれば、仲よくなるきっかけになっておいしいんじゃなかろうか。……でも誰と？　誰か誘えるのか？　現実的になれよ。

当日こられるメンバーもまだわからないから、その場で決めてもいいだろうとの話にはなっている。だが当日瞬発的《しゅんぱってき》なノリで、自分が「一緒に組もうぜ」と誰かを誘うのは、妄想《もうそう》はできてもその通りに上手くいく予想が全く立たなかった。

八方塞がりだ。

だから、逃げ道を探す。

よく、考えてみろ。だいたい休みの日だ。休みの日に登校だからと制服を着ていつもの通学路を経て、学校にまで行く？　サービス通学じゃないか。週休二日制で、自分の生活は回っている。土日にやりたいこともあるんだ、暇な訳じゃない。

予定のない人間と自分は違っていて、誰とも組めないで余ることが怖いんじゃなくて、自分のスケジュールと都合を加味《かみ》して考えて、メリットとデメリットと、リスクとリターンと……ああ、もう面倒臭い。

「あれ、土曜日参加するんだっけ？」

クラスメイトに不意打ちで尋ねられて、自分は。

迎えた、土曜日。

「今日一日家にいるのよね？　宅配便くると思うから受け取ってね。昼は準備してないから適当にお願い。お金は後で渡すから」

要件だけを早口で言い残し、母親は家を出ていった。

結局自分は総合的検討の結果、カップルバトルロイヤルには、不参加になった。

実際一年生で参加する者は多くはないと踏んでいる。

時刻は十時を回った。

今頃学校では、カップルバトルロイヤルの戦いが繰り広げられているんだろうか。実際にどんな形になるのか、想像するのはなかなか難しかった。なにせペア、である。比率として男女ペアが多いんだろうか？　男同士だと体力的に有利になるが、繊細《せんさい》さを要求される戦いだと女子が有利なのか……など、行けばわかったんだろうそりゃ。

行かなかった自分にはわからない。

なんだよ、なんだよ、やっぱり今更だけど行きたかったのか。その時得られたものをみすみす逃した後悔が早速顔を覗《のぞ》かせているのか。

ああ、その時はっきりと意識してしまった。

今の状況は、理想とは異なる。

思い描いていた高校生活にはなっていない。

中学時代は、いじめられた訳でもない。友達が全くいなかった訳でもない。部活動にも参加していた。普通には学校生活を送っていたんだろう。

だけど決して、色鮮《いろあざ》やかではなかった。

なにが悪かったとは断定できない。

でもなにかが違っていた。

なにかが違って、自分が満足できる形にはならなかった。

ボタンの掛け違いのような気がするのだ。一つがずれてしまって、それが修正できなくて、目の前にチャンスはあるのにみすみす逃していた。

いつしか中学では諦めようという思考になっていた。そして全く環境の変わる高校生活を、彩《いろど》り豊かにするのだと。

同じ中学から行く人間の少ないところを選んだ。

学力的に余裕というレベルではなかったので塾にも親に頼んで通わせて貰った。

聞いた話やパンフレットを見れば、山星高校はそこら辺の高校よりも断トツで自由度が高い学校だった。それもまた、可能性を広げてくれると思った。

ただ望んだ高校に入れればそれだけで万全《ばんぜん》だと甘えていた訳でもない。

やれる準備はした。

美容院も変えたし、眉《まゆ》カットもお願いした。私服もお年玉を駆使《くし》し、背伸びした値段のものを買った。どうすれば面白い会話ができるかもテレビを参考に勉強したし、高校生活に対する予習もネットや雑誌で情報収集をして行った。

チャンスがくれば逃さないようにと身構《みがま》えていた。

実際に頑張ろうと、人生を変えてやろうと決意した。

その変化は、きっと訪れるんだと思っていた。

でも三週間が経つのに、音沙汰《おとさた》は未《いま》だ、なしだ。

土曜日、今日も家にいる。

そして明日日曜日も家にいる、予定だ。

高校受験が終了してから余計にのめり込むようになった、インターネットでコメントをつけられる動画を眺《なが》め、時折キーボードを叩く。

そこは世界に広がっていて、世界に繋がっていて、だけど自分を閉じる世界だった。

楽しい。面白い。ここが悪いとは一概《いちがい》に思いはしない。

でも自分が本当に求めているものはここにはない気がする。

ブラウザに一つタブを増やして検索エンジンを立ち上げる。

『高校　上手くいかない』

キーワードを入れてみる。出てきたページを上から浚《さら》っていく。更にそのページにあるリンクから、興味をそそられるページに飛ぶ。広大なインターネットの海を泳ぎ回る。

泳いでいると、いつの間にか初めのキーワードとは無関係のウェブ辞書《じしょ》のページに辿り着いている。確かにたくさんの知識が入ってくる。今まで知らなかったことも多い。

だけどそんなところに、自分が今欲している答えは埋《う》もれてはいない。

ああ、なら学校に行ってカップルバトルロイヤルに参加した方がよかったか。また巻き戻る。繰り返す。

時間は過ぎていく。

◆◆◆

カップルバトルロイヤルが終わって初の登校日、学校はその話題で持ちきりだった。

「お前ら花何本までいった?」「六! 二回勝ったんだぜ」

「どんな勝負したの?」「まさかのダーツ!」「……まさか」

「戦ったの誰と?」「いやそれが三年の先輩とばったりで避けられず……」

「一年で一番いいところまでいったのって」「三組の伊藤《いとう》君と成田《なりた》さんのとこって噂」

わいわいがやがやと、参加した者が参加した人間にしかわからない話題で盛り上がる。

あいつも、あいつも、あいつも、あいつも……。目に見える範囲の人間は全員参加している。一体誰が参加していないんだ? イベント自体には参加していなくても、今会話には調子を合わせて加わっているだけか?

どうなっているかわからない。だから仕方なく、自分の席で次の授業の予習を進める。

「うわー……、行きたかったー」

背後で男子が言っている。参加していない人間もいるようだ。よかった。

「で、優勝誰だって？」

「会長と三年で超可愛い人のコンビっていう完璧《かんぺき》なオチ。なんでこなかったんだよ」

「だって急過ぎるべ。ライブのチケット買ってたからさぁ」

参加していない人間は少数派のようだ。用事があって仕方がなかった者が中心だろう。

生唾《なまつば》を飲み込み、軽く咳払《せきばら》いをする。

自分にも「なんでこなかった？」という質問はくるに違いない。

理由を考えなければ。冠婚葬祭《かんこんそうさい》で、それは露骨《ろこつ》過ぎる。親との用事で、親離れできてないと思われる。参加しなきゃいけないイベントで、自己中で集団行動が嫌いだと判断される。中学時代の友達と約束があって、……先に予定が入っていたら優先させて当然だし、友達がちゃんといる奴なんだと思って貰える。これだ。

一時間目が終わり、休み時間になる。

特に誰にも話しかけられず、その話にはならなかった。

二時間目が終わる。

たまたま通りがかった男子に「次、教室移動だっけ？」と尋ねられたので「違うと思う」と答えた。他の女子にも同じ質問をされて同じように返した。こなかった理由に関する話は振られなかった。

三時間目が終わる。

まあまあよく喋っている男子と日曜日のテレビについて話した。後ろの席で複数人が集まりカップルバトルロイヤルの話をしていたが、自分にお鉢《はち》は回ってこなかった。

昼食の時間になる。

伸びをしながら周囲を確認する。それぞれがだいたいパターン化してきた動きをする中で、自分も周りに合わせて動き出す。誰が音頭《おんど》をとる訳でもなく、ゆらりといつもの男子が集まる。そこに自分も加わって、五人が教室の一角に固まる。

この場で展開されるのも、やっぱりカップルバトルロイヤルの話題だ。

普通はない、変な、おかしな、イベントがあったんだ。普段なにを話せばいいか内容に困ることもある面子だから、飛びつくのは必然だった。

自分以外の四人は全員参加していたようだった。それも自分の中では意外だった。

「お前、なにやったの?」「ペアで将棋《しょうぎ》をするっていう……」「渋いな」「あれそっちは?」「俺は卓球ダブルス対決っつースポーツライクな」「地味《じみ》だな」「おい」

ははは、と皆が笑ったタイミングで合わせて笑う。特に自分から喋ることはない。

「後さ、あれ見てた? 格闘技戦《かくとうぎせん》」「見られなかったんだよっ」「生で見ると迫力全然違うわ」「しかも女子同士っつーのがよかった」「どーいう意味だよそれ」

どの話にも「へ~」と頷いて反応する。

楽しげな話だ。実際面白いんだろう。

でも今の自分の心にはなにも響かなかった。

一切感情移入できないテレビの中の話のようで、なにも感じられない。ゼロだ。

午後になってまた授業が始まる。

休み時間がある。

それが繰り返されて、今日最後の授業になって。

結局、誰にも「なんできてなかった？」とは尋ねられずに一日が終わる。

自分は、今日九十九パーセントの山星高校の人間が触《ふ》れたであろうカップルバトルロイヤルの話題を口にしなかった。

その事実だけが残る。

授業が終わった教室は、いつもより浮ついた楽しげな雰囲気があった。

四月最終週の第五週になり、飛び石の連休のゴールデンウィークに突入したのもあるだろう。だけど、カップルバトルロイヤルの余波《よは》が大きい気がした。このイベントで学校の皆の距離が一気に縮まった感じがする。

それに乗れず自分は、取り残されている訳だ。

ただでさえ出遅れ気味だとは、薄々、いやもうはっきりと、感じていた。

それが決定的になってしまった。

どうしてこうなったのだ？

原因がわからない。思い当たる節《ふし》がない。なぜだ？

高校に入ったら、状況は変わるんじゃなかったのか。理想に近づくんじゃなかったのか。高校デビューとまでいくのは恥ずかし過ぎるのでないが、これがいいきっかけになるのではなかったのか？

だけど想像していたようには、ならないのだ。

「優勝した女の人って永瀬先輩だよね、見に行ってみない？」「行く行く〜」「超可愛い人でしょ、私も見てみた〜い」

またカップルバトルロイヤルの話だ。ここまで他人がそればかりについて話していると、最早参加しなかった自分が責められているようにさえ思えてきた。

もうダメだ。今日はどうにもならない。

ノートと筆記用具を鞄に詰め込む。席を立つ。反応する者は、いない。

一人で誰にも声をかけず教室を出た。

校舎を出る。放課後になった直後でまだ外に出ている人間は少ないが、これから増えていくんだろう。その前に帰ってしまおうと考えていると、中庭に人だかりができているのを見つけた。

なんだろう。どこかの部活の勧誘活動だろうか。

いい加減、部活は早く決めないといけなかった。まだ候補さえ絞《しぼ》れていないというのは相当遅れている。

自分の高校生活に黄色信号が灯っている。もしかして既に赤……ないない。

惨劇が訪れる前に誰かと相談して……、って誰と相談するんだ。

「おい、あれ文研部だってさ」「見に行く？」

上級生と思しき二人が話しながら、中庭の人だかりに向かっていく。

人の流れに乗らないで、自分は校門へ向かって足を動かそうとして、止まる。

大きな理由がある訳ではない。ただ一応、歩く方向を変える。

興味もないので早歩きにもならず、ゆっくり移動し、人だかりの最後尾につく。

二十人くらいの人だかりができている。その前に、五人の人間が立っていた。

五人はまるで映画制作発表会見の俳優みたいに注目を浴《あ》びながら話している。

「カップルバトルロイヤルで格闘戦をやって一部で噂になってる、桐山唯です……って自分で言うの恥ずかしくない⁉」

「ならオレが言うよ！　超素晴らしいベストバウト間違いなしの激闘を戦い抜いた超可愛い女の子、桐山唯さんです！　そしてオレが彼女を支え続けた彼氏、青木義——」

『桐山さん凄かったよ～！』『あの戦いは興奮した！』『体大丈夫なの？』

「あ、ありがとう。……えへへ」

集まった人間達から質問が飛ぶ。スターがファンに囲まれているみたいだ。どうも野次馬達も、それをわかった上で乗ってスターの会見に見えるよう演出している節がある。

「み、みんなオレの話聞いてる？　誰一人としてオレへ視線をくれてないよ！」

『唯よくやったぞ～！』『桐山さ～ん！』『なんか元気貰えたよー！』

「ありがとう～！　千夏《ちなつ》にも伝えとくね！」

「青木も！　青木義文もよろしくお願いします！」

「次アタシな。カップルバトルロイヤルで最終決戦まで残った稲葉姫子だ」

『稲葉さんの戦いは凄い頭脳戦《ずのうせん》な感じがしてたよ～』『流石実力者って感じだった！』

「で、パートナーの八重樫太一だ」

『パートナーってかカップルな！』『おお、じゃあ本物のカップルで最後まで勝ち残ったんだな』『ということは学内一のカップル……？』

「学内一……今更過ぎるな。当然だろ」

『この威厳《いげん》さえ漂《ただよ》うデレっぷり！』『堂々とし過ぎてデレかどうか最早わからない！』

「な、みんなもこの安定感どうかと思うよな。俺も戸惑いが……」

『……結婚しろよ』

「け、け、結婚ってお前太一が十八にならないと法律上……あ、もうすぐか！」

「姫子っ、急にバカにならないでくれ。いくらなんでも現実的じゃない……」

『よっ、おしどり夫婦《ふうふ》！』『結婚式には呼べよバカ野郎！』

「さてバカップルはおいといて……わたしが優勝者の永瀬伊織だ！」

『永瀬さ～ん！』『伊織ー！』『好きだ～！』『結婚してくれ～！』

「なんか本物のアイドル相手っぽい声援が⁉　……つーわけでもう見えちゃってると思うけど土曜にゲットした造花三百本用意してみました！」

「これで記念撮影とかどうっすか？　土曜は終わったらすぐ片付けで時間なかったし」

『おお～』

『おお～！』

「繰り返しになりますがわたし達全員文化研究部、略して文研部の部員です！　なぜ文研部が素晴らしい結果をカップルバトルロイヤルで残せたのか……わたし達の大会での裏話を聞きたい人は～～、はい稲葉ん！」

「部室棟四〇一号室へこい。ただし一年生と部活変更の可能性のある二年生に限る」

『結局宣伝かよ！』『つーか集まってるの三年が多いぞ～』

前に立つ文化研究部三年生五人は（概《おおむ》ね）ノリノリだった。取り囲む周りの生徒達も、完全に自分達の役割をこなして盛り上がっていた。

五人のノリも、聴衆《ちょうしゅう》のノリも、自分とはかけ離れたところにあった。

こんなものを本気でやっているとは信じがたい。入念な打ち合わせを経た劇《げき》を見せられているようだ。でも現実に、目の前に存在しているのも事実だ。

「いやー、どうよ？」

急に声をかけられて体がびくりとなった。

自分の隣に、文化研究部二年宇和が並んでいた。

「し、新入生勧誘苦戦気味なので、ちょっと大胆《だいたん》に手伝って貰う話になって……」

更に円城寺も自分の隣にやってくる。

今日は人と話す回数が少なかった。今も完全に、人と話す態勢を整えていなかった。だから二人に話しかけられてドキドキと心臓が高鳴り、すぐに声が出せなかった。

数秒の沈黙の後、口を開く。

「……これで部員増えそうなんですか？」

やたらと低くて元気のない声だったと自分でも感じた。

「部室を覗きにきてくれる人間は増えるだろ。入部に繋げていけるかは俺達しだいだろうけど。ただもう時期がなぁ」

「そうですね」

「感情こもってない返しだな。そう言えば土曜はどうだった？」

「……え。あ、ち、ちょっと用事があって……友達と……。中学の時の」

くると思っていなかったタイミングでその質問が、きた。思いっ切り油断していて、しかも途中で設定を思い出したから、まるで、嘘を付け足したようになった。

「ああ、そうか」

宇和は素っ気ない返事だった。

嘘が見破られたんだろうか。見限られたんだろうか。

「でも……先輩達凄いよねぇ」

円城寺が独り言のように感想を漏らしていた。

凄いって、なにが凄いんだ、ああできることのなにが偉《えら》いんだ、とも頭をよぎったがそんな負け惜《お》しみを返す気はすぐになくなった。

ただ素直に零《こぼ》していた。

「……凄いっすね。大会で優秀な成績を収めて注目されて……、今も、別に特別なことをやっている訳じゃないけど自分にはできない気がして」

夜空に見える星のように、はっきりと見えているのに決して届かない。

「宇和さんと円城寺さんも、似たようなもんですけど」

「似たようなもの？」

円城寺が小首を傾げる。

「……凄いってことですよ。自分には真似できない」

違っているのだ。認めよう。

「凄いって、どこが？」

今度は宇和が聞いてくる。なんで食いつくんだと思いながら言う。

「あんな恥ずかしいこと普通できないし」

「あんなってどれだよ？　……心当たりがあり過ぎるって鬱《うつ》だな」

「どれっていうか、全体的に真似できないし、凄いなって」

なんでこんなに凄い凄い言っているのだろう。恥ずかしくなってきた。けれど凄いな、と思う気持ちは本物だった。

しかしなぜか、二年生の二人はこちらを見て目をぱちくりさせていた。

「ち、千尋君聞いた？　今聞いた？　わたし達が凄いんだって、ねえ、ねえ」

「おい取り乱すなよ。恥ずかしい奴だな。し、しかし俺達が凄いか、ふ」

「千尋君にやけが隠せてないよ？　普段クールぶってる分恥ずかしいよ！」

「うるせえんだよっ」

わっちゃわっちゃとやり始める。しかし正反対に見えて二人の息はぴったり合っているように思う。付き合っているのか？

「こほん……。だがまあ、俺達がそう見られているとは意外だった」

わかんねえのかなこの人達には、と思った。

違うから。違ってしまっているから。

「やっぱ自覚ないものなんですかね本人は。俺からしてみれば、もうどうにもならない存在だって断絶《だんぜつ》すら感じますけど」

宇和がこちらを見て、ぴたりと動きを止めた。円城寺も黙ってじっと見つめてくる。

普段の自分なら、他人に対して口にしなかったと思う。

でも不意に言葉になっていた。

理由はわからないけれど、彼らにだったらいいかなと気が緩んだのだ。しかしその判断を後悔する。妙なことを言い出して、気持ち悪いと感じられたかもしれない。

「それは違うぞ」

返ってきたのは、はっきりとした否定だった。

拒絶だった。

「もし仮にそっちとこっちがあるなら、俺達は間違いなくそっちにいた」

……拒絶とは違う？

「だけどあの三年生達に……憧《あこが》れて」

憧れて、のところだけ、恐縮《きょうしゅく》するように声のボリュームが下がる。

「俺達なりに頑張って、近づいていったんだ。円城寺も同じだ」

「うん、うん。わたしも昔は……それがダメって訳じゃないんだろうけど、全然だったんだ。全然今とは違っていた」

昔は今とは違っていた。

「けれどわたしはそれを変えたかったから、変えたんだ」

宇和と円城寺の表情は真剣で、どこか満足げだった。

昔は違っていた？　こっちだった？

にわかには信じがたい。想像ができないのだ。

こっちとそっち。その壁は越えられるのか？　越えられないほどの高さではないのか。

「宇和達はあそこ行かないの？」

その時、宇和達の知り合いと思《おぼ》しき二年生がやってきた。

「ていうかお前らまたいちゃついてたんだろ」

「いちゃついてねえよ」

「部活が同じだからってずっと一緒に行動して、もういやらしいわ」

「へたれの千尋君といやらしい展開にはならないよ」

「さらっとディスるな。押し倒すぞ」

「お、お、押し倒す……み、皆さん聞きましたか⁉　押し倒す宣言ですよ！」

「違う違うっ！　勢いで言っただけで今のはマジ失言だった！」

二人の掛け合いに、周りから「また始まったぞ！」「押し倒すとか！」「そこからの始まりも……アリだと思う」「ないだろ」盛《さか》んに声がかかる。

ぽんぽん、ぽんぽんとよくこんなに言葉が出てくるものだ。考えている暇もない。なにも考えず反射で口を動かしているんだろうが、これもまたドラマの中みたいだ。

現実ではない別世界。いやあちらの方が多数派だろうとも、世の中を見ていれば思える。だとすると自分のいる世界こそが虚構《きょこう》か。

現実ではない、正しくない世界。

その世界から自分は脱出できない。

「でもホント、お前ら一年の時から変わったよな」

一人の男子が宇和と円城寺に向かって言った。

「そうそう、変わった変わった。いや初めはねー、特に宇和が」

「き、気のせいだろ。あれだろ、慣れてきたからってだけで」

「いや違うね、二人はあの体育祭から急に変わったよ」

「懐《なつ》かしの体育祭！」

またわいわいと楽しげに話し始める。

しかし、変わった？

元は違ったけれど頑張って近づいていったという話は、本当？

◆◆◆

火曜日は祝日だったため一日休みを挟んで、次に登校したのは水曜日だった。

今週末に迫った部活申請《しんせい》期限までもう時間がない。聞くと多くの者が既に提出を済ませているらしく、仮入部状態で部活を実際に行っている者もかなりいた。

だけど自分は、今まで見学に行った十以上の部活のチラシとにらめっこを続けている。

たまに「部活どこにしたんだ？」と聞かれると、「まだ迷っている」と適当に返していた。「どことどこで？」と更に問われると「色々候補があって……卓球も、吹奏楽《すいそうがく》も、テニスも……」と見学にいった部活を並べ立てておいた。

この候補すら絞れていない状況、誰に見咎《みとが》められるものでもないから誤魔化《ごまか》せているけれど、不味い。部活動の盛んな山星高校で、部活の選択を誤ると被害が大きい。

その危機が、恐怖となって襲いかかってくる時期になっていた。

――チャイムが鳴っている。

顔を上げて時計を見る。

既に三時を回っていた。

授業が全て終わったのだ。

今日はなにをしていただろう。なにも頭に残っていない。その日の授業の内容は、一切頭に入ってきていない。

放課後になり、皆が教室から連れ立って消えていく。

「行こうぜー」「あー、基礎練《きそれん》だりぃ」「入部前からそれかよ」「ね、ね、今日先輩が楽器触らせてくれるって」「よしきた！」

部活に行く者が多そうだ。直帰する者はいない。

皆が目的を持って動いている。

でも、自分はぽつねんと残されて行き場がなかった。

こんな状況では見学にも行きにくい。帰るしかない。結論は明白である。家に帰り、見学に行ったことのある部活からどれか、もうどれでもいいし「えいや！」で決めてもいいから選ぶのだ。

だが今の状況では門へすら向かいづらい。直帰だと思われたくない。もっとみんながいなくなってから、誰にも目撃されないようひっそりと行くべきだ。けれどそれも、惨《みじ》めな気がした。

どうしたいんだ？

どうしたらいいんだ？

答えは、待てど暮らせど見つからない。

四月が終わる。

五月が始まる。

もう色々なものに取り返しがつかなくなってくる。中学時代も思えば一カ月くらいの間で地殻変動が起こり、後はなにも変わらなかった気がする。

自分の高校生活三年間は、もう決まってしまったのか。

ばたばたと、またぱらぱらと人が出ていく。

教室に残っている人間が一桁になったところで席を立った。

校舎から外へ出る。雲一つなく、なににも遮《さえぎ》られず降り注ぐ太陽の光が恨《うら》めしかった。

万人に同様に光を与える太陽が、無性にむかついた。むしろ自分の上だけ暗くなってくれた方が清々《すがすが》しい。

皆は、この太陽の下で充実した部活動を行っているんだ。

意味もなく叫び出したくなった。

誰に対してでも、自分に対してでもなく、ただこの世界に対して感情の塊をぶつけたかった。

聞けよ。

ここにいるぞと。

口を大きく開ける。

大きく開けて、なにも発さず、そのまま口を閉じる。

そんな考えは、妄想《もうそう》で終わるのだ。

自分は普通にレールを外さずに生きていく。

下手をすると、いや下手をしなくとも自分の人生はずっとこのまま進んでいくのではないだろうか。そんな予想が本当に現実になりそうで、笑えた。

変わる気がしない。

ずっと自分に与えられたのはこの道なのだ。

門へと急ぐ。

家へと急ぐ。

まばらに生徒達が歩いている中を進んでいく。もう部活勧誘のピークも遠い昔で、門までの道程は静かなものだった。

その中で、未だ部活勧誘のビラ配りを行っている人間が二名。

「文研部よろしくお願いしまーす！」

「さ、最後……まだ迷っている人は是非一度見学を！」

宇和と円城寺、文化研究部だった。

なにも考えず真っ直ぐ歩いて行くと、自然と目が合った。

なんであろうと質問されることが嫌だった。なので逆に自分が訊いた。

「月曜、結局どうだったんですか？」

「……先輩達と、見学にきてくれた人達で楽しい交流会ができたよ」

円城寺が答える。その浮かない顔で、だいたいの事情には察しがついた。

「でも入部には繋がらず……、ですか。え、マジで大丈夫なんですか？」

全く以てどうでもいい心配をする。自分と同じように不味い状況の人間を見ると少し楽になるという感情があったかもしれない。

焦った様子で宇和が話し出す。

「入ってくれそうな奴がいなくはないぞ、言っておくけど。でも最終確認はできてなくて、ほら提出先は担任だし」

「後、わたし達の部活、『絶対いいから入りなよ！』とは言いにくくて最後の最後は自分で決めてねって任せてるから……」

苦労がありありと伝わってきた。しかも妙な誠実《せいじつ》さが余計な邪魔をしていると見えた。

他の部が体験入部にきてくれた目ぼしい一年に積極的かつ強引にアプローチする中、明確な活動内容も打ち出せてない部活が待ちの姿勢だと、かなり競争力《きょうそうりょく》に欠けると思う。

もちろんちゃんとやりたいことを決めている人間も多いが、部活なんて一度行ったらそのノリでとか、仲のいい友達が入ったからとか、その程度の理由で決めることだって多いんだ。

「もっと力業《ちからわざ》やってもいいじゃないですか。三年の先輩なんて人気あるし、無理矢理でもいいから入れようとすれば、頭数は集められそうだし」

なんでここで二人と話しているのだろうか。自分でもよくわからなかった。

「それじゃあダメなんだよ」

諭《さと》すように、円城寺は語る。

「流されて入部して貰っても、たぶんその子が楽しくならないから」

「……楽しくなるように自分達でなにかを探していくんじゃなかったですっけ？」

皮肉を込めて尋ねたのだが、宇和はその言葉を真摯《しんし》に受け止めて頷いた。

「ああ、そうだな。それを見つけていく場所が文研部だとも言える。でもだったら、ちゃんと求めている人間じゃないと……難しいかな」

なにも決められたものがないという部活なのに、なぜか太い芯《しん》が見えて仕方がない。

改めて思う。なんなんだこの部活。

「まあ、意味がわからない部活だよな、ホント」

「じゃあなんでそんな部活に入ったんですか？」

そう尋ねるしか、ないじゃないか。

「可能性を見たんだよ」

「あの五人の先輩達が、見せてくれたんですか？」

「そう……いや違うかな」

「え、違うの千尋君？」

「まあ、あの人達や部活に可能性を感じたってのもある。でも振り返って思うのは、自分の中に可能性を見たんだよ」

自分の中の可能性。

「この世は、自分次第でどうとでもなるからな」

晴れ晴れとした表情の宇和は、本気でそれを信じていた。

「千尋君が……千尋君が周りの色んな人に迷惑をかけまくって教えて貰ったことを、さも自分わかってました的な顔で答えている……！　しかも超キザに……痛っ⁉」

すみません忘れ物が、と断って宇和達と別れ、校舎の方へ引き返した。

俯いて、足早に歩いていく。

そのまま家には帰れなかった。

頭の中で先ほどの宇和の言葉が渦巻《うずま》いている。

可能性。

なんだ、可能性って。

見つかるかもしれないとは、自分も思っていたのだ。

だけど全然可能性は姿を現さない。

どこにあるんだ。

誰かの中？

学校の中？

部活の中？

自分の中？

向かう先はどこに設定すればいいのだろう。ほとんど無意味に歩いているだけだ。当てがないから、一番通い慣れた道をなぞっていく。結果、自分の教室へと進んでいく。

廊下を歩いている生徒の数は少なくなっていた。

そこに行けばなにかあるのか？

電気が消えた薄暗い廊下を歩いていく。

見つかるのか？

いや本当にあるのならとうの昔に発見されていてしかるべきだ——。

光が、差した。

電気は点いてはいない。

太陽の位置が変わってちょうど光が入り込んだのでもない。

ただ前から、一人の人間がやってきていた。

絹糸《きぬいと》の如きやわらかな長髪が歩くのに合わせて揺れる。愛嬌《あいきょう》があり、でも意志の強そうなぱっちりとした瞳、通った鼻梁《びりょう》、曇りのない白く澄み切った肌、すらりとした体は完璧な均衡《きんこう》を保っている。どこをとっても一級品だ。

しかも外見だけじゃない。

内面の強さと芯がはっきりと滲み出ている。守られるだけのお姫様ではなく、自ら前に立ち人を率いる姫だ。だから余計に美しいと感じるのだ。

輝く光源は、一人の人間だった。

永瀬伊織だった。

いやなにかに照らされない限り、人が光を発するなどあり得ない。

でも確かに、自分は永瀬が周囲を照らすのを見た。

役者が違っていた。学内でもトップクラスに可愛いと称され、学校全体で行われた大会で優勝してみせる。まさしく主役級の知名度で、彼女が太陽だとすると自分は日陰に生える雑草もいいところだ。言葉を交わすことすら、躊躇《ため》われる。

文化研究部を見学に行った時、一度顔を合わせてはいる。自己紹介もしている。でもあの時も複数人で行ったし、その後も何人もから名乗られているだろう。印象の薄い自分が覚えられているはずなかった。

だから俯いて視線を逸らす。

相手に気まずい思いをさせたくもない。だから希望を抱かない。

「加藤拓海《かとうたくみ》君！」

一瞬、誰に呼ばれたのかわからなかった。

でも前を見ても、後ろを見ても、廊下にいるのは自分と永瀬伊織だけだ。

「いやいや、君だよ君。加藤……あれ、加藤君じゃなかったっけ？」

「や……加藤ですけど」

「だよねー、同じクラスの子達四人ときてくれてねー。ってなに驚いてんの？」

「……俺のこと、覚えてるんですか」

「ちょっと待ちなさいな、わたしをどんな薄情女《はくじょうおんな》と思ってんの。そりゃ自己紹介して一緒に喋ったんだから覚えてるよ」

「でも一瞬だったから……」

「一瞬とか関係ないよ。……あ、そう言えば、加藤君が部活見学にきてくれる日の前の朝だっけ？　ビラ配り中の紫乃ちゃんに抱きつかれたんでしょ？　ふふ」

「え……なんでその話を」

「人前で男子に抱きついて『はしたないことをしてしまいましたっ!?』ってすっごい恥ずかしがってたからさぁ、紫乃ちゃん」

永瀬はくすくすと笑う。

「加藤君が来た時も『目を合わせられませんでした！』とか。あ、間違っても惚れるなよ～。紫乃ちゃんガード緩そうに見えて案外がちがちに固めてるよ。てかちっひーにぶっ飛ばされ……はしないのかな？」

初めて部室に行った時、円城寺は自分のことなど忘れているのだと思っていた。

だが真実はまるで違っていた。

意識されて、それがゆえなにも言ってこなかったのだ。

「結局あの二人どーなんだろうなぁ……と。ていうか加藤君部活どこにしたの？」

「……まだ、決められてなくて」

「おお、大いに悩め若者よ！　その迷っている選択肢の中に文研部は……なんてことは聞かないでおこう！　わたしはちっひーと紫乃ちゃんを信じてるから！」

それから永瀬はびしっと指を前方へと突き差した。

まるでそちらへ進めと、言わんばかりに。

「大志を抱けよ、新入生！」

ほいじゃあまたね、イタズラっぽく笑って永瀬は自分とすれ違って去っていく。

なにも言えずぺこりと頭だけ下げた。

その『また』は社交辞令《しゃこうじれい》ではなく、本当にまたの機会があればいいと願っている『また』だと、笑みを見て感じた。でも顔だけ完璧に作っていて心では正反対のことを考えているという可能性も……やめた。

自分のことなど覚えていないと想像していた永瀬伊織は、自分のことを覚えていた。

円城寺紫乃も、覚えていた。

世界は一変していた。

これまで妄想していたことは、勝手に自分が決めつけていただけだった。

チャンスがあるのに、それをチャンスではないと決め込んでいたのだ。

……思えばこんなのが多くないか？

チャンスがないと、チャンスが訪れないと、なにもやってこないと、嘆いていた。

だけど今、振り返ってみれば――。

例えば登校中、同じクラスの奴らと出会ったら、目を逸らさず話しかけてみればよかった。話しかけていればきっときっかけになった。

例えばあの朝、円城寺に抱きつかれる事故をクラスメイトに冷やかされた時、ネタにしてしまえばよかった。話題にはなったはずだ。

例えば中学時代やっていた部活をネタに話しかけてくれた時、もっと話に乗ってみればよかった。一度対応に失敗しても、二度目自分から振ればその機会は訪れたはずだ。

例えば男子五人で文化研究部に行った時、そして行った後、それをネタにみんなでもっと話せばよかった。共に行動した仲間じゃないか。

例えば新入生勧誘中のこの時期は、どの部活も快《こころよ》く一年生を迎えてくれる。もっと積極的に人に関われればよかった。

例えば休日クラスでバレーをやる話になった時、否定材料ばかり探さず参加しておけばよかった。クラスの誰も自分を排除《はいじょ》しようとなんかしていない。

例えばカップルバトルロイヤルなんて無茶なイベントに、参加しておけばよかった。参加すれば誰かしらとはペアになってイベントに参加できた。

例えばカップルバトルロイヤルには参加しなかったけれど、参加しなかったらしなかったでそれをとっかかりに、皆のカップルバトルロイヤルでの話を聞けばよかった。

例えばまだ部活を決められてないのなら、今悩んでいるって事実を相談すればよかった。全く白紙なら白紙で話してみればなにか見つかったかもしれない。

思えば、チャンスなんてものいくらでもあったんじゃないか。

それを絶好の機会だと捉えるか、そうではなくなにもないと見過ごすか。

転がっているのだいくらでも。なのに自分は、通り過ぎ続けていた。

もう無理だ。もう遅い。じゃなくて。

行き先を変える。校舎を出て、中庭を横切っていく。

今からでも、今だからこそ、できるんじゃないのかと信じて。

吹奏楽部の楽器の音が騒がしく聞こえる。ギターの音も混じっている。軽音部《けいおんぶ》か？

グラウンドではラグビー部のかけ声が一際大きく響いていた。

みんな、部活をしていた。

文化研究部の宇和と円城寺は、どんな状況になっても諦めないだろう。手応えのあることばかりではなかったろうに、貫き続けた。だからこうやって——チャンスが転がり込んでくるのではないか。

たぶん転がっている機会に気づくことが第一段階。そして、自らそれを作っていくことが第二段階。実際に宇和と円城寺は見事になし得たのだ。

あの二人が、初めはさっぱりだったけれど自分達の力で永瀬達三年生に追いつこうとして変わっていった、という話も嘘ではない気がする。

もし文化研究部に入ったらどうなるのだろう。

ひとまず、それだけでクラスで話すネタになる。

なにも決まっていない部活、だからなんでもできる可能性が眠っている。

今はっきりと『ある』とわかっているのは、『文研新聞』なるものと、先輩達の存在だけだ。

宇和と円城寺の二人は、変わっているが面白い先輩だ。ちょっと遠いのに、でもちょっと近しい感じもする。

色々と考えていると文化研究部に凄く興味が湧いてきた。用意されたものではなく、自分達で面白いものを作っていくなんて想像するだけでワクワクするじゃないか。

辿《たど》り着いた古い建物……耐震工事《たいしんこうじ》してあるのだろうか？　少々心配になる外観《がいかん》だ。

階段を一段一段上っていく。

二年生の二人はもう戻っているだろうか。まだビラ配りの最中だろうか。

上がるにつれ心臓の鼓動《こどう》が大きくなる。緊張が体全体に回っていく。前はこの緊張に雁字搦《がんじがら》めにされていた。

でも今はどうだ？

緊張が心地よくさえある。自分を動かす推進力《すいしんりょく》にさえなる。

ああ、正直今は勢いだ。後々後悔することもありそうだ。

でもきっと、その後悔は清々しい後悔だ。

待っていても変化も、きっかけも、可能性も、自分の扉をノックはしてくれない。

向こうからはやってこない。

だから。

自分の足で歩き探しに行く。

これはその紛れもない、第一歩。

加藤拓海は部室棟四〇一号室の扉を叩く——。

未来へ

最高学年として参加する体育祭があった。

我が三年一組は、圧倒的戦闘力《せんとうりょく》を誇《ほこ》る桐山唯《きりやまゆい》を様々な競技に使い回すことに加え（他チームから「いくらなんでも出過ぎだ」とクレームが入った）、栗原雪菜《くりはらゆきな》、大沢美咲《おおさわみさき》、僭越《せんえつ》ながら自分、永瀬伊織《ながせいおり》など運動神経のよい女子陣が中心となって点数を稼《かせ》ぎ、見事白団を優勝へと導いた。

嫌というほど「受験は夏が勝負だ」と脅《おど》され羽を伸ばし切れなかった夏休みがあった。まあ「三年の夏、受験の夏」であることは間違いがなく、自分達がしっかり勉強するよう仕向けてくれた先生達には感謝しなければならない。ちゃっかり泊まりで海へは行ったし、やることはやった。

忙しい夏休みの合間を縫《ぬ》って準備を重ねた文化祭があった。

まさかのオリジナル脚本《きゃくほん》による舞台劇《ぶたいげき》では主演女優に抜擢《ばってき》され、「演技上手すぎ！」「役に魂が乗り移っている！」「本気で女優目指すべきだって！」など身に余るお褒《ほ》めの言葉を頂いた。大変恐縮《きようしゆく》です。

そして三年生達は本格的な受験戦争に突入していった。

この時点で、籍《せき》を置いていた文化研究部《ぶんかけんきゆうぶ》からも正式に引退になった。とは言えちょこちょこ顔を出しているので引退の実感は乏《とぼ》しいのだが（老害《ろうがい》じゃないよ～）。

十一月には大きな転機《てんき》があった。

季節は秋から、冬へ。

大学受験という自分達にとってほぼ初めての、リアルな社会の壁の重みが、しんしんと降る雪のように周囲を単一の色に変えていった。

勉強、勉強、また勉強。

遊ぶ時間も少なくなった。

授業も体験学習や実験学習はなくなり試験対策が中心になった。

血眼《ちまなこ》になっている受験生には、脇目《わきめ》を振る余地がなくなってしかるべきなのだろうか。

山星高校《やまぼしこうこう》にはたくさんの思い出が詰まっている。彩《いろど》り豊かな学園生活だった。

ある不可解な事象のおかげで、たくさんの刺激も加わった。

とても楽しかった。

とても素晴らしかった。

とても満足している。

けれどなぜだろう、今真っ白に染まっていく世界を眺《なが》めていると、とても悲しくなってしまうのだ。

始まりがあることに終わりがあるのは理解している。

特に高校生活なんて、三年間だと初めからわかりきっているではないか。

でもこの終わり方は、このまま終わるのは……嫌だ。

だからといって、後悔している訳ではなくて——。

「おっす、伊織。なにやってんの？」

ショートカットと耳に光るピアスの印象が最近ぐっと色っぽくかつ大人っぽくなった瀬戸内《せとうち》薫《かおる》が、廊下を歩いていた伊織に話しかけてきた。

「よっす薫ちゃん。別にー。ちょっと校内ふらふらしてただけ」

「ふらふらって、受験生が放課後にやってていいことじゃ……あ、伊織は違ったな」

ぽん、と薫は手を叩いて納得する。

「推薦《すいせん》決まってんだよなー、いいよなー、しかも自分の行きたいとこだし」

「ややや幸運に恵まれまして」

「ううん。それは伊織の努力の証《あかし》だと思うよ。勉強もそうだけど、カップルバトルロイヤルで優勝して学校代表になったりもしてたもんなー。敵《かな》わないよ」

「薫ちゃんはあれだよね、S県の方の……」

「うん！　あたし都市や村を研究する社会学に興味があるんだけど、前に読んだ本に凄い感銘《かんめい》受けてさ。その先生がいる大学に行きたいんだよね」

「いい理由じゃん！　格好《かっこう》いい！」

「そうかなぁ～。……でもレベル的にはギリなんだよなぁ」

「そして運よく受かっても、突然その先生がどこか別の大学に移籍《いせき》すれば……」

「ちょっと！　内心恐れていること言わないで！」

もちろん冗談とわかってくれているから、二人であははと笑って別れた。

図書館へ行きこれから勉強するのだと言う薫は、とても眩《まぶ》しく輝いていた。

彼女の目には、今の学校がどんな色に映っているのだろう。

将来の夢は、先生になること。

小学校がいいか、中学校がいいか、高校がいいかとか、はたまた幼稚園《ようちえん》か少し種類の違う子供向けカウンセラーか、など細かな方向性は大学に行って判断したいなと考えているが、大筋はこの道だと決めた。

将来なりたいものと、通いやすさと、奨学金《しょうがくきん》の面など諸々《もろもろ》加味《かみ》した結果、ここだろうという教育大学が一つ見つかった。推薦入試もあったので、受験勉強を並行しつつも、チャンスを増やす意味でも受けてみたら、見事合格を頂いてしまった。

おかげで永瀬伊織の受験戦争は終戦を迎えた訳だが、受験勉強を全くやらないのもよくないだろうとぼちぼち勉強しつつ、モラトリアムな時間を過ごしているのだった。

妥協《だきょう》した訳ではなく第一志望に、こんな優先ルートで入学を決められた。奨学金も貰えそうで、母親にも無理をさせずに済みそうである。

順風満帆《じゅんぷうまんぱん》、客観的に見ればそうなるのだろう。

校舎の時計を見ると、予定の時間までまだ余裕があるので、校内ぶらつきを続行することにした。

ふっ、と通りがかった三年五組の教室に、見知った二人がいるのに気づいた。

八重樫太一《やえがしたいち》と、稲葉姫子《いなばひめこ》が二人で向かい合い座って勉強をしている。

今や校内随一《ずいいち》の有名&実力派バカップルだ。

いたずら心もあり、細く開いた窓からちょっと様子を窺《うかが》ってみる。

「アタシは世界史の年号問題は捨てるぞ太一」

「捨てるって……年号は歴史の基本だろ」

「覚えた方がいいんだけどな、そりゃ。基本的に歴史の縦の流れ、横の流れ、その対応関係を摑《つか》んでおけばほとんどの問題に対応できる。それでやってきたから年号はあまり記憶してないんだよ」

「じゃあ今からしっかり覚え直せば」

「バカ。過去問見てるか？　純粋に年号を問われるのは二点か多くても四点だ。かける労力《ろうりょく》と点数によるリターンが釣《つ》り合っていない。覚えようとしない訳じゃないが、わざわざ対策を立てるものじゃない。アタシらの場合二次試験に出ることもない」

「労力とリターンの関係……」

「時間は限られているんだ。今なにをやるべきか、逆になにを切るべきか考えろよ。バカ正直に前から問題集をやっていると時間が足らんぞ」

「お……なんでお前はそんなページまで進んでんだ⁉」

「本当に必要なところを抽出《ちゅうしゅつ》してやっているだけだ」

わかりやすいくらいに要領《ようりょう》のいい女と、愚直《ぐちょく》な男であった。……ダメだ。太一が努力量に比例せず試験で残念な結果になる未来が想像できて仕方がない。

「おい、どこをやったらいいか教えてくれ」

「人によってやるべきことは違う、当たり前だろ。……が、お前の場合だとここと、ここと……」

「おお、流石姫子だな」

「当然だ。お前の弱点短所欠点弱み難点はだいたい把握《はあく》している」

「……そんなにダメなとこだらけだっけ俺？」

が、愛の力で乗り切ってしまいそうな二人である！　うらやま！

「で、なにやってんだお前は？」

突如《とつじょ》鋭い眼光《がんこう》が伊織を捉《とら》えた。反射的にさっと、窓の細く開いた部分から逃げる。

「シルエット丸見えなんだよ」

呆れ怒られつっこまれ、「たはは－」と苦笑いで伊織は教室へとお邪魔する。

冷たい廊下と扉一枚隔《へだ》てた室内は暖房《だんぼう》が効いていた。

「やー、なんか頑張ってんなーと思って」

「十二月半ばの本気の追い込み時期だからな。しかしこいつがマジ不安なんだよ」

「……面目ない」

稲葉に指差され、太一はしゅんと落ち込んだ表情だ。

「最悪あれじゃん、一年先輩後輩になればいいんだし」

二人は同じ大学を第一志望《しぼう》にしており、太一が理学部生物学科、稲葉が工学部の電子情報工学科を目指している。

「嫌に決まってるだろ。なんでアタシが太一の先輩に……ん、それもアリか」

「アリじゃねえよ。なにを想像してんだよ」

「稲葉先輩って呼ぶ練習しとけば？　あ、姫子先輩か」

「永瀬も一緒にならないでくれ！」

太一相手だとついこういうからかい方をやってしまう。つっこんで欲しくて。

「ジョーク、ジョーク、二人なら絶対合格できるよ。……愛の力で」

「……ふん、まあな」

「……そうかな」

顔をほくほくさせちゃってまあ、本当に単純なんだから。

「じゃあ、わたしは勉強の邪魔になるから、さらば！」

頑張っている二人に対して長居は禁物だ。伊織は二人に背を向けて歩き出す。

「本当にありがとうな、姫子。俺は姫子に助けて貰ってばかりで」

「違う、違うよ太一。本当に助けて貰っているのはいつもアタシなんだよ」

「おーい、勉強しろよー。いちゃつかせるために出ていくんじゃないぞー」

「「わ、わかってるよ！」」

もし受験に失敗したら間違いなく敗因《はいいん》は『恋にのぼせすぎたため』だろうが、二人共節度を守るタイプだしそんなバカな真似はしないだろう。

出る間際に教室の時計を確認するとまだ時間があった。もう少し校内を回ろう。

この時期になると、図書室や自習室以外でも勉強をするために教室が開放されており、三年生が各々《おのおの》勉強に励《はげ》んでいる。自由な校風もあって遊び好きな山星高生ではあるが、進学実績の示す通りみんなやる時はやるのである。

職員室前には自販機《じはんき》があって、木製のテーブルとベンチが設置されている。教師に質問しに来た生徒がよく使う場所ではあるが、そこで自習をしている人間もいた。

「唯！　オレこの問題で使う公式がよくわかんないんだよね！　だからもう一度先生に聞いてくるよ！」

「やめてっ！　やめてあげて！　この公式を三年の十二月にもなって知らない生徒がいる事実を先生に突きつけないでっ！　今度こそ先生泣いちゃうから！」

「……え、そんなやばい？」

「ヤバイ。青木《あおき》。アンタ。ヤバイ」

「唯がロボット化した⁉」

青木義文《よしふみ》と、桐山唯。

騒がしく目立ちたがり屋な男と、目立ちたくないのに身体能力のスペックにより注目を集めてしまう女の、なんだかんだ知名度が高いカップルである。

しかしこちらも楽しそうなこと。緊張感持たなくて大丈夫なの？

「あ、伊織聞いてよ！」

こちらを見つけると即行で唯が話しかけてきた。

「青木が大学受験以前に卒業できそうにない疑惑が出てるんだ！」

「そこまではないってごっさんが言ってた！　担任のごっさんが言ってたもん！」

我らが三年一組の担任は後藤龍善《ごとうりゅうぜん》である。

「ごっさんだよ？」

伊織は首を傾《かし》げておいた。

「うおおお、超心配……！」

生徒にここまで信頼のない教師も珍しい。嫌われてはいないのだけれど。

「他の先生にも確認とってみたら？　と、あたしは自分の勉強しよっ」

「唯も数学はいまいちで先生に質問したいって言ってたけど、実際どうなの？」

「あ、あたしはあんたと違って志望校のレベルが高いから……」

「文系だし数学の成績は重視されてないけど、あまりに酷《ひど》くて科目の足切りに引っかかりそうとか……」

「しっかり聞いてんじゃない！」

唯は外国語大学、青木は意外なことに経済学部を目指している。二人の志望する大学は別であった。希望通りにいけば、二人の道は分かれることになる。

「うーん、わたし唯と青木の親にはなりたくないなぁ……。胃が痛くなりそうで」

「うんうん、わかるわかる。妹もあたしよりバカだし……ってちょっとやめてよ！」

「唯、最近テンション高いよね」

「この前までは凄い落ち込んでるって言われまくってたんだけど……」

受験のプレッシャーか、唯は近頃アップダウンが激しくなっていた。

「オレは……オレが受験できる環境を整えてくれた親父《おやじ》とお袋と……そして姉ちゃんのためオレは絶対にやるんだ……！　浪人《ろうにん》も絶対にしないっ！」

「こ、この本気度はレベルが違う……。やる気がオーラになって見えるようだ！」

青木の気合いに伊織も乗っておいた。

もちろんみんな等しく、自分の望み通りの進路に決まって欲しい。でも青木は家庭の金銭的《きんせんてき》事情もある分、少し感情移入してしまう。頑張れ青木。

「つーわけでみんな頑張ってね。わたしとお喋りなんかせず」

「うう、伊織行っちゃうの……？　また今度たくさん遊ぼ～」

「はいはい、勉強頑張ったらね～」

二人と別れた頃には、そろそろいい時間になっていた。


いつが空いているかと聞かれたので、下校する者はしてしまい、かつ部活中の者達の帰りとはかち合わない時間を指定した。

場所は東校舎の裏側。校内エアポケットの一つだ。

そう言えばここで青木から唯への告白を盗み見たことがあったなぁ、とふと思い出す。

「悪い、待ったか」

「ううん、わたしが先に来てただけだから」

小走りにやってきたのは、先代生徒会長にして、自分と同じく現『学校代表』、香取《かとり》譲二《じょうじ》だ。抜群《ばつぐん》のルックスと文武両道《ぶんぶりょうどう》の秀才、カリスマ性もあって生徒会長として高い支持を得ており、性格もよしときた、ちょっとこれ以上揃えるものがないパーフェクトな男だった。今もあの難関大学にA判定出ているとか、いないとか。

彼女は他校にいたらしいが、三年のいつだったか、別れたという噂《うわさ》は流れていた。

「察しのいい永瀬のことだからわかってはいると思うが」

「察しのいいわたしのことだからだいたいわかってはいるけど、なにかな？」

「……だよな、俺がちゃんと言わなきゃな」

香取は怯《ひる》んだ様子もなく、また気負った様子もなかった。

あくまで自然体で緊張した様子もなく、こういうタイプの人は珍しい。

「付き合わないか、俺達」

髪を掻《か》き上げながら、でも決してわざとらしくなく、有り体に言えば格好よかった。

ピリピリと痺《しび》れて、心の芯が熱を発する。

「なんで？」

聞くのは優しくないのだろうか。

でも知りたいので、尋ねる。

「好きだから。……後、付き合ってみると、面白そうだから」

後半が本音だろう。たぶん香取は、まだ永瀬伊織の底を見られていないと感じている。

二人はカップルバトルロイヤルの結果、学校代表に選ばれ、会の開会宣言やら外部講師が講演《こうえん》にいらっしゃった際生徒を代表して御礼《おれい》を述べる役割など色々やらされることになった。

一件一件大した負荷《ふか》ではなく、内申《ないしん》にも大分加味《かみ》してくれたみたいでよかったのだが、その中でやはり香取と絡む機会も多くなった。

だんだんと、興味を持たれている気もしていた。好意を持たれたというより、好奇心を抱かれたという表現がしっくりくるのだが。

「三年生十二月のこの時期にかぁ」

「ここがラストチャンスだと思って。永瀬は受験しないし影響は大丈夫だろ？」

付き合うっていうのは、高校生にとって屈指《くっし》のイベントで、それがあるかないかでは学園生活の色合いも百八十度変わってくるほどだろう。

香取は受験があって、そう何度も遊びに行くことは難しいけれど、彼氏ができれば今一面真っ白になった世界にも、薔薇《ばら》のように濃い赤が差すだろう。それはきっとここから見える景色を一変させる。

このキャンパスを染めるか、今。

世界を変えるか。

「返事に時間が必要なら俺は待つけど」

「とても嬉《うれ》しい。それに香取君からなんて、とても光栄《こうえい》」

かつて何度もあったことではある。だが決して慣れることなんてない。

いつだって心は痺れる。いつだって心は痛む。

今まで一度だって、その行為《こうい》が作業になったことはない。

「けどごめん。あなたとは、付き合えない」

迷いがなかったとは言わない。

けれど答えは決まっていた。

香取は格好いいしとてもいい人だと思うし、一緒にいて楽しいだろう。だが恋愛感情で好きとは思わなかった。

香取はわかっていたような、でも驚いたような顔をする。

「ええと、香取君に悪いところは一つもないんだけど……」

「いい、いいってフォローとか」

香取は笑って手を振る。

「なんとなくわかってたし」

「ごめんね」

「おい、それを言われると俺が惨《みじ》めになるからやめてくれ」

「……了解」

「二人で付き合ってみたら面白いものが見られそうだと俺は考えたんだが、永瀬はそうは思わなかった。それだけだろ？」

「……フラれたってことにはしたくない？」

「そうやって裏の心理を読むなよっ！」

「わはは、香取君フラれたことなさそうだしね〜」

「いや二度目だ。だから永瀬が俺を振った生涯《しょうがい》唯一の女なんかには……ならん！」

「あんま負け惜《お》しみになってないよ？」

「う」

「ただお高くとまっている訳じゃないんだけど……香取君断っちゃったら、また未来に付き合う人のハードルが上がっちゃったなぁ」

「永瀬はいつ付き合うんだろうな」

その問いはなあなあで流して答えずに、香取と伊織は別方向に歩き出した。

これも予想にはなるが、香取はずっと誰とも付き合っていない自分を心配してくれている気もした。

同情して告白した、なんてことは間違ってもないだろうけど、「お前どうなんだよ？」という感情は少し混じっていたと思う。

どうなんだよ？

どうなんだろう？

◇◇◇

翌朝は昨日にも増して一段と寒さが厳しかった。

逆にぬくぬくとした教室の心地のよさに、一時間目の授業が始まる前から眠ってしまいそうだった。

「ふへ〜、あったか〜い」

「ね〜」

だらけた声を出していると、前の席の大沢美咲が応じてくれた。

美咲は陸上部に所属していたショートカットでボーイッシュな女の子だけれど、意外に乙女《おとめ》な一面もある可愛い子だ。サバサバとやわらかさの具合がちょうどよくて、個人的に色々と喋りやすい。

「美咲ちゃんあのね、わたし最近ちょっとセンチな気分になってるんだ」

「ふーん、センチねぇ……」

がたーん、と教室の扉が大きな音を立てた。

「であえい！　であえい！　ていうかあんたちょっと来なさい！　あ、美咲もっ」

教室に飛び込んできた勢いのまま伊織の前までやってきた栗原雪菜が、伊織の腕を引っ張って立たせようとする。

「うおい⁉　雪菜ちゃんどうしたのっ⁉」

美咲と仲のいい同じく陸上部の雪菜は興奮状態だった。たまに暴走する子なのだが、こうなる原因はほとんど一つのもので……。

「いいから外へっ！」

「わかったオーケー落ち着いて……って寒っ⁉」

温室から連れ出され、冷蔵庫にぶち込まれたような寒さに襲われながら廊下の隅へ移動した。

「仮にも校舎内でこの寒さはどうかと思うな～」

などと独り言みたいに言っていると雪菜が伊織を壁に押し当てた。

「あんた元生徒会長、香取譲二の告白を断ったって⁉」

雪菜は静かに叫ぶという器用な真似を披露《ひろう》した。ちょ、近いよ。

「うん。……ていうか、なんで知ってるの？」

香取が言いふらしたりはしないだろうし。

「学内のそっち系の情報は必ずどっかには回ってんの」

壁に耳あり障子《しょうじ》に目ありということか。

「なにが不満なの？　誰と付き合えば満足なの？　もう絶対想い人がいるとしか思えないじゃん。誰？　誰なの？　彼女持ちの子？　諦められないのもわかるけどそれじゃやっぱもったいないって」

「朝からマシンガン炸裂《さくれつ》なところ悪いけど、別にそういうんじゃなくて」

想い人、彼女持ち。言われて八重樫太一のことが頭をよぎったけれど、すぐ消えた。

「焦って誰かと付き合いたいともあんまり思ってないし」

「もうっ、あんたがセンチメンタルになっている原因は間違いなくそれだよ！」

「あ、聞こえてたんだ」

「伊織は欲求不満なんだ痛っ⁉」

「雪菜。朝からなに大声で言ってんの」

「ナイスつっこみ美咲ちゃん。わたしの繊細で青春チックな気持ちを低俗《ていぞく》にしないで」

「だ、だって伊織がまた告白されて断ったって聞いて……。進路も決まってるし、後はすることないんだし、残りの高校生活楽しんで欲しいなって。恋愛のピースさえはまれば伊織は完璧になるのに……」

「人それぞれでしょー。というか、授業始まるから教室戻ろ。でも、なにかセンチになる原因があるなら解消《かいしょう》したら？　卒業まで伊織には凄くいい時間がある訳じゃん」

美咲の指摘《してき》はごもっともだった。

雪菜の言う通り彼氏を作らず欲求不満であることがセンチメンタルになる原因……ではまさかないけれど、しかしこの気持ちはなんだろう。

漠然《ばくぜん》ともやもやしている。

楽しく彩り豊かだったはずの学校生活全体が、モノクロになっていくようなのだ。

悲しい？　寂しい？　物足りない？　なにか心残りが？

わからない。

わからないけれど、このもやもやを抱えたまま卒業してしまうのが嫌だった。

だから少し、旅に出る。


中山真理子《なかやままりこ》に「話そうよ」と携帯で連絡すると「お昼一緒にどう？」と返ってきた。いつも昼食を共にする唯や雪菜、美咲らに断りを入れてから食堂《しょくどう》に向かった。

「で、どうしたのどうしたの〜、急に喋りたいってさ。ふー」

今日も元気なツインテールの中山真理子は、熱々のうどんをふーふーしながら聞く。

「ごめん急だったから驚いた？　深刻《しんこく》な話がある訳じゃないんだよ」

「なーんだ、お悩み相談じゃなく真理子さんが恋しくなっただけか。うーん、カレーもいい匂いしよるなあ。ふー」

カレールーとライスの境目《さかいめ》からスプーンをすくい上げ、伊織は口に運ぶ。

食堂は今日も盛況《せいきょう》でがやがやと周りは騒がしい。

「中山ちゃん、彼氏できてからどうだった？」

「ウルトラ世界変わった！　ん、今日そういう話？」

満面に笑みをたたえてから、お箸《はし》を咥《くわ》えたまま中山は首を傾ける。

「や、別にそれに限った話をしたいんじゃないけど」

カレーよりうどんがよかったかなと、少し思う。舌に優しい方が気分に合った。

「受験勉強どう？」

「……頑張ってる」

泣き顔で中山はうどんをちゅるんと啜《すす》る。むう、これ以上聞きづらい顔だ。

しかし中山の方から話し出した。

「聞いてよ伊織、文学部を目指しているわたしなのに……なぜか国語と英語の点数が伸びず……。ずずず」

「おう……、大変だね」

「石川《いしかわ》君は野球ばっかやってるから成績凄くよくはなかったけど、部活終わった時からメキメキ成績伸びて超順調なのに……わたしときたら」

中山の彼氏石川大輝《だいき》からは、確かに部活がなくなって十分な勉強時間がとれ出すと成績が伸びそうなオーラがぷんぷん漂っていた。

「石川君に教えて貰うとかは？」

「理系だしあんまりやる問題が被ってない……」

ちょっと重症《じゅうしょう》の嫌いがあるのかも。

「あ、曽根《そね》君に宮上《みやがみ》君！」

空気を入れ替えようと、近くを歩いていた見知った顔に話しかけた。

「ん、ああ、永瀬さん」「と中山さん」

二人は少しどぎまぎしていた。緊張しなくてもいいのに、とって喰いやしないし。

パンを買って教室へ戻るところのようだ。

「いや～、えー、そうだ。今年も終わるけど彼女できた？」

「『できずに高校生活終わるよっ！』」

とても息が合っていたし、勢いもあった。よしよし、この話題を振ってよかった。

「待って、諦めなければまだわからないんじゃないかな」

「やめろって永瀬さん……。勉強に全てを捧《ささ》げる決意をした俺達を誘惑《ゆうわく》して……」

「そうだぞ永瀬さん！　曽根は漫画を唯一《ゆいいつ》の癒しに無慈悲《むじひ》な受験戦争を戦おうと」

「……宮上、俺もっと悲しくなっちゃう」

「えーと、ちなみにそんな高校生活に未練《みれん》は？」

中山がなかなかエグい質問をしていた。

「あるよ！　大アリだよ！　だってオレはＪＫと付き合えず生涯《しょうがい》を終わるんだからっ。

制服デートしたかった……！」

「嘆《なげ》き方がおっさんっぽいよ、宮上」

「大学入ってからも可能性あるんじゃないの？」と再び中山。

「考えてよ中山さん、大学生と高校生じゃ、もう犯罪臭がやばいの今の時代」

「悲しい時代だよね」

宮上と曽根はさめざめと泣く（フリをした）。

「おい曽根見ろっ、あそこに宿敵《しゅくてき》がいるぞっ」

宮上が指差した先には元・ジャズバンド部の城山《しろやま》翔斗《しょうと》と、恋人である瀬戸内薫がいた。一緒にいる、というよりたまたま会って立ち話している様子だ。

「法律関係の仕事に就きたいから法学部《ほうがくぶ》を目指すと言いながら、彼女と同じ大学を目指すというチャラい奴だからな。まずお前を取り締まれ」

「二人とも行きたい大学を選んだらたまたま一緒だったって聞いたけど……」

嫉妬心《しっとしん》を燃やす宮上に中山が教えてあげていた。

「いっ、いいんだいいんだ！　俺達は大学に行ってからが勝負だから！」

「大学でキャンパスライフを楽しむんだよね！」

宮上と曽根は最後自分達で持ち直して肩を組んだ。

「じゃ、俺達パン食ってくるから」

「男二人で」

「それを言うな曽根！」

男子二人はハイテンションで去っていった。紆余曲折《うよきょくせつ》あったが勉強を頑張ろう、の結論に落ち着いたようでめでたしめでたしだ。と、ふと気になって尋ねる。

「あの二人はどこ目指してるんだっけ？」

「曽根君はA大学の法学部目指してて、宮上君はH大学の国際文化学部《こくさいぶんかがくぶ》だってこの前は話してたよ」

「みんな頑張ってるねぇ。凄いねぇ」

「前の模試《もし》の結果は芳《かんば》しくなかったみたいだけど。でも伊織も頑張ってるし凄いよ。行きたい大学にビシッと入学も決まって、ちゃんと夢に走り出して」

「ありがたいことでございますよ」

夢に走り出して……る？

「いや伊織は本当に完璧な学生生活だったな、尊敬しちゃうよ」

完璧、なんだろうか。完璧な学生はみんなこんなもやりとした感覚を経《へ》て、卒業していく運命にあるのだろうか、とは思わない。

「え〜、全然完璧じゃないって話をするつもりだったんだけど」

「なんでなんで？　確かに彼氏いないで終わるってのはあるけど、そんなの気にしてないでしょ？」

「うん」

これは本当だった。自分の心の奥底では……とかもない。いた方がよかっただろうが、いなかったことが心残りになってはいない。

「でもさ、なんか最近もやもやするんだよ。原因不明に」

だから全然完璧じゃない。

「原因不明にもやってるかぁ。あ、マリッジブルー的なやつじゃない？　進路が早く決まったから悩んじゃうんだよ。この進路で本当にいいのか、って」

進路が正しいか迷いがある、か。考えてもみなかったことだが、逆に言うと考えてもみなかったのは少し不味いのではなかろうか。自分の大事な将来なのだ。もう決まったものとはいえ、しっかりと見つめ直す方がよいだろう。

特に教育大学に進めば、ほぼ先の人生も固まるのだ。

「全く、伊織も贅沢《ぜいたく》な悩み持ってるなあ、いいなあ！　持てる者の悩みだね」

自分は持てる者でそれが故《ゆえ》に悩んでいるのか。

それとも、持てる者と勘違いされるが故の悩みに、囚《とら》われているのか。

どっちかなんて、きっと他人にも自分にもわからない。


放課後、久々に部室棟《ぶしつとう》へと足を向けた。

目的地はもちろん四〇一、文化研究部部室だ。

階段を上がって扉の前。

気軽にがちゃーん、と乗り込むことはもうできない。自分はお客様なのだ。

トントン、とノックし、返事を待ってから扉を開ける。

「伊織先輩っおはようございまっす！」

円城寺《えんじょうじ》紫乃《しの》が一番に言い、その後に六人の人間が「おはようございまーす」と続いた。

「っていつから文研部は体育会系のノリになったの」

「円城寺が言ったからみんな続いただけですよ」

自分に続く二代目部長、宇和千尋《うわちひろ》が述べる。

少し時間を潰《つぶ》してからだったので、部員全七人が勢揃いしていた。

一年生は加藤拓海《かとうたくみ》ら男子が三名、女子二名の計五名が加入しており、その五名はちゃんと辞めずに残ってくれている。これも他ならぬ二年生二人の頑張りによるものだ。

男子も女子も、みんないい顔をしている。

今年の文研部は、『文研新聞《ぶんけんしんぶん》』の発行は続けながらも、それぞれがやりたいことを持ち寄り色々なことに挑戦していくのが主軸《しゅじく》になっている。この間はどこぞの駅伝大会《えきでんたいかい》に出場したと聞く。って本当に体育会系じゃないか。

「やあ、部活が活発で初代部長のわたしも誇らしいな！」

「なにしに来たんですか永瀬さん？　邪魔しに来たんですか？」

「それが偉大《いだい》なる先輩への態度かな⁉」

「そ、そうだよ千尋君。伊織先輩だって受験がなくて暇で仕方がないんだから」

「暇⁉　暇人扱い⁉」

「す、すみませんっ。お、お時間があると言うべきでした……」

「いや、変わってないから紫乃ちゃん」

早速二年の二人に毒舌《どくぜつ》を炸裂《さくれつ》させられた。

しかし暇、ね。受験に忙しい皆に比べたら暇があるのは事実である。……まさか暇過ぎてつまらなくなって、今こんな気分になっているのだろうか。とすると、申し訳ないくらい情けない理由になってしまうぞ。

「で、本当になにを？」

「……少し覗《のぞ》きに来ただけなんだけどダメかな、ちっひー」

「いや、はい、いいっすよもちろん。さっきのは冗談ですからしょんぼりしないで下さい。あの、俺達も永瀬さんの話聞いてみたかったんですよ」

「き、今日は伊織先輩の臨時講義《りんじこうぎ》に変更だね。みんな、オッケー？」

「伊織先輩の話あたしも聞きたいですから」「はい、お願いします」「是非《ぜひ》」

一年生達も言ってくれる。が、大変気を遣わせている気がしないでもない。もしかして本当に老害……うざがられる先輩……。

できる一年生がすっとパイプ椅子を用意してくれたのでそこに座る。

進路についての話なんですけど、と前置きしてから千尋は話し始めた。

「俺は理系で、円城寺は文系で。とりあえず大学進もうとは考えてるんですけど、まだちゃんとした将来像が見えてないんです、お互い」

「なるほど、ちっひーと紫乃ちゃん二人の将来像ね」

「語弊《ごへい》ありません？」

「まあ付き合って……ごめん、ちっひー。椅子ごと無理矢理外に追い出さないで」

ちょっと悪ふざけが過ぎました。

「わたしもまだ全然将来なにをやりたいか決められてなくて……だから伊織先輩みたい

に、ばっちり夢を決めている方のアドバイス頂きたいですっ」

「……や、わたしも偉そうに語れるものじゃないよ」

「推薦で教育大でしたっけ？　教師になるんですよね？」一年生に尋ねられる。

「おう、基本的には」

「その夢ってどうやって決めたんですか？　あ、なぜ教師になりたいんですか？」

夢、と他人に表現されるとむず痒《がゆ》くなった。

「わたし中学、高校と自分自身で勝手に色々悩んでさ。答えが見つからなくて」

迷い迷って、彷徨《さまよ》った。

「最終的に色んな人の力を借りて、答えを見つけるんだけど。世の中にはこんな風に上手くやれなくて苦しんでいる子が他にもいるんだろうなって。それは少し手を差し伸べてあげればなんとかなることも多いなと思って。子供を導く先生になろうと、ね」

おおー、と感嘆《かんたん》の声が上がる。いやいや照れる照れる。

「教師かー。給料低いし色々大変だって言うけど好きならありかー」

一年生からはかなり現実的な意見が飛ぶ。

「割に合わないってよく聞くよね」

「伊織先輩が先生になったらきっといい先生になると思いますけど、その能力を本当に教師に使っていいのかが。例えば、伊織先輩なら女優《じょゆう》の才能があるから……」

「文化祭で永瀬さんの演技見てからお前ずっと言ってるよな」

「だってだって絶対向いてるしっ、そっちの方が世の中変えられるしっ」

「んー、教育大だと将来の可能性が限られるからなぁ」

向いているとか。世の中変えられるとか。将来の可能性が限られるとか。

そんな言葉達が、意外や意外。自分の胸に響いている。自分の心を揺らしている。

今更心変わりするつもりはない。自分の想いを曲げるつもりもない。

でも……するつもりはない、と強く意識している時点で、自分は明らかに揺さぶられているんだろう。

本当に情けない先輩だ。

だがなにより自分の影を黒くしたのは、彼らのいきいきとした姿だった。

眩しかった。

輝いていた。

今自分が同じように輝いているだろうか。そう問いかけた時に、自分ははっきりと自信を持って答えることができない。

自分はとても素晴らしい高校生活を送っていたはず。

なのに今はなぜ？

文研部の部室を去ってから数分後、クラスの教室で伊織は担任の後藤龍善と向かい合って座っていた。

「うっし、じゃあ進路相談やるな」

十二月も半ばに差しかかり、三年生は担任と一対一の進路面談《しんろめんだん》を行う時期だ。なにも用がないのに部室でダラダラと時間を潰していた訳じゃないのだ。面談まで時間があるから部室に顔を出してみたのだ。

面談ではこれまでの成績、模試《もし》の結果を元に志望校《しぼうこう》の再確認を行うのが主たる目的となっている。

「って一応やるけど永瀬は実質なにもないよなー。楽でいいわー。もう決まってるんだもん。推薦だから留年しないように頑張れよ、以上」

後藤は伊織に関する資料をちらっと見ただけでファイルを閉じてしまった。

「一応最低限決められた時間だけはやるか。じゃ、雑談《ざつだん》しようぜ。あ、俺な、最近いい炊飯器《すいはんき》を買ったんだよ。なんにせよ日本人は米だろって気づいたんだよ。米さえうまければ後はなんとでもなるし」

「ごっさんわたしさ……」

「おう？　お前んちの炊飯器いいの使ってるか？」

「……自分の進路がこれでいいのか迷いがあって」

「おいいいい⁉　完全に楽ちんモード入ったはずのお前がシリアスな雰囲気出すなよ！　仕事が増える！　ゆっくり米が炊《た》けなくなる……じゃなくて、推薦決まってるだろ」

完全に本音がだだ漏れていた。

「今更なしにはできんぞ。まあ、絶対ではないかもしれんが、事情によっては」

「いやあの、ごっさんや学校に迷惑をかけるつもりはなく」

学校の肩書きを使った推薦だったから、もう自分だけの問題じゃないんだ。

「少し迷いたいお年頃なんだ、たぶん。……大学に入ってからも選択肢《せんたくし》はあるけど、今行く予定なのは先生になりたい人の学校で、そこから普通の就活《しゅうかつ》は結構難しいし。わたしの人生、ほぼここで決まると思うと。いや、決めたんだけど！」

腹は括《くく》っているつもり。

でも自分はまだ二十歳にも達していない、子供だ。

「ちょっと怖い」

本当にこれでいいのか。

間違ってはいないのか。

自分の決意は本物のつもりでも、その自分自身が信じられるか曖昧《あいまい》だった。

「うーん、お前は割としっかり考えて決めた感じはあったぞ。軽く『教師いいな〜』とか言う奴とは違って」

「そう、かな」

「そうそう、だから家帰って飯食っとけ」

「……うん」

「おい待て、冗談だよ冗談。しょんぼりすんな」

後藤はぽりぽりと頭を掻《か》く。

「担任の先生にちゃんと取り合って貰えなかったから進路変えますとか言い出されたら洒落《しゃれ》にならん」

「流石にそれはないよ。進路も、変えない」

「お前みたいな一人海外に放り出されても生きていけそうな奴が珍しいなぁ」

「そんなに強く見える？」

「いつかは支えてくれるパートナーが必要になるから一生は無理だろうけど、数年なら一人で余裕な女に見える」

ぬ、否定はできないな。

「最近もやもやしてて。……それだけなんだ。少し気持ちが落ち込んでて。いや、落ち込んではいないけど色々考えさせられて」

「なるほど、わかったわ」

え、と思いながら伊織は期待する。ちゃらんぽらんに見えて、意外と鋭い観察眼《かんさつがん》を持つ後藤が、なにか答えを見つけてくれたのだろうか。

「お前暇なんだな」

「よし、帰ろう」

「待て待て本当に席を立つな。後お前笑顔が怖いな⁉」

怒った状態の笑顔（？）には自信がある。

「えーと、お前考え過ぎな気がするんだって。体動かしながらぐらいでちょうどいいぞ、きっと。今さ、小学校からある体験の話が――」

◇◇◇

小学校の門をくぐるなんて何年ぶりだろうか。しかも通ったこともない小学校だ。

すーはーすーはー、と深呼吸《しんこきゅう》をする。あ、校庭で大きく息をしていると不審者《ふしんしゃ》に間違われないだろうか。緊張する。

期待と不安がない交ぜになったまま、言われた通りの道順を辿り、奥の校舎へ向かう。

「こんにちは。永瀬伊織さん、ですよね？」

「はっ、はい！」

制服姿を見て判断したのだろう。人のよさそうな年配《ねんぱい》の男性に声をかけられた。

進路相談の際担任の後藤から提案されたのは、小学校で行われている学童保育《がくどうほいく》のお手伝い体験というものだった。アルバイトではなく当然時給も発生しないボランティアだが、この小学校と山星高校は交流があるらしく、定期的に体験のための生徒を受け入れているらしい。

後藤が話を通してくれた翌日《よくじつ》には先方から了解の連絡があり、早速翌週の月曜から三日間、伊織は学童保育の『先生』となることになった。

「まあ私も教師《きょうし》をずっとやってたんだけど定年になって。今はこの仕事をやらせて貰っているんだよ。一応他の指導員《しどういん》も管理することになっているのかな」

昔小学校で教鞭《きょうべん》を執《と》っていた小杉《こすぎ》は、孫に接するように目を細めて、伊織に歩きながら説明してくれる。

学童保育は、学校が終わってもまだ仕事中の親に代わり、子供達の面倒を見るものだ。全学年が対象にはなっているが、高学年になると一人で家に帰る、または友達と遊びに行く子が増えるので、子供は三年生までの低学年の子がほとんどのようだ。

「平日に来る子供の数は四、五十人くらいだね。それに対して指導員は私を含めて三人前後。パートの女性と、後大学生の男の子がいるね」

「指導員、になるんですか？　わたしも」

「一応はね。でも子供達にはみんな『先生』と呼ばれているよ」

先生という響きは、耳にくすぐったかった。

というか、さっきからてくてくと歩いているのだが。

「あの、ジャージに着替えさせられて、もういきなり教室に向かわされている感じがしてるんですけど、わたしなにをどうしたらいいか全然聞いてなくて」

「大丈夫。あ、寒いだろうけど上に羽織《はお》っているコートは脱いだ方がいいかもね」

「え、そうなんですか？　……じゃなくて」

「なにをやるべきかは、子供達が教えてくれるよ」

「ちょ、ちょっと引っ張るにしても前を向かして！　背面走《はいめんそう》じゃ転ぶって！」

こちらに向かって駆け出す男子が一、二、三、四……。「早く早く！」「来て！」

「よっしゃあああ！」「サッカーするぞおおお！」

「みんなー、言ってたお姉さんが来てくれたよ」

小杉が教室の扉を開く。

初めこそ子供達の勢いに押されてしまったが、要は夕方親が迎えに来るまで相手になってやればよいのである。そうとわかればこっちのもんだ。

校庭に集まって話し合うのは小学校二・三年の男子十二人＋永瀬伊織。

「ながせ先生は高校生だから二人分な。だから七人対六人でもハンデなしな！」

「まて！　高校生でも女だぞ！　女じゃ一人分だ」

「おいおい、君達。どうも永瀬お姉さんを舐《な》めているようだね。マルセイユ・ルーレットさえ使いこなすわたしの運動神経なら軽く三人分の力はあるはずだよ」

「よくわかんないけど、こいつちょうし乗ってるな」

「調子に乗っているのは君だ。『こいつ』はやめなさい！」

「さっさとやろうぜー。先生がぜんぜんつかえなかったらハンデ後でやるから」

なんとも生意気《なまいき》な小学生達だ。

伊織の入ったチームが六人と一人少ない形で、キックオフ。サッカーボールは公式の固いものではなく、少し柔らかいものを使用している。

「ヘイ、パース。パース」

伊織は早速手を挙げる。

「出たがりだなー」

敵チームの子が煽ってくる。

「早いところ実力見せてあげようとしてんでしょー。……と、ナイスパス」

足下にきたボールを一旦止める。ちょこんと前に蹴り出して、助走がとれるようにする。まだ伊織の実力を測っているようで、プレッシャーはこない。ならば。

「どっっせーい！」

サッカーボールを思いっ切り蹴っ飛ばす！

ゲームが始まったばかりでほとんどが中央に団子《だんご》状態になっているピッチを、雷撃《らいげき》のようなボールが縦断《じゅうだん》する。ハーフサイズコートのゴールまで辿《たど》り着くのは一瞬だ。

キーパーの男の子には突如として大砲《たいほう》に狙われたように思えただろう。飛んできたボールは、しかしキーパーの真正面だったので、「ひえっ⁉」と男の子はパンチではじき返すことに成功する。

そこに、伊織が迫る。

ボールを蹴った瞬間にはもう全力で走り出していた。

ただでさえ身長差が三十センチはあり身体能力にも差のある小学生が虚《きょ》を突かれたら、

追いつけるはずもない。

伊織はコートの半分を独走状態で駆け上がり、最後はこぼれ球を、叩き込む！

キーパーは一歩も動けず、ボールは見事ゴールの隅《すみ》に突き刺さった。

「ゴ――――ル！」

伊織は両手を掲《かか》げてガッツポーズで喜びを爆発させる。なんという圧倒的火力。まるで自分が超絶《ちょうぜつ》な身体能力を手に入れたようだ！

伊織はくるっとピッチ中央の方を振り返る。

「お～いみんな～！　喜びを分かち合おうよ～！」

「こ、こいつ大人げないぞ！」

敵味方問わず小学生男子達は恐れをなした！

大人だって～。全くもう、まだまだ高校生だから子供なんだぞ～。


流石に子供じゃないので、次からは空気を読んで小学生のレベルに合わせたプレーをした。もちろん手を抜くと小学生軍団に激怒《げきど》されるのは目に見えていたので本気を出しつつも、小学生の頭を越すボールを蹴らないなどやり方を上手く調整してやった。

結果は伊織六人チームが六―三、で勝利を収めた（伊織のハットトリックが勝敗を分けたのは言うまでもなかった）。

サッカーの試合を終え、今度は勉強タイムに移る。宿題をやる時間も設《もう》けられているのだ。

絨毯《じゅうたん》が敷かれた部屋にはセットになった椅子と机もあれば、ちゃぶ台も複数台あってそこで宿題を広げている子達もいる。と言っても、四十人全員同時に紙やノートを広げるのは難しいので、時間を区切って何人かごとにだ。

先ほど男子ばかりだったのに代わり、今度は小一から小三までの女の子達がたくさん寄ってきてくれた。やっぱりお姉さんと話したいと思ってくれているらしい。

「ながせ先生ー、これおしえて」

「はいはいー、……つるかめ算ね。えー、一皿九百円のナスとモッツァレッラチーズのトマトパスタと、一皿一千円のベーコンとほうれん草のカルボナーラパスタが……ってなんでこんな洒落《しゃれ》てんの？　問題作った先生ＯＬに対して変な憧《あこが》れ持ってない？」

「こっちも見てー」

「なになに、立体の中に球体が入っていて、半径が……だとすると、立体の一辺は……え、普通に難しくない？　え、わたしこれわかる？」

侮《あなど》れんぞ、小学生。

「漢字のれん習いっしょにやってー」

「それは写すだけだから自分で……」

「ここの感想書いてー」

「ど、読書感想文みたいな？」

「あそんでよー」

「あ、遊ぶのは後……って体によじ登らないっ⁉」

小学生にわらわらと囲まれて、脱出はもうデキナイ……。

「ほらみんなちゃんと勉強しないと、お姉ちゃん困ってるだろ」

「ぶー、風間《かざま》先生意地悪ー」

「意地悪でもいいから勉強タイムは勉強をすること」

男子大学生の指導員の風間が、宿題など放り出し気味だった子供達をまずは机に向かわせる。次に鉛筆《えんぴつ》を持たせる。

しぶしぶではあったが、みんなちゃんと勉強を始めた。

「あ、ありがとうございます」

鉛筆を動かす子供達を少し離れた位置で見守りながら、伊織は風間に礼を言う。

「や、『先生』の先輩として当然かな」

風間はセットに手間のかかってそうな髪型でチャラい大学生といった風貌《ふうぼう》だったが、気配りのできるいい人な雰囲気があった。

「バイト代出る訳でもないのに体験しに来るって、やっぱり教師志望？」

皆お喋りしながらも真面目に勉強に取り組んでいるので、伊織にも話す余裕ができる。

「はい、教育大に進学しようかと。風間さんも教師志望ですか？」

「ここでは『先生』な。そうだよ。じゃなきゃもっとバイト代高いとこ行くわな、ここじゃ割に合わないし」

「やっぱ割に合わないです？」

「そりゃそうだよ。教師と全く同じ。拘束《こうそく》時間とか責任とか、好きじゃなきゃとてもやってられない。……と、夢見る高校生に言う話じゃなかった」

かかか、と風間は自分の言葉に受けて笑っていた。

「てか高校三年だっけ。受験前に大丈夫なの？　勉強教えようか？」

「いや推薦でもう決まっていて」

「あー、なるほど。だから時間余らせてるんだ。だったら今度遊ぼうよ。俺も友達呼ぶからそっちも複数人呼んでさ」

「あの、そういうサービスは当店では承ってないので……」

「あはは、その返し面白いねー」

結構チャラい。こういう感じで、教師を目指している人もいるんだ。

「風間……先生って、なんで教師になりたいんですか？」

「出世とか関係ない人生送れるじゃん。後、普通にやればクビにはならないし」

「え」

「嘘《うそ》。本当は昔不良だった時、担任の先生が必死になって俺を更生《こうせい》させてくれて……」

「う」

「嘘。てかどんな答えだったら永瀬……先生の助けになった？」

「別にそういうんじゃなくて、純粋に知りたかったので」

「じゃあ他の同級生も連れてきて遊んでくれたらだなー。あ、俺こっち見てるから永瀬先生は向こうで遊んでる子達見ててよ」

言う気ないんだろうなと思う。意地悪だ。

でもその意地悪な背中には他の意味も込められているようで、先生ぽくも感じられた。自分が先生になるにはまだ早い子供だと突きつけられたみたいで、余計にむっとなった。

「お姉ちゃん先生もあそぼー」

女の子が伊織を誘ってくれる。なにかボードゲームを始めるようで、女子五人が輪になっていて、そこに一枠用意してくれている。

もやもやする心は、しまっておいて。

「よーし、最後までやれるかわからないから途中で抜けても大丈夫かなー？」

腕まくりをして、伊織は輪の中へ向かっていく。

こんな大人数でボードゲームなんて久しぶりだ。きっと楽しいぞ……お。

視界の端に、お下げ髪の女の子を一人捉える。

彼女は一人部屋の壁によりかかって体育座りをしている。黙ってじっとしているのかと思えば、こちらをちらちらと窺っているようだ。

その子の様子に気づいているのかいないのか、他の子達はなにも言わないで遊びの準備を始めている。

なんとなく関係性を読み取って、空気を察して、別に嫌われているのではないだろうと判断して、変な出しゃばりにはならないように注意しながら、伊織は立ち上がる。

これは正解なのか？

三日間で自分ができることは？

この子達になにを残せるか、あるいは残せないか。

体育座りをする女の子の前に立ち、屈《かが》んで顔を覗き込む。

「一緒に遊ばない？」

◇◇◇

「糖分《とうぶん》、糖分足りない。糖分ないと午後死ぬ。マジ」

お昼休みお弁当を食べ終わった後、雪菜が散々言うものだから食堂へと向かっている。

「また太るんじゃない？」

美咲がちくりと指摘する。

「い、いいの！　冬だし！　受験期は……許される！」

「ああああ、ううう。……そう、受験期は……きっと、受験期だから……」

「二人の会話で唯が大ダメージだよ!?」

壊れかけた唯を揺さぶりながら伊織は言った。

「てか部活辞めても体型変わらない美咲がおかしい。食事も変わらずなんでしょ？」

雪菜が問うと、美咲はさらっと返す。

「太らない体質なんだよ」

「出た！　あたし一応ご飯の量減らしてんだよ!?　なのに……あれ、唯、どうした？」

「運動してた頃よりご飯が増えたなんて……言えない……ううん、それは幻《まぼろし》……」

唯がまたぶつぶつと言い出した。これは危険だと伊織が助け船を出す。

「話変えよう！　唯は微分《びぶん》・積分《せきぶん》の計算をやる代わりにカロリー計算を諦めたから！」

「カロリー計算……なによりも恐ろしい超難問……がふっ」

「伊織。あんたのえぐい一撃で唯が虫の息じゃない」

おっと、確かに雪菜の言う通り唯の目がどこかに飛んじゃってるぞ。

「よーっす四人衆！」

伊織、唯、雪菜、美咲と歩く集団が食堂に辿り着いたところで、中山と出会った。

「なに買いに来たのー？　というか伊織さ！　今学童保育でボランティアしてるって聞いたよ。凄いなぁ！」

中山がキラキラとした瞳で言ってくる。隠せないだろうからクラスの友達には話していたが、思ったより広まっている。

「うん、それは確かに凄いと思う」

美咲も頷く。

「全然全然、ただ小学生と遊んでるだけだし」

「だとしても自分一人でやろうってのが凄いよ。あたしだと絶対誰かと一緒じゃないと難しいと思うな。……例えば美咲とかっ」

雪菜がすちゃっと美咲に抱きつく。

「はいはい、雪菜じゃ難しいだろうね」

「……美咲冷たくない？」

「小学生かー、きっとちっちゃ可愛いんだろうなぁ。あたしもやりたいなぁ、うふっ」

「じゃあ唯もやれば……って、今は忙しいから無理だよね。わたし暇になってるから」

少々自分の発言が卑屈《ひくつ》になっている気がしなくも、ない。

「暇なんかじゃないよ！　伊織はちゃんと夢があってそちらに向かって進んでて」

中山はツインテールを揺らして、大きな身振り手振りで訴えかけてくれる。

視線は真っ直ぐで、瞳は澄んで濁《にご》りがない。

「本当にわたし達の憧れだよ！」

「……ありがとう、中山ちゃん」

受け止めることしかできなかった。

「なにしんみり『ありがとう』とかマジで言っちゃってんのよ。ボケもしないで」

雪菜が伊織につっこんでくる。

「ただ伊織が希望の星であるのは間違いない。よし、あたしも絶対志望校行くぞ！」

「目標だねー、本当に」と美咲もしみじみと感想を漏らす。

「伊織の輝きにあたしも追いつく！　カロリー計算もやってスタイルでも追いつく！」

「唯、それは無茶というものだよ。元から無理なのあるじゃん。身長とか、胸とか」

「い、い、言ったな雪菜っ⁉　いいもん！　冬なのにアイス買ってやるもん！　冬アイスだもん！」

バタバタと、唯が走って購買コーナーに向かう。それに雪菜と美咲も続く。

「今度お昼した時詳しい話教えてね〜」

中山もその場を去っていったが、伊織はあえて動かなかった。

唯達についていかず、その場で佇《たたず》んでみる。

冬の空に浮かぶ重く低い雲は、空全体を覆っている。

がたん、と自販機から飲み物が落ちる音がした。

「別にみんな、お前に期待している訳じゃねーぞ」

スチール缶のように固くぶっきらぼうに見えて、でも温かい声がした。

稲葉姫子が缶コーヒーを手に振り返る。少し前から話を聞いていたみたいだ。

「わかってるよ」

正確に言うとみんなそうであったらいいな、とは伊織に思っているかもしれない。でもそうでなければならない、とはつゆほども思っていないだろう。そんなものだ。

「でも言ってくれてありがとう」

親友は伊織の方を見て、そのまま立ち止まり缶コーヒーを弄ぶ。

「最近微妙に元気ないよな」

いつどこで見て判断したんだろう。毎日喋っている訳じゃないのに恐ろしい。

「そうかなぁ……。まあ、そうか」

素直に認めることができた。

この親友の前で、強がる必要もない。

「進路のことで迷走してるのか？」

「迷走じゃないはずなんだけどなぁ」

無理をしている訳ではない。一要素ではあるのかもしれないけれど、特定の原因というよりはもっと漠然《ばくぜん》としたなにかが一番の問題な気がしている。

正体が摑めないから、解決策も上手く求められない。

「……もう本当に学校終わっちゃうね」

言うに困り、ぽろりと伊織は零《こぼ》した。

「終わるな。色んなことがあったもんな。……〈ふうせんかずら〉を含めて」

自分達の高校生活とは決して切り離せないその植物の名を稲葉は口にした。

耳にするのも久々な気がする。普通に生きていて〈ふうせんかずら〉という名に接する機会は思いの外少なかった。

「あれは、ね。……よくまともに高校生活送れたなって感心するよ」

「いつまで経っても語り草だろうねぇ」

昼休みではあったがこの寒い中、外の自販機を使用する者は少なかった。

今はこの場所が二人きりの空間になっている。

稲葉が右手で髪を軽く掻き上げる。色っぽく、大人の色気が漂う仕草だった。

十八歳、もう大人と言ってもいい年齢に自分達はなっている。

子供と大人と、その狭間に自分達は今漂い存在している。

舵《かじ》を取れば、どちらにだって寄ることはできる。

中途半端で、どこか都合がいい。

「未練《みれん》あるか？」

「なんの未練？」

「例えば……太一と付き合いたかったとか」

思ったよりも踏み込んだ発言をしてきて驚いた。けれど嫌な感じはしなかった。

伊織と太一と稲葉の三角関係は、かつて確かに、この世界にはっきり存在していた。

「わたしが誰とも付き合わなかったのは、太一に未練があったからだと思ってる？」

「そこまで引きずってるとは想像してないけど」

「うん、その通り。未練もなにもないよ。負け惜しみじゃないけど……わたしに見合うほどの男かって言ったら、微妙かな」

「まあな」

「ふん、アタシだって、アタシの中では世界一でも、一般的な基準で言えばそうじゃないって理解している」

でも自分の中だと世界一なんだ。そいつはすげえな。

本当に好きな人ができたら、そうなるものなのだろうか。うーん、想像が難しい。

「よーし、稲葉んと太一がラブいのも改めてわかったし。心残りはないかな」

「そうか、なら安心だ」

「けど、稲葉んと今またこの話ができてよかったとは、思う」

「アタシも嬉しかったよ」

放課後になると、伊織は昨日と同様に小学校へと急ぐ。

用事があったので少し出遅れてしまった。授業があるのは考慮されているので、本来約束された時間には余裕があるが、小学校低学年の子供達は既に授業を終え、学童保育に集まっているはずだ。

校舎を出て、外に向かっていると、正門のところに見知った影が二つあった。二人で向き合って話しているようだが……なにやってんだ？

「悪いな麻衣子《まいこ》、先に帰ることになって」

「いいのよ伸吾《しんご》、私に用事があるんだから」

「用事があるのにいいのか？」

「見送ることぐらいさせてよ。……彼女なんだから」

「だったな。でもこの時期にみんなのために一肌脱ぐって、真似できん」

「いいのよ。それが私の……使命なんだから！」

超ポーズが決まっていた。なにやってんだ。

男子は名残惜《なごりお》しそうに振り返りながらも、外へ歩いていく。

残った女子は、男子が見えなくなるまで健気《けなげ》に手を振り続けていた。

「……で、本当になにやってんですか藤島《ふじしま》さん」

「あら、永瀬さん」

校舎に戻ろうと歩き出した女子は、言わずと知れた生徒会執行部《しっこうぶ》元ボスにして、クイーン・オブ・学級委員長、藤島麻衣子であった。

となるとお相手の男子はもちろん、思いきりのいい告白で恋を実らせた渡瀬《わたせ》伸吾だ。

「一緒に塾に行って、授業が始まるまで自習をしようと約束していたんだけど……急に私に任務が発生して」

「そんな任務の発生する高校生っているっけ？」

「いるじゃない、ここに」

「いたね」

藤島一人が言うだけで一般化できそうな説得力があった。

「藤島さんと渡瀬君はラブラブだけときっちりしてるね、そこらへん」

やたらと芝居《しばい》ぶってて普段の二人の様子が想像できないのだが、意外と上手くいっているみたいだ。

「愛は深くても、愛には溺《おぼ》れない。そんなカップルでいたいわね」

「高校生とは思えない発言……」

「それよりも永瀬さん、大学行きのチケットを既に手に入れて、夢に向かって頑張ってるらしいじゃない。私達なんてまだチケット争奪《そうだつ》戦の最中なのに」

「やらせて貰っているだけだよ。藤島さんは法律学《ほうりつがく》を学びたいんだっけ？」

「ええ、社会を秩序《ちつじょ》立てる法を守る番人として活躍しつつ、法の抜け道を利用して弱者を救い出し、この世界を変えるための法律を考えていきたいの」

「もう全力で応援するしかないよ。頑張れ藤島さんだよ」

超格好よかった。

「ちなみに伸吾は、私と『同じ大学にいく』と宣言したけれど当然学力が足りなくて『せめてK大学に……』とそれでも身の程知らずな発言をして、それも難しそうだから『R大学に行こう。行けたら学部はどこでもいい』とか言っちゃう偏差値《へんさち》偏重社会の申し子みたいな男よ」

「ボコボコじゃん」

彼氏だろうが贔屓目《ひいきめ》で見ないその姿は、既に法曹《ほうそう》の女傑《じょけつ》である。

「で、最近ちょっと元気なさげな永瀬さんだけど」

「なんでみんなそう言うのやら」

両手を上に向けて首を振ってみる。

「永瀬さんは、永瀬さんが思ってるより目立ってるんじゃない？」

それよりも学内に勘のいい人間が多過ぎる気もする。

「ま、私の場合は匂いでわかっちゃっただけだけど」

「なに臭《しゅう》!? 今もしてる!?」

「すんすん、色々混ざってはっきりしないんだけど、今は恋愛の風味が強いかしら」

どんだけ鋭いんだ。最早人間のレベルを超えてはいないか。

「永瀬さんの中では、八重樫君と付き合えなかったことが大きかったと予想していたのだけれど、実は稲葉さんと付き合えなかったことが一番心残りなのかもしれないわね」

「ちょっとなに言ってるかわかんない」

前言撤回《ぜんげんてっかい》、なにその妄想。太一はおいておくとして稲葉と付き合えなかったって、そもそも女子だし。

はい、落ち着こう。

でも確かに。

「稲葉んと太一が付き合いだして、どっちも遊びに誘いづらくはなったかなぁ」

自分で口にしておいて、そんなことを感じていたのだとびっくりした。

二人が付き合ったことは嬉しかったけれど、寂しくもあった。

高校生活は最高に素晴らしかったけれど、決して完璧ではなかった。

「まあ三年生のこの冬の時期に色々考えちゃうのはよくわかるわ」

藤島はやたらと真剣な面持ちで、実感を込めて頷《うなず》く。

「そんな時はね」

だけど次の瞬間、しんみりした空気を一瞬で打ち消して勢いよく宣った。

「イベントやればいいんじゃないかしら！　タイミングいいしクリスマスパーティーをしましょう、永瀬さん主催《しゅさい》でね！　じゃあ諸々の連絡と学校の多目的教室あたり押さえとくから、内容の企画よろしくね〜」

「いや、待ってなに言ってんの」

「ほら、学校の先生だってレクリエーション考える機会はたくさんあるし」

「少なくとも四年以上先の話ね！」

「でもどうせ大学生になったら男女で訳わかんないイベントで遊ぶんでしょ。永瀬さんそういうサークルでアイドル的に活躍しそうだし。というか文研部って、皆が集まるためだけに作られたコンセプトからして大学生の遊びサー……」

「変な目線で見てイメージ悪くしないでよ!?」

「クリスマスパーティーとかリア充過《じゅう》ぎんべ」「冬休み最後の踏ん張り前の唯一の癒し……」「ケーキ出るのかな？　楽しみ～」「持ち込み自由って聞いたんだけどこれホント⁉」「いや～、企画してくれた藤島さんと香取と……幹事《かんじ》の永瀬に感謝だな！」

◇◇◇

翌日の水曜には、三年生の間でこんな声が聞こえるようになっていた。

だから早《はえ》えよ行動が。なんでもう二学期終業式がある二十四日、三年生任意参加のクリスマスパーティーの開催が決定事項になっているのだろう。このスピーディーな場所と教師の許可の確保は、藤島が教師陣の弱みを握っているとしか思えない。

なにより問題なのは、主催者永瀬伊織が完全に既成事実《きせいじじつ》になっていることだ。

「伊織ありがとねー、自分は受験がないからってこんな役買って出てくれて」

「わたしはやるって言った訳じゃ……」

「流石学年一の美少女にして学校代表はやることが違うわ」

「別にわたしは……」

「永瀬さん！　クリスマスパーティー本当にありがとう！　モテない……モテない俺達にもこれで生きる希望が湧《わ》いたよ！」

「…………」

や、やるけどさぁ！

受験勉強で根を詰めている皆を上手くリラックスさせ、また頑張ろうと活力を与えるイベントにできればしてあげたい。

でも忙しい皆に手伝って貰うことは難しいだろうし、イベントで時間をとり過ぎても塾《じゅく》やらの予定がある子がいるだろうし……。

伊織は春に行われたカップルバトルロイヤルの様子を思い出す。あのレベルを越えなくてもいいだろうが、期待値としてはあるかもしれない。余興《よきょう》的《てき》ななにかを……いや、誰がするんだ。ペアでダンスパーティーとかどうだ？　……盛り上がるのか？

「伊織ちゃーん、なに悩んでんの？　さっきの数学の問題難しかった？　大丈夫だよ、オレも余裕でわかんなかったし」

教室で椅子に座って考えていると、青木が前にきて話しかけてきた。

「あの問題応用でもないし簡単な方だから。結構基礎《きそ》」

「……うそん？」

「青木と話してると別の心配が頭をもたげてくるからやめて」

「別の心配……ということはやっぱりお悩み？」

話すと手伝うなどと言い出して面倒なことになるだろうか。唯のためにも青木は勉強に集中して欲しい。が、このまま黙っている方が面倒になる気もする。

「……パーティーどうしようかなって」

「なんでもいいよ！」

即答過ぎて、呆気《あっけ》にとられた。

「そりゃなんでもいいんだろうけど、イベント内容によって盛り上がりが違うじゃん」

「そうかなー、なんでも盛り上がりそうだけど」

参加するだけでいい者の能天気さだった。まあ参加する側はそれでいい。

「よし、参考になった」

言うだけ言っておいて席を立つ。

気分を入れ替えようと一旦教室を出た。

「あ、永瀬」

「太一じゃん」

廊下でばったり太一に出くわした。

「クリスマスパーティーなんて、また急に企画したな」

「……わたしじゃなくて藤島さんの思いつきなんだけど」

「なるほど、やっぱりそうだよな……。カップルバトルロイヤルもそうだったから」

太一は妙に共感してくれていた。

「わかってくれる？　いきなり翌日に大ごとになってる『え、マジ？』感。終業式って来週末だしさー。今日も小学校行くし、そのレポート書かなきゃいけないし」

ずっと暇だった訳ではないが、最近急に忙しくなっていた。それもこちらが悩んでそうだからと、他の人間が持ってきた案件だ。これって頑張らなきゃいけないんだっけ？受験はないと言ったって、勉強はちゃんとやっているんだぞ。

弱音とまではいかなくても愚痴《ぐち》っぽい口調が、太一相手だと自然と出ていた。

でも太一も自然に受け止めてくれていて、伊織も幾分《いくぶん》か楽になる。

この居心地《いごこち》のよさが、一つ自分が太一と一緒にいたい理由だったのだろう。自分が寄りかかって、太一も喜んで受け止めて。でもその関係が深くなればきっといつか壊れてしまっていたと思う。もっと大人になれば別なんだろうが。いやもしかすると付き合っていれば、二人で大人に成長して乗り越えていられたのだろうか。

この高校生活には可能性があった。

「でも本当に、パーティーどうしたらいいんだろう。なにやろう」

うーん、と太一は腕を組んで考え込んでくれる。やはり頼りになるのは太一だ。

「ま、永瀬がやりたいものでいいんじゃないか」

期待した分だけ膝《ひざ》がくっと折れた。

学童保育も今日が最終日。

あっという間の三日間だった。

「こんにちはー」

「「「こんにちはー！」」」

伊織にも二日ですっかり慣れてくれて、挨拶《あいさつ》をすれば唱和《しょうわ》で返ってくる。ここだけ切り取れば、小学校の先生いいなぁと憧れる。

「ながせ先生サッカーしようぜ、次はぜったいかつからな！」

「先生ー、昨日のあそびのつづきはー」

「ながせ先生、宿題教えてくれる約束ー」

「おっけ、うん、よし。……ってわたしは聖徳太子《しょうとくたいし》じゃないけどなっ」

「……どうしたのながせ先生？」

「あ、ごめん。一度言ってみたかっただけ」

最後まで全力でやりきってやろうじゃないか！

サッカーでは予告していたマルセイユ・ルーレットを投入し（家でひっそり練習したのは秘密だ）、伊織チーム勝利に終わった。

「も、もう一回！　もう一しあい！」

「これが最後って言いました〜。宿題頑張ったら、また今度やってあげるかもねっ」

室外ではなく室内で遊ぶ子達の間では今、けん玉やあやとりなどの古風な遊びが流行《はや》っており、それを一緒にやった。指導員達曰《いわ》く、部屋に用意されている遊び道具の中でなにかが唐突に流行、すぐ廃《すた》れるという流れが繰り返されているらしい。

「ほっ……、ほっ……できたあああ！　日本一周！」

「おおお！」「すっげ！」「すごいすごい！」

勉強タイムには宿題も見てあげる。公式を使わず、普通ならもっと楽にできるだろうという問題を小学生的発想で考えるのに苦戦したが、やっている内にコツを掴《つか》んだ。

「ここをこうして……、後は数えていけばいいよ。ていうか絶対X《エックス》をおいた方がすぐできんのにな。数学を生み出した人類の英知《えいち》凄いわ」

学問の偉大さを知った、ある冬の午後。

「X！　ひっさつ技Xキャノン！」

「ん、最近のアニメでそういうのあんの？　でも今は関係ないよ〜」

できればたくさんの子達と接したかったので、いくつものグループを回った。

「いや積極的に働くね、永瀬先生」

大学生指導員の風間が伊織に声をかけた。

「ですかね〜。せっかくの機会ですから」

「頑張り過ぎじゃない？」

「でも、今日で終わりだから」

風間は軽い口調だった。でもどこかその中に真剣なニュアンスが入っているのに、伊織は気づいた。探ろうと、しているような。

「だから慌ててる感じなのかな。別に逃げないと思うぜ、なにも。来たかったらまた来ればいいんだし」

「けどわたしはもう冬休みに入って、三学期になったら卒業で」

残された時間は少なくて、その中でやるべきこともあって。

「大学生になってバイトでくれば？　他にやりたいことあったらいいけどさ。あ、お金稼《かせ》ぎたい時も別の方がいいね」

言われてみればその通りなのだが。

「……心に留《と》めておきます」

返しも歯切れが悪かった。

深刻なものではないが、なにかまた自分は、よくない風になっているのだろうか。もやもやがあってそれを解消しようと思った。ヒントを求めて人に話してみると、気づけば小学校で子供達と触れ合っている今がある。おまけに二十四日には学校でのクリスマスパーティーが企画されて、なぜか自分が幹事役を任された。大変だけれどやってやろうと誓っている。

客観的に見て、今はとても充実しているんだろう。

でも、なにかが足りていなかった。

心が満たされていない。

心が渇いている。

なんなんだろう、この心理は。

ひょこひょこと、遊んでいる皆から離れて、一人の少女が伊織の下《もと》へやってきた。

「……ながせ先生、どうしたの？」

初日、皆の輪に入れず一人でいた女の子だ。きっかけが上手く摑めなかったみたいで、一度経験すると二日目からはちゃんと自分から輪に入れるようになっていた。

「せっかくみんなで遊んでたのに、なんで抜けてきたの？」

伊織は尋ね返す。

「……いいの。先生さびしそうだから」

「そ……」

そんなに顔に出ていたのかと反省する。子供に心配されちゃあ、先生失格だ。

「いやなことあった？」

よく気がつく子だ。幸か不幸か、自分永瀬伊織に似ている気もする。

じっと、純真《じゅんしん》な瞳が伊織を見上げている。

なににも染まっていない瞳は、接する大人次第でどんな色でも受け入れてしまいそうだ。それに対するのはとてもやりがいのあることだが、同時に恐ろしいとも感じた。

もし彼女を誤った色に染め上げてしまったら？

「どうしたの？」

「えーと、質問なんだけど」

なにか話そうと思った。

「パーティーがあったら、なにしたい？」

「パーティー？」

「そうだな、ここのみんなでなにをしたら一番楽しいと思う？」

少女は黙りこくって、一生懸命考えてくれる。

「……なんでもいい」

「なんでもいい……か」

それはそれでいいのだ。でもこの子のためにも、伝えておいてあげたいと思う。

「あのね、いいよ、それでも。でもやりたいことがあるならはっきり言った方がいいよ？　言わなきゃみんなわかんないんだから」

しかしそのセリフで、女の子の顔がショックを受けたように歪《ゆが》む。そこで、あ、と気づく。たぶんこの子は、似た言葉を色んな人に言われてきたんだ。自分より十も年下の繊細《せんさい》な女の子に対して、まるで配慮《はいりょ》ができていなかった。先生失格だ。

でも少女は諦めずに頑張ってくれた。

「なんでもいいいんだもん！」

はっきりと強い意志で、必死になって伝えてくれた。

もっと弱いのかと勝手な印象を抱いていた女の子は、とても強い女の子だった。

このままだと女の子の方が自分より大人じゃないか。それは、先生として認めちゃダメな状態だ。

ゆっくり相手の目を捉え、まだ見えぬなにかを引き出してあげるつもりで語りかける。

「本当に、なんでもいい？」

「うん、なんでも楽しいもん」

「そっか、どんなことでも楽しいを見つけられるんだね」

わかったように語りかけてみたが、女の子はピンときていないらしく首を傾げた。

「うんとね、みんなといっしょならなんでも楽しい」

みんなと一緒ならなんでも楽しい。

みんなと。

ああ、もしかして。

自分のもやもやの原因は、もしかして――。

この子はただ純粋にそう思っている。そこが本質で、それを上手く言葉にできないから『なんでもいい』の答えになる。

教えられちゃったな。

そうか、教師にはこういう可能性も大いにあるんだ。教師は、子供達に教えるだけの存在にはならない。子供達からたくさんのことを教えて貰い成長できる。

今の、こんな短い期間でだって学べるんだから。

「ありがとう。本当にありがとう」

伊織は御礼を口にしながら女の子の頭を撫《な》でる。女の子はとても気持ちよさそうに満面の笑みを浮かべた。

「それと……さっきは嫌な言い方してごめんね」

「うん、いいよ」

謝ったら、彼女は二つ返事で許してくれた。


約束していた時間になって、学童保育の体験は終了となった。まだ子供達は残っていたけれど「お疲れ様」と年配の指導員である小杉に呼ばれ、別室に連れていかれた。

「――という形式でお願いできるかな。忙しいだろうし、簡単でいいから」

手短にレポートの提出方法について教えて頂く。一応そこまでやって終わり、と学校間で決められている。

「最後に、聞いておきたいことあるかな？」

「えーと、そうですね」

教師を定年まで勤め上げた人に、聞いてみたいことはある。

「なんで、教師という仕事を選んだんですか？」

生き続けた証《あかし》であるシワが刻まれた顔を見つめる。

たくさんの場面を映してきただろう瞳は、とても綺麗《きれい》だった。

「教師になりたかったからだよ」

「なんでそれをずっと続けて……」

流れで聞こうとしたが、やめた。

それは必要ないと感じた。

たぶん細かく聞けば、この人はいくらでも語ってくれるだろう。教師をしていて楽しいこと、嬉しいこと、大変なこと、辛いこと、悲しいこと、たくさん教えてくれる。

でも伊織にとって必要なのはそうじゃないと、理解している。

たったこれだけの付き合いで、わかってしまえる人にはわかってしまうのだろうか。

「ところで永瀬さんは、なんで先生になりたいんだろ？」

今度は逆に小杉から質問された。

なんて答えようと、色んな言葉を頭からたくさん引っ張り出してきて、でも結局使ったのは心の真ん中にあった一言だった。

「迷っている子供達を、導きたいからです」

こんな大先生を前に若輩者《じゃくはいもの》がなにを言ってるんだとも思ったが、さして後悔はしなかった。

「それは素晴らしいことだね」

小杉は、伊織のセリフをとても丁寧に受け取って、丁寧にしまってくれた。

「でもその願いなら、君の場合先生になることが絶対の目的じゃないってことだな」

そう、教師というのは手段で、夢に最も近づける方法だ。

「教師になることは、とてもいいことだ。……と、ここは教師として言っておかなきゃならんだろ」

小杉はくしゃりと破顔《はがん》する。

「でも永瀬さん。君は、君のやりたいことをしっかり考えて、その上で自分の道を作っていくんだよ。たぶん永瀬さんの道は無限大に広がっているから」

大学に行って、単位を取って、教員採用試験《きょういんさいようしけん》を受けて、教師になる。

そんなレールのことばかり考えていた。でもそれは一つのルートに過ぎず、あくまでただの代表例だ。どんな道を作ったっていい。おまけに同じレールだとしても、その道筋はきっと人によって違うし、道中は波瀾万丈《はらんばんじょう》に決まっている。

外側に見える枠ばかりを追わないで、もっと大切なことを見つめる目を養いたい。

純粋な気持ちを思い出さなきゃ。

やっぱり自分は、子供を導く人になりたいんだ。

その夢には先生が一番近いと今は感じている。でももし違う道が見つかったら、そっちに進んでみてもいいんだ。

人生はもっと柔軟《じゅうなん》で、可能性に満ちている。

「——忙しい中お世話になりました。本当にありがとうございました」

しっかりと頭を下げて礼を言う。

「少しでもためになってくれたら嬉しいよ。じゃあ門まで送ろうか」

「はい」

これで終わりなのが名残惜しい。子供達ともちゃんと別れの挨拶ができなかった。

外に出ると、冬の引っ込み思案な太陽は既に沈んで暗くなっていた。後、寒い。

「こっちから行こうか」

小杉が先を行くのでついていく。

「あれ、でも遠回りになりませんか」

「いいんだ。……ほら」

指を差されて、なんだろうとその先を見る。

今いる位置から随分《いくぶん》離れた校舎の一階廊下に、見知った子達が並んでいる。

真ん中の子達は各自模造紙《もぞうし》を持っていて、それを横断幕《おうだんまく》みたいに掲げていた。

『永』『せ』『先』『生』『あ』『り』『が』『と』『う』

不揃いな字によるメッセージは、そう読めた。

「ながせ先生ありがとー！」

「ばいばーい！」

「またきてね～！」

「サッカーもう一しあい！」

「お姉ちゃんまたね～！」

そりゃ先に親が来て帰ってしまった子もいるけれど、でもその場に残っている全員が笑顔で手を振っていた。飛び跳ねている子もいた。よくわからないけれど隣の子と体をぶつけ合い喜んでいる子もいた。

そんな子供達の姿が、自身のスクリーンの中でほんの少しだけ滲《にじ》む。

この子達を自分はどこへ導けたんだろう。

いやたぶん、あまりにも短過ぎてどこへも連れていけていない。

長い時間が経てば、忘れてしまう子がほとんどだろう。

けれど逆に自分はしっかりと導かれていた。

この胸の温かさを、自分はきっと忘れない。

「……というか、こんな遠くじゃなく……最後の挨拶しに行っていいですよね」

「でもこっちの方が感動するだろ？」

小杉は割とお茶目な演出好きだった。

◇◇◇

「メリー・クリスマス～！　いやいいなー、みんなで過ごすクリスマスってのは」

紙でできたパーティー用の三角帽子を被った青木義文が八重樫太一の肩に腕を回している。

「正確には今日はイブな。クリスマスは明日……」

「ホント細かいこと気にするなぁ太一は！　おっと伊織ちゃんお疲れ！」

「永瀬、準備ありがとうな。大変だったろうけど」

「だからホントに太一はいちいち細かいな！」

「てかお前が持ってるの本当にオレンジジュースだよな⁉　なんか酔ってないか⁉」

アルコール類はもちろん全く用意していない。場に酔っているだけだろう。他にもそんな人間が多いし。

二十四日、学内有志企画『三年生受験決起《けっき》！　クリスマスパーティー！』には、山星高校の三年生全員に近い三百人弱が参加することになった。ここまで参加者が膨《ふく》らむとは予想しておらず、当初計画していた多目的教室では間に合わなくなり、稀《まれ》に講演等に使用される小ホールにて開催となった。

伊織の目には、今この空間は、鮮やかな色彩で満たされているように映っている。

「太一、飲み足りないぞ！　次取りに行くぞ！」

「わかったから肩から手を離せっていうか本当に酒混じってないよな⁉」

「いってらっしゃ〜い。後、先生に疑われる発言は控えてね〜」

幹事としての忠告《ちゅうこく》を付け加えて見送っておいた。

三百人弱の生徒に溢れる室内の外周には机が何脚か設置されていて、そこには果実系から炭酸系まで各種取りそろえたドリンクに加え、クッキーやプチシュークリーム、スナック菓子から更には唐揚《からあ》げやソーセージといったつまめるオードブルまで用意してあった（ケーキもあったのだが全員がその姿を拝《おが》む前に女子陣によって瞬殺《しゅんさつ》された）。

わいわいがやがやと、無数の話し声が錯綜《さくそう》して混沌《こんとん》とした様相だ。

高い笑い声が反響する。複数人が手を叩く。冬の寒さも忘れたかのような熱気が充満していて、もう無意味に踊り出す人間がいてもおかしくなさそうだ。

しかも不思議と一体感があった。今自分は誰かと共にいる訳ではなく一人で歩いているのだが、少しも寂しいと感じない。

ただみんなと一緒に、楽しい気持ちでいる。

人混みを縫《ぬ》って、伊織は室内を見渡しつつ移動する。

「中山、これ食べるか？」

中山真理子、石川大輝のカップルが仲むつまじく食事をしていた。

「ありがとう、石川君。でもこの鶏の唐揚げは少し大きいかな……」

「今更なに上品ぶってんだ中山ー。いつも食堂ではそれくらいがっついてるだろー」

「うるさいよ渡瀬君っ！」

石川・中山のカップルを渡瀬伸吾が冷やかしていた。

「悪い。じゃあこっちのソーセージを」

「そ、そ、ソーセージ……！　ええ、あ……あの、その……」

「嫌いだったか？」

「やや全然嫌いじゃなくて！　むしろ好きだけど……その……ええとっ……あの」

「そうやって意識してる方が卑猥だぞー。清純に見えて中山はむっつりだなー」

「わ、渡瀬君いい加減にしないとわたしのツインテールで滅多《めった》打《う》ちにするよ！」

「恐えなそれ⁉　すまんちょっと調子乗ったかも⁉」

藤島と付き合いだしてから調子のよくなった渡瀬ではあるが、今日は周囲の雰囲気からかまた一段とノっているようだ。

ガラス扉の外に人の姿が見えた。

遅れてきた子達だろうかと思ったがどうも違った。

宇和千尋に、円城寺紫乃に、その他一年生に……、現・文化研究部の面々ではないか。千尋達は中を見ながらなにやら会話している。「どんな感じなんだろう」と覗きに来たみたいだった。

伊織は手を振ってみる。……が、これだけ人が密集していると、流石に気づかないか。

やがて千尋が指を差して部室棟のある方角に動き出し、見える位置から消えていった。

今日は終業式だから、文研部もクリスマスパーティーを開いているかもしれない。後でちょっと顔を出しにいこうか。

『さあ、クリスマスコスプレ大会も後半戦残りわずかになりましたっ！』

スピーカーから実況する音声が流れている。

他より一段高くなったステージ上では、ちょっとした催《もよお》しが執《と》り行われている。

『ねえみんな注目して。もう野郎《やろう》の女装はないからっ』

初めのおふざけが過ぎて見る側が興味を失っていた。

『ああ、もうわかったよ！　残りの面子《めんつ》は全て……女子しかいません！』

「それを先に言え！」「進めろ進めろ！」「わたし達も見た〜い」

どたどたと生徒達がステージ近くに向かう。周りの流れに乗せられて、伊織も前の方に行く羽目になった。

「伊織この企画ホント面白いと思うよ〜」「てか伊織出ないの？」

すれ違い様、クラスメイトの女子に話しかけられる。

「わたしが出ると……優勝しちゃうから遠慮《えんりょ》しちゃった！」

なんつって！

「言うなこいつ〜」「でも本当にそうなりそうだから嘘つけとは言えない……」

『さあ続いてエントリーナンバー七番！　栗原雪菜さんです、どうぞ〜』

「クリスマスと言えば〜……、サンタコスだ〜！」

勢いよく現れた栗原雪菜はノースリーブでヘソ出しの刺激的なサンタクロース姿だ。

『おお、これは大胆だ〜！　まるでグラビアアイドルばり！』

「でしょでしょ〜！　いぇ〜い！」

雪菜はノリノリでポーズまで決めた。ここまで楽しめる雪菜はきっとコンパニオンのバイトに向いている。

「待ってました！」「可愛い〜！」「写真撮りた〜い！」

皆からやんややんや称賛《しょうさん》の声が上がる。

しかし一部には違う意見の者達もいるようで。

「う～ん、悪くはないんだけど」

例えば曽根拓也《たくや》と、

「違うんだよなぁ」

宮上啓介《けいすけ》だ。

「露出《ろしゅつ》が嫌な意味で多いよねぇ」

「ありがたみがない」

「恥ずかしげが全くないといつも仕事で着慣れているのかなって感じで」

「キャバ嬢か安っぽいキャンギャルだよな」

「「違うなぁ」」

「そこで腕組んで論評《ろんぴょう》してる二人！　聞こえてるからなっ！」

雪菜による壇上《だんじょう》からのつっこみに、どっと笑いが起こっていた。

『続いてエントリーナンバー八番！　桐山唯さんです！』

司会者が舞台袖を差す。

しかし当人は出てこなかった。

『……あれ？　もう一度、桐山唯さんでーす！』

ぴょこ、巣穴から様子を覗うフェレットのように頭を一瞬出し、また引っ込む。

やがてちっちゃくなりながら、そのサンタクロースは登場した。

雪菜とは打って変わってしっかりと上半身を覆うコスチュームは袖が余っており、被る帽子もサイズが大き過ぎるようでちょっとずらせば目まで隠れてしまいそうだ。だがスカートはしっかり膝上のミニだった。サイズの合わないサンタのコスプレ衣装を一生懸命着る姿はもうなんというか完全に……。

「「「萌え〜♡」」」

「な、なにが萌えよっ！」

唯がサンタの衣装みたいに顔を赤く染める。

「きゃ〜、可愛いよ〜もうっ」「持って帰りたい！」「飾りたい！」

皆からの評判はすこぶるよかった。

「唯〰〰〰！　可愛いよ〰〰〰〰！」

後ろから青木が誰よりも大きな声援を送っていた。

う〰〰、と唸《うな》りながら唯は体をばたばた揺らす。

「そう！　これだよこれ！」

「これぞコスプレ！　着せがいがある！」

「そこの二人あたしの時と態度が全然違うぞっ！」

曽根と宮上に対する雪菜のつっこみに、また笑いが生まれている。

『盛り上がってきたところでエントリーナンバー九番！　まさかこの人が出てくれるとは……まさかの参戦稲葉姫子さんです！』

おお、とコールの時点でどよめきが起こった。

「マジ……稲葉さん出んの？」「こういうの嫌いだろ……？」「なにがあった……」

他とは別種の緊張感が走る中、稲葉姫子が姿を現す。

ワンピース型の、赤いドレスのようなサンタクロースのコスチュームだった。腰のところが黒いベルトでぐっと締められ、スレンダーさが強調されるデザインになっている。テンションが高くもならず、恥ずかしがりもせず、ただ誘うように立っている姿は、まるで小悪魔だ。

「かわ……いや、綺麗だ」「本当に綺麗だけど、なんだろう」「コスプレ大会に出てくる感じじゃない……」

称賛はしているのだが皆微妙なリアクションだった。確かに一人だけ醸《かも》す雰囲気がアダルティ過ぎる。

『ち、ちなみに聞いてみましょう。稲葉さんはどうしてこのコスプレ大会に？』

「出るとサンタコスを無料貸与《むりょうたいよ》だと聞いたからだ。どうしても見たいんだと、太一が」

『キター！　むっつりな八重樫君のおかげのようです！　もしかしてこの後もサンタコスを借りる気でしょうか……？　いったいなにに使うんだ～⁉』

「姫子っ、お前が『見せてやろうか？　見たいだろ？』って散々言うから」

「エロ！」「変態！」「犯罪者！」「羨ましいんだよっ！」

太一が周りから散々に罵《ののし》られていた。

『さあこれでエントリー済みの人間は全員終了……のはずだったのですが、最後にもう一人緊急参戦がありました！』

これは伊織も初耳だった。いったい誰だろう。

『エントリーナンバー十番……我らがカリスマ、藤島麻衣子だ！』

おおおおお、まさかの名前に会場のボルテージが上がる。ネタ好きではあるがこういう場でコスプレするのは確かに意外だった。

そして全身が赤……ではない物体がその場に出現した。

茶色い。全体が茶色い。足も腕も胴もずんぐりむっくりしており、生える毛はふわふわもこもこしている。頭もすっぽり茶色に覆われていて、そこから角が二本にょきりと伸びていた。

そう、なにを隠そうそこにいたのは、全力でトナカイだった。

トナカイの着ぐるみを着た藤島麻衣子は無表情で観客を見渡す。

びっ。

よくわからないタイミングでピースサインをした。

『……い、以上で大会出場者全員の紹介が終了しました～！　投票は後ほど行いますので是非ご参加下さ～い！』

一拍《いっぱく》間をおいた後、会場内は拍手に包まれた。

「ねえ、もしかしてだけど今の藤島さんって……」「……完全にスベって」

ダメだ、それは。

「しっ！　それ以上言っちゃいけないよ！　消されたいのかいっ」

「り、了解！」」

伊織は近くで話していた女子二人に割り込んで告げておいた。

「楽しんでるか？」

ぽん、と肩を優しく叩かれた。

「おっと、香取氏」

香取譲二が、ファンの女子からきゃーきゃー言われそうなさわやかな笑顔をしていた。

「楽しんでるに決まってるじゃん、わたし好みだよ、わたし好み」

やれそうな範囲で伊織がやりたいことをぶち込んだのがこの会だ。

成功する保証はあったのか？　知ったこっちゃないね。

用意できるものはやったんだから後は自分達で面白くしてくれ。

ちょっと無責任？　いやそれが信じるってことなんだ。

このメンバーならきっと面白くしてくれる。

そもそもメンバーが集まった時点でもう、面白い。

「永瀬が運営にかかりっきりにならず楽しめてるならいいよ」

「てか案外もう手を離しちゃってるんだよね」

ここは一つ、皆が節度を持っているはずだと信じて。

「それはそれで大丈夫かよ？　まあ……いいか。飯食ったのか？」

「行ってこい」

「まだ～、だから食う～！」

ナイスガイ香取に見送られ、伊織は前へと進む。

飲み物しか飲めていなかったので、フードコーナーへＧＯ。

「ねえ城山君、見て見て。これあたしが好きなチョコチップクッキー」

「知ってるよ。前も好きだって言ってたよね」

「あ……覚えててくれたんだ。嬉しいな」

「そりゃ、覚えてるよ。……だって瀬戸内さんのことだから」

頬をほんのり朱に染める瀬戸内薫と城山翔斗を待っていたら日が暮れてしまいそうだ。

「はいはい～、初々《ういうい》しいやり取りの最中すいませーん。わたしもいただきまーす」

「ああ、ごめん」「ごめん伊織」

二人がひょいと移動してくれて伊織もマフィンをゲットする。

それをほおばりながら「おじゃましましたー」と去っていく時、不意に思い出した。

くるっと振り返って、並んでいる薫と城山を見る。

そう言えば、実はここにも三角関係があったんだ。

伊織を含めた三人によるトライアングル。互いに反省すべき点もあるが、結局いい形に落ち着けたと思う。

「んじゃ末永くお幸せに～」と言い残して二人とは別れた。

マフィンを食べながら、次はどこに行こうかと思案する。

今この空間には笑顔しか見えない。

そこで、扉の外から大人達がやってきた。

田中《たなか》に平田涼子《ひらたりようこ》。伊織達の学年と関わり深い、今や夫婦となった二人である（平田も姓は変わっているが学校では『田中』ではなく『平田』のまま）。

「おお～、盛り上がってるな～」

平田はにこにこと本当に嬉しそうだ。対する田中もぶすっと……いや、表情がいつもより穏やかな気もする。

「先生、どうしたんですか？」

伊織が対応しに行こうとしたら先に大沢美咲が話しかけた。

「お前らが本当に申告《しんこく》通りの内容でやっているか、確かめる必要があるだろ」

「ちょっとチェックしたら出てくよー。お邪魔になるつもりはないからね～」

チェックの話は予告されていたので問題はなかった。変なことはしていない。

「全然全然。いてくれても大丈夫ですよ」

美咲が和やかに対応する。

「いいよいいよ～。若い者だけでよろしくやってくれい」

「先生もまだ若いじゃないですか」

「うん、恋をしてから若返ったしね、……って言わすな！」

「……自分で言ったように思うが」

テンションの高い平田に旦那《だんな》である田中がつっこんでいた。

近くまで来たが特に伊織が対応することもなさそうだ。美咲、できる子。

更に教師がやってきたが、皆パーティーにケチをつける気はないようで、顔見知りの生徒達と談笑し、しばらくすると格好だけはつけたと言わんばかりに帰っていった。

「先生達来んのかって思ったけど」「完全に一応見に来ただけだねー」

生徒達も安心した様子で、教師への注目はすぐなくなった。

問題なし。パーティーは滞《とどこお》りなく進行している。

「よう、永瀬」

一応幹事として出迎え&見送りのため出入り口付近に立っていたら、教師に声をかけられた。最後手に残っていた少し大きめのマフィンの欠片を、口に放り込んで飲み込む。

なんだかんだ高校三年間担任としてお世話になった、忘れそうになるがまだ二十代半ば(そろそろ二十代後半?)の、後藤龍善だ。

「やー、そういや学童保育体験の後お前とあんま喋ってないなと思って。ちょろっと感想は聞いたけど」

「レポート提出する時、諸々の感想はごっさんに伝えたけど」

「じゃなくてさぁ、一応お前の悩みを受けて体験させたんだし」

「つーかあれだよね、ごっさん、手を回してるよね」

近くに他の人間はいない。壁に寄りかかり、後藤と二人で会場を見渡しながら話す。

「は？」

「指導員の小杉さんから、わたしの悩みを見透かしたような言葉を貰ったんだ。気づきがあって凄くよかったんだけど、ちょっと綺麗にはまり過ぎかなって。……ごっさんが小杉さんになんか言ってたんだよね？」

「まあ、ある程度生徒の事情は話すわな」

「凄いよごっさん、本物の教師みたいじゃん」

「おい俺は教員免許持ってるぞ。……てかお前は裏を読むな裏を。素直に感動しとけ」

「自分じゃなく他人を経由して、しかも自分の影は見せず。憎いね～」

「へいへい、元気になってなによりだよ」

なぜか少し悔《くや》しいのだけれど、本当にいい先生に巡り会えたなと感じる。

気づいてない部分でも、後藤に導かれて自分はここに立っているんだろう。

もちろん他の先生方にも、同様にお世話になっているはずだ。

高校生活を経て、自分達は子供から大人へと進んでいく。

「ちょっと悩んじゃってたけど、解決したかも。やっぱりわたしは、教師を目指して今の進路で頑張るよ」

安心させてあげる意味も込めて口にした。

「そいつはよかった」

教師らしく、大人らしく、後藤は頷く。

なにがあって最後どう決断したかは知らない。だけど後藤も教師になろうと決め、今ここにいるのだ。

「まあ、他の奴らはまだ大学入試でいっぱいいっぱいで、別のこと考える余裕もない中、お前の場合その先まで見据えているから、悩むこともあるんじゃないのか」

先取りだよ、先取り、と呟きながら後藤はタバコの箱を取り出し、ここは禁煙だったと気づいたようでまたしまった。

二人の間には穏やかな夕暮れのような空気が流れていた。

なんでも気取らずに話してしまえる。どんなことでも受け止めてしまえる。最後はきっと、全てを宵闇が包み込んでくれる。

「後これは、別にごっさんじゃなくてもいい、誰かに聞いて欲しい話なんだけど」

伊織は話し始める。

後藤はなにも言わない。

「わたし最近センチになってて、なにかなって考えてた。でも気づいたよ」

その感情を素直に口に出すことも、特段恥ずかしいとは思わない。

「みんなに会えなくなるのが、寂しかったんだ」

ただ単純に、この面子で集まれなくなることが寂しかった。

この学園生活が終わってしまうのが寂しかった。

思い出のたくさん詰まった山星高校を去ることが寂しかった。

「まだ受験に忙殺《ぼうさつ》されて忘れちゃってるみたいだけど、もうすぐみんなにもじわじわくるんじゃないかな〜」

文研部のメンバーとも個別には会っているけれど、あの五人で集まったのはいつが最後だろうか。

普段からずっと寂しい寂しいと思っている訳ではない。

いつもは忙しく目の前のことに取り組んでいる。でもふと隙間《すきま》ができたその瞬間、普段は自覚しないそれに気づいてしまった時、もの悲しさがやってくる。

別に期待はしていなかったのだが、後藤は答えを返してくれた。

「そうだな。そりゃ高校卒業してみんなバラバラの進路に進めば、毎日とか毎週は会えなくなるな。これまでずっと一緒にいた奴らと離れ離れになるのは、寂しいな」

目指すものがあるから、みんなは違った方向に進んでいく。

「でもお前らなら、きっとまた集まれる。何度だって集まれる」

きっと。

また。

何度だって。

「間違いなく物理的な距離は遠くなるだろうよ。でも心の距離ってのは意外と変わらないもんなんだよ」

それぞれ独立して存在する心と心。その距離。

「俺も普段は高校の友達のことなんて忘れてるぞ。でも数カ月ぶりだろうが数年ぶりだろうが、その時の友達と会うと当時の記憶がすぐ蘇ってくるんだ」

話す後藤の顔が少しずつ若返ってきたように錯覚《さっかく》する。

「しょーもないことの方がよく覚えてるな。なんでこんなこと俺達覚えてるんだよ、って何回言ったかわからん」

大人から、少年の顔へ。

「でもって当時の仲になるんだ。いやお互い丸くなってる分、当時より逆に仲よくなっているかもしれん。体はおっさんのままなのに、心は高校生のあの時に戻るんだ」

後藤はその視線の先に、今なにを見ているのだろう。

自分には当然見えやしないけれど、きっと素晴らしい景色だ。

「一度繋がった心ってのは、距離が離れても時間が経ってもそのままなんだよ」

独立した心と心は完全に一緒にはならない、なれない。

でも繋がることはできる。

「お前はいい仲間を作れたと思う。普通の友達もそうだし、後特に文研部の奴らかな」

本当に、心からそう思う。

「そんな仲間を、大学でも作っていけよ」

友達すらまともに作れない。

そうとまで思っていた日々が、恥ずかしくも懐《なつ》かしい。

あの頃の自分は、たぶん色んなことに過敏《かびん》で、過剰《かじょう》で、自分を特別だと思っていた。

その気持ちは徐々に失われつつある。

大人になったんだな、と感じる。

けれどあの時の子供な自分がいて本当によかったと思う。そしてその気持ちを全て失わせることも、間違いだと今はわかっている。あれはきっとかけがえのない、これからもずっと自分を支えてくれる感情だ。

自分は、特別ではない。

でも自分は、この世にたった一人の代替《だいたい》の利かない存在だ。

本当にこの高校生活で色んな人に出会い、色んな人に助けられ、素晴らしい関係を築くことができた。

そんな人達と離れ離れになるのはとても寂しい。

でもはっきりと信じられるんだ。

この仲間達との絆はきっと色あせないで、ずっと続いていく。

だから寂しいけれど、寂しくない。

そしてなにより大学に進むことが楽しみだ。

だって高校よりもっと広がったその世界なら、今からでは想像できない全く別の出会いが待っているに違いない。

『それでは皆さんお待たせしました！　ただ今よりコスプレ大会結果発表！　その後は引き続きビンゴ大会を行いま～す！』

「じゃ、教師らしいこともやったし退散するか。健全《けんぜん》なまま最後までよろしく」

アナウンスがあったタイミングで、後藤はふらっと室内から出ていった。

本当にこれもちょっと悔しいんだけど、あんな教師になりたいと感じてしまった。もちろん、適当なところや本音言い過ぎなところなどダメな部分は反面教師にして。

『そして最後は一緒に司会をやる予定の永瀬さーん！　どこですか～？』

「はいはーい！　行くよー！」

「てかビンゴ大会ってベタだよな」

「ベタって言うなベタって！　ベタは王道で……最高なんだぞ！」


パーティーはまだ続いている。

でも終了時間も近くなっていた。

終わりを惜しむかのように、少しでも遠ざけるかのように、皆の騒ぎはまた一段と大きくなっている。

関係ない人にしたらただうるさいだけなのだろうが、自分にとってはこの上なく心地よい音に身を任せながら、伊織は物思いに耽《ふけ》る。

高校生活が終わる。

山星高校で過ごした三年間が終わる。

最高の仲間達と過ごした三年間が終わる。

まだ少し時間は残っているけれど、風のように一瞬で過ぎ去っていくだろう。

一つの青春は終わりを迎え、自分達は次なる青春へと走り出す。

確かに青春はここで一旦幕を閉じる。

だが人生の青春が終わる訳ではないのだ。

そろそろパーティーの終わりに向けて声をかけた方がいいだろうかと考え、でもまだいいかと開き直る。

室内のどこを見渡しても笑いが、笑顔が、楽しいがそこにある。

その楽しいを誰もが名残惜しんでいる。これが終われば多くの人は受験へと一直線だ。

みんなには夢がある。

例えば文研部の面々で言えば。

八重樫太一は地球を救うため、生物学の観点《かんてん》から食糧《しょくりょう》問題、エネルギー問題、疫病《えきびょう》問題、多様性がもたらす進化などを考えたいらしい。壮大な夢だ。「まあその関係の仕事に就《つ》ければ嬉しいかなと」と現実的なレベルで考えているようだが、是非世紀の大発見をして欲しい。

稲葉姫子は電気・電子・情報の現代技術の中核《ちゅうかく》と言えるものを学び、その最先端に携わりたいらしい。「システム作れたら面白いし、情報化社会で強者であり続けたいし」

と興味と実用もしっかり考えているようだ。将来の夢が「太一のお嫁さん♡」だけじゃなくて本当によかった。

桐山唯はグローバルに活躍できる人間になりたいらしい。世界中を回ってみたいと言っている。「結婚したら近所の子供向けに語学教室を開けたらなぁ」と、幸せな将来像もばっちり描《えが》いていて、それは本当に実現しそうだ。

青木義文は「オレは社長になる！」と小学生みたいな夢を掲《かか》げているらしい。だが「小さくていいから従業員とその家族をしっかり守っていける会社を作りたい」とただの夢物語で終わらせない気概《きがい》も感じる。一般のサラリーマンになると出世できそうにない雰囲気もあるが、意外と自営の道だと成功しそうだと思う。

自分も、自分の夢への道を進んでいく。

その過程で、たくさん人と関わるだろう。たくさんの出会いがあるだろう。

誰かとの繋がりは、他の誰かとの繋がりに連なって、人はずっと繋がっていく。

そして最終的に人は、誰か共に歩む唯一の人を見つける。

自分も……高校生活では見つからなかったけれど、いつかそんな人を見つけるはずだ。完全になんとなくだけど、自分は「この人！」という人と出会った時初めて、お付き合いを始めるのだろう。そのまま一気に結婚……なんて流れが本当にありそうだけれど、流石に気が早すぎるか。

思えば人生は始まったばかりだ。

まだまだやっていないこと、やり足りないことがたくさんあって、それがいったいどんな風になるんだろうと想像を巡らすだけでワクワクする。

当たり前に、今の自分じゃ想像できない体験もたくさん待っているはずだ。

可能性はどれだけでも広がっていく。

この学校では本当に色々なことを学べた。

学内だけじゃなく外の人からも影響を受け、たくさんたくさん学ぶことができた。

大変なこともあったけれど、それもまた自分の糧になった。

過去は変えられない。

未来はわからない。

でも今自分は、永瀬伊織は、最高の人生を送っている。

そう思わせてくれた仲間達に、今までのありったけの気持ちを込めて言いたい。

最高の三年間は仲間の存在なくしてあり得なかった。

これから続いていくだろう最高の人生も、仲間の存在なくしてあり得ない。

だから。

だから万感《ばんかん》の想いを込めてこの言葉を贈る。

本当に、本当に本当に――。

「おいみんなー！　写真撮るぞー！」

香取が統一のとれていない騒がしい集団に向かって提案した。

「流石会長！　みんなのために自分が写らないでもいいなんて！」

「イケメンでモテる男だから多少の犠牲《ぎせい》は仕方ないね！」

宮上と曽根が調子のいい発言をしている。

「ちょっと待て、俺も入りたいぞ。誰か……、ごっさん、頼む！」

「ごっさんなんでいるの？　出ていってなかった？」

美咲が聞く。そうだそうだ、と伊織も思う。

「いやー、腹減ってさ。食い物余ってたなぁと思い出して」

「ちゃんと参加費払ってね。写真係もしっかりやってね」

薫はきちっと後藤を使う気満々だ。

「あんな大人になるのだけはやめようね、中山ちゃん。そしてセンターに写ろう」

「そうだね雪菜ちゃん。そしてわたし達は真ん中に相応《ふさわ》しいよね」

「じゃ撮るぞー」

「ま、待ってまだ準備が！」

「麻衣子！　俺達はどう写ろうか⁉」

「そうね。伸吾が馬になって、その上に私が乗るスタイルがいいかしら」

「わかったぜ！」

「渡瀬……お前、それでいいのか？」

「石川、なぜ引いている？　愛の前では全てが些細《ささい》なことだ」

「唯〜！　一緒に写ろ〜！」

「……別にこんな時まで一緒じゃなくても」

「ショック！　や、オレ達はこれからいくらでも写真を撮るから今くらいはいいだろうというメッセージに違いない。そう思うよな太一も⁉」

「そのポジティブさがあれば、なにがあっても大丈夫だと思うぞ青木は」

「太一、アタシ達はもちろん一緒だぞ♡　つーか、伊織！　なににやにや外野《がいや》から眺めてるんだよ！　早く来い！」

「おっとすまんすまん！　今行くべ！」

「あ、これ全員入れて撮るの絶対無理だわ。適当《てきとう》に何枚かに分けて撮っていくから、後でみんなでアルバムにでもしてくれ。写ってなかった奴ごめんな」

「ちゃんと撮れよ！　お前の人生最大の仕事だぞ！」

「凄い言いようだな姫子……」

「伊織！　ダッシュダッシュ！」

「おう、よし……！　滑り込み間に合った……よね⁉」

「本当にいくぞ〜。はい……、チーズ」

　だから。

　だから万感の想いを込めてこの言葉を贈る。

本当に、本当に本当に本当に——。
ありがとう。

ココロコネクト　完

初出一覧　わたしだけのお兄ちゃん（２０１２年９月店舗特典用小冊子掲載）
カップルバトルロイヤル／新入生よ、大志を抱け／未来へ（本書書き下ろし）

あとがき

『ココロコネクト』シリーズに最後までお付き合い頂き誠《まこと》にありがとうございました。

本当に最後の機会です。大変勝手ではありますが、この場を借りてお世話になった方々へ感謝の気持ちを込めてメッセージを贈《おく》り、締めくくりとさせて頂きます。


白身魚《しろみざかな》様へ。

素晴《すば》らしいイラストをありがとうございました。明るく可愛く美しい、見ているだけでドキドキワクワクする白身魚様のイラストがなければ、この物語は成立しませんでした、ここまで続くことはあり得ませんでした。『ココロコネクト』のもう一人の生みの親は白身魚様です。またご一緒できる機会があれば嬉《うれ》しく思います。


校正や組版、デザインや印刷の面で作品に関わってくださった皆様へ。

ほとんどの方にお目にかかることもなく、お世話になりっぱなしで大変恐縮《きょうしゅく》です。皆様のお力添えがあって作品が完成していること、皆様と一緒に作品を作り上げたことはきっと忘れません。

書籍《しょせき》を読者の手元へ届けてくださる営業・取次《とりつぎ》・書店の皆様へ。
「本」は「本」としての体裁《ていさい》をとっていても、誰かに読まれることがなければただの「文字が印刷された紙」なのかもしれません。そう考えれば、皆様は間違いなく「本」に命を与えてくださる恩人《おんじん》です。

第十一回えんため大賞関係者の皆様へ。
当たり前なのですが、皆様から賞を頂かなければ『ココロコネクト』が世に出ることもありませんでした。拙《つたな》く至らない点も多い投稿作《とうこうさく》に光を見いだし、私に大きなチャンスを与えて頂き、本当にありがとうございました。

CUTEG《カム》先生・な！先生をはじめとするコミカライズ関係者の皆様へ。
もう一つの『ココロコネクト』の物語を紡《つむ》いで頂きありがとうございました。コミックにしやすいところ、しにくいところ共にあったと思いますが、表現の違う『ココロコネクト』には私自身驚きと発見がありました。特にCUTEG先生は長期に渡る連載《れんさい》お疲れ様でした&ありがとうございました。コミック版の唯《ゆい》の可愛さは間違いなくエースだったと思っています。

声優の皆様へ。

ドラマCD・アニメ・ゲームその他諸々《もろもろ》で大変長い間作品に関わって頂きありがとうございました。皆様に新しい命を吹き込まれ、『ココロコネクト』のキャラクター達は、それまでなかった輝きを手に入れることができました。新しい命を与えられたキャラクター達は、これからも永遠《えいえん》に誰かの心で生き続けるはずです。

アニメ関係者の皆様へ。

信じられないくらい多くの方に携《たずさ》わって頂いた、それだけで大きな感動でした。私が今まで生きてきて、間違いなく一番大きなプロジェクトだったと思います。アニメという媒体《ばいたい》になることで、小説だけでは届かなかっただろう多くの方々に『ココロコネクト』の物語を届けることができました。それは私にとっても、キャラクターにとってもこの上なく幸せなことでした。

ゲーム関係者の皆様へ。

いや本当にゲーム化は予想外でした。驚きました。その分嬉しかったです。これもまた尋常《じんじょう》ではないほどのボリュームがあり、関係者の皆様のご尽力《じんりょく》に感謝致します。普通では見ることのできなかった色々な形の『ココロコネクト』を実現して頂き、ありがとうございました。

その他『ココロコネクト』に関わってくださった関係者の皆様へ。

まとめてしまってすみません。けれど感謝《かんしゃ》の気持ちが劣《おと》る訳ではありません。どんな形であれ作品に関わってくださったこと、私は嬉しく思います。この関わりから皆様もなにかを得られていれば幸《さいわ》いです。

お手紙をくださったファンの皆様へ。

皆さんがくださった温かいお手紙は力強い励《はげ》みになりました。あまりお返事できていませんが、全て読ませて頂き、一枚一枚大切に保管しています。一生ものの宝物を、本当にありがとう。

友人へ。

「あれ？　自分のことかな？」と思い当たったあなた！　そう、たぶんそれはあなたのことだ！　という訳でみんなのおかげでここまでこられました。社交辞令《しゃこうじれい》じゃなくて結構本当に。ちゃんと買ってね。ありがとう！

家族へ。

直接的にどうのこうのはあまりないかもしれないけれど、今自分がこうしているのに一番大きな影響を与えているのは家族だと思う。なにも言わず好きにやっていた自分を支えてくれてありがとう。

未来の家族へ。

未来の家族は、自分の子供は『ココロコネクト』を読んでくれるのだろうか。読まれたら読まれたで恥ずかしいけれど、でもきっと嬉しい。先取りをして言っておきます。ありがとう。この『ココロコネクト』があったから、みんなに出会えました。

担当様へ。

『ココロコネクト』最大の功労者《こうろうしゃ》は担当様で間違いありません。初めはお互い経験の浅い者同士、不安がなかったと言えば嘘《うそ》になります。担当様とのやり取りが上手くいっていないと感じた時期もありました。でもこの作品は担当様なくして生まれていません。そもそも『ココロコネクト』というタイトル自体担当様が生んだものですから、担当様がいなければ『ココロコネクト』はこの世のどこにも存在しなかったはずです。担当様と一緒にここまで歩んできた道程《みちのり》は私を成長させてくれると共に、最高の思い出になりました。担当様とだったからこの作品を創《つく》ることができたと思っています。あなたが担当で本当によかったです。

読者の皆様へ。

嘘偽りなく『ココロコネクト』をここまでつれてきてくれたのは皆様です。皆様一人一人の応援があって、一巻また一巻と作品を積み上げ、キャラクター達は物語を紡いでいくことができました。作者が一方的に話を作り、皆様が享受《きょうじゅ》するだけの関係では決してありません。この作品は皆様と一緒に作り上げたものなのです。もし皆様がこの作品を素晴らしいと感じてくださったなら、その素晴らしさはあなたが作り出したものであることを忘れないでください。

改めまして皆様へ。

『ココロコネクト』に関わってくださった皆様、本当に、本当に本当にありがとうございました。皆様の誰か一人が欠けるだけでも、決してこの終わりには辿《たど》り着かなかったのだと思います。そう考えると、皆様との出会いは運命的なものだと感じますし、皆様との繋《つな》がりを生み出してくれた『ココロコネクト』に、私自身感謝したいです。

お世話になるばかりでまだまだ恩返しできてないところもありますが、『ココロコネクト』は一旦ここで幕引きとさせて頂きます。けれど庵田定夏《あんださだなつ》と皆様が紡いでいく物語は、きっとここで終わりではありません。それでは、皆様と私の未来の物語が光り輝くものであることを祈りながら、筆《ふで》を置かせて頂きます。また会うその日まで。

二〇一三年九月　庵田定夏

これから
デートな
藤島さん
ありがとう
ございました

●ご意見、ご感想をお寄せください。
ファンレターの宛て先
〒102-8431 東京都千代田区三番町6-1　株式会社エンターブレイン ファミ通文庫編集部
庵田定夏　先生　　**白身魚　先生**

●ファミ通文庫の最新情報はこちらで。
FBonline　**http://www.enterbrain.co.jp/fb/**

●本書の内容・不良交換についてのお問い合わせ。
エンターブレイン カスタマーサポート　**0570-060-555**
(受付時間 土日祝日を除く 12:00〜17:00)
メールアドレス：**support@ml.enterbrain.co.jp**

ファミ通文庫

ココロコネクト プレシャスタイム

二〇一三年一〇月一一日　初版発行

著者　庵《あん》田《だ》定《さだ》夏《なつ》
発行人　浜村弘一
編集人　青柳昌行
発行所　株式会社エンターブレイン
〒一〇二-八四三一　東京都千代田区三番町六-一
電話　〇五七〇-〇六〇-五五五(代表)
発売元　株式会社KADOKAWA
〒一〇二-八一七七　東京都千代田区富士見二-一三-三
編集　ファミ通文庫編集部
担当　宿谷舞衣子
デザイン　アフターグロウ
写植・製版　株式会社オノ・エーワン
印刷　凸版印刷株式会社

定価はカバーに表示してあります。

あ12
2-3
1259

©Sadanatsu Anda Printed in Japan 2013
ISBN978-4-04-729150-8

本書の無断複製(コピー、スキャン、デジタル化)等並びに無断複製物の譲渡及び配信は、著作権法上での例外を除き禁じられています。また、本書を代行業者等の第三者に依頼して複製する行為は、たとえ個人や家庭内での利用であっても一切認められておりません。